嫡女難嫁

4

完

蘇小涼 著

文創風 180

目錄

第六十三章……005
第六十四章……017
第六十五章……029
第六十六章……043
第六十七章……057
第六十八章……073
第六十九章……089
第七十章……103
第七十一章……117
第七十二章……131
第七十三章……143
第七十四章……157
第七十五章……169
第七十六章……183
第七十七章……195
第七十八章……209
第七十九章……223
第八十章……237
獨家番外 樂兒篇……253
獨家番外 皇貴妃 沈傾苑篇……265

第六十三章

幾天後沈世軒就去找了白璟銘，金陵其餘三家都是有生意往來的，唯獨這白家，一直都是獨來獨往。

藉著商隊那一次交情，沈世軒和白璟銘說生意上的事容易多了，相互合作肯定是相互惠利，沈世軒說的主意，白璟銘也很有興趣。

這麼一來二去，到了三月初，白璟銘就給了沈世軒回應，白家可以和沈家合作，而這私底下，他也願意和沈世軒合作。

沈世軒也不拖時間，很快將合作的事情向沈老爺子說明了。

沈老爺子考慮了半個月，在三月中的家族宴會上當眾允諾了沈世軒說的這件事，當初家裡撥出多少銀子給沈世瑾用作和水家的合作，如今就撥出多少銀子給沈世軒用作和白家的合作，沒有偏頗。

沈老爺子的這個允諾就像石子掉落在湖面上，打破了沈家表面上維持的平衡，把兩房之爭擺到了檯面上……

沈老爺子也沒管大家心裡是怎麼想這件事的，直接開口問沈大爺上次給沈世瑾出了多少銀子，沈大爺半晌才報了個數字，沈老爺子環視了一下眾人。「明天你就按照給世瑾的，準備一下給世軒。」

幾桌子的人沒一個說話，沈老爺子很清楚這話帶給大家的震撼，只是看著沈世軒說了這麼一句。「和白家也是第一次合作，不懂的多請教你爹和你大伯，好好幹。」

沈世軒點點頭。

沈老爺子臉上略顯疲憊，挪開了椅子，身後的江管事扶住了他，沈世瑾想要站起來扶他，沈老爺子卻擺擺手。「你們坐下慢慢吃，我先回去了。」

直到沈老爺子離開許久，大廳當中才有了動靜，沈世瑾緩緩地坐了下來，眼底是掩飾不去的嘲諷，對著一旁的沈世軒不輕不重地開口道：「真是恭喜二弟，得祖父如此看重。」

語氣裡帶著的酸味是人都聽得出來，沈世軒卻搖著杯中的茶，從容地笑著。「你我都是沈家的孫子，祖父一樣看重大哥，無須恭喜。」

沈世瑾看著他，半晌嘴角揚起一抹哼笑。「二弟如今可真的是出息了！」

「都不出息了這麼多年，如今總該出息了，老是讓大哥在前面等我，世軒也怪不好意思的。」沈世軒臉上掛著無害的笑，輕輕地放下了杯子。

沈世瑾是沒有料到，自己不過離開兩個月，祖父就忽然作了這個決定，他的第一反應就是二弟憑什麼，從小到大在祖父眼裡他就是個不求上進又學不好的，祖父根本就沒有看重過他。

如今祖父說的這番話，卻是想把沈家交給他們兩個一起打理。他怎麼肯，這些年下來，沈家在他的潛意識裡早就是他的了。

想到這裡，沈世瑾看沈世軒的眼神不善了起來，壓低著聲音道：「那你不如一直沒出息著，乖乖待著就好了，不是你的你也別想。」

沈世軒臉上的笑容越發燦爛，沒有刻意壓低聲響，而是平穩地回答了他的話。「大哥說得沒有錯，不是你的你就別想了，因為是我的，總會是我的。」最後的幾個字，沈世軒說得鏗鏘有力。

同桌的沈大爺和沈二爺聽到臉色皆有變化，如果說剛剛沈老爺子的話還帶有一些遲疑，那麼沈世軒的話就是直截了當地說出了他的意圖，都是沈家子孫，何須想讓！

「好，好，那我們就走著瞧，也好讓你死心，明白不是你的東西，你就不該妄想！」沈世瑾霍地站了起來，力度之大連著身後的椅子都退了幾步，木頭和青石地板之間發出了一聲沈響。

沈世瑾說完這句話，直接甩袖離開了，沈世軒依舊坐在那兒，喝著餘下的茶，臉上帶著一抹淡笑，好像剛剛大哥說的話都不是針對他的。

嚴氏一看兒子離開，趕緊起身跟著出去了，嚴氏一出去，水若芊也跟著起身，大廳裡的人走了好幾個。

眾人面面相覷還沒消化過來這件事，沈家這是要變天了？

沈二爺無奈地看了沈大爺一眼。「大哥，世軒這孩子……」

還沒說完，沈大爺就擺手示意他別再說了。「這個家給誰作主，只要是能更好，咱們就沒什麼好計較的。」

話雖如此，沈二爺還是在大哥的臉上看到了一抹勉強，最終嘆了一口氣沒再繼續說下去，兒子這個決定之前是和自己說起過，但他也沒想到爹會在今天這樣的日子裡說出來，兒子有出息他應該高興才對，可他心裡卻還有隱隱的不安……

沈世軒沒管沈家底下究竟是怎麼猜測的，從大伯那裡拿到了銀子之後，就去和白璟銘商量合作的事情，這也是沈家第一次涉足的行當，域北那兒的皮毛木材生意，還有兩家人都並不熟悉的南疆礦石。

前者白家已經做得很成熟了，多年來白家和域北那兒一直有來往，而南疆礦石這一塊還是楚亦瑤提出來的，等淮山從南疆回來就可以有消息，雖說是冒險嘗試，但若有成效，其中的收益也是斐然。

轉眼六月，楚亦瑤帶著已經會蹣跚走路的康兒在院子裡玩，小傢伙剛學會走路沒多久就想要撒歡跑了，扭扭著往楚亦瑤這邊衝過來，撲到她的懷裡，軟軟地喊了一聲。「娘。」

楚亦瑤摸了一下他的額頭，才這麼一會兒就出汗了，拉著他往屋子裡走，走到臺階前的時候停下，康兒抬起小短腿，邁上一個臺階之後拉著楚亦瑤的手，自己用力抬上另外一條腿，楚亦瑤配合著慢慢走，走了四、五臺階終於到走廊上了。

沒等她說什麼，康兒自己伸出另外的手抹了一下臉，重重地舒了一口氣，奶聲奶氣地說：「累死我了。」

一旁的孔雀笑出了聲。「小少爺，您累什麼呢？」

康兒朝著她甜甜一笑，小手指了指那臺階，裝著喘了兩口氣，模樣十分可愛。

走廊裡擦窗子的兩個小丫鬟看著也笑了，他反倒是不好意思，轉身抱住了楚亦瑤，揮著小手要她抱抱，抱起來就埋頭在她肩頭上，裝著害羞不敢讓她們看到。

楚亦瑤帶著兒子進了屋子，下了地的康兒就自己找東西去玩了，身後跟著奶娘和兩個丫鬟。

「小姐，楚家來信了。」寶笙走進來把信交給楚亦瑤。

康兒看著好奇，非要趴到她的懷裡，小屁股撅在那兒趴在她膝蓋上，偶爾面朝著她，一看她低下頭來看，忙捂臉自己躲藏起來，一面格格地笑著，玩得不亦樂乎。

二哥來的信，淮山和大嫂回來了，讓她有空回家一趟。

楚亦瑤放下信，看到兒子張大著眼睛看著她，抱起他在他臉頰上親了一口。「娘帶你去姥姥家，看你舅舅、舅母好不好？」

康兒小臉紅撲撲地看著她。「娘，羞羞。」繼而才接她說過的話。「舅舅，好！」

第二天一早去過關氏那兒，楚亦瑤就帶著康兒回楚家去了。

這是康兒第一次出門，人小搆不到馬車的窗，非要楚亦瑤抱著他，一臉新奇地看著窗外的街市，每隔一會兒就會拉楚亦瑤，楚亦瑤耐心地告訴他看到的是什麼，求知慾極強的康兒一面問，一面還滿馬車地找楚亦瑤當初給他認圖用的小紙片。

到了楚家之後，楚亦瑤把他交給了衛初月，他也不認生，一下兩個孩子就混熟了，很快就玩成了一片。

楚亦瑤直接去了淮山那兒，回到楚家沒幾天，很多東西都沒來得及收拾，淮山的屋子裡滿是從南疆帶回來的東西。

「這麼快就過來了。」一見到她來，淮山笑著給她挪出了坐的地方。

「你們都去了一年多，我能不趕緊過來嘛。」楚亦瑤接過他遞來的杯子，從她生下兒子到如今一年多過去，大叔才帶著大嫂回來，去南疆來回最多也不會超過半年的。

淮山嘿嘿地笑著，不難看出他這一趟回去收穫頗多。

楚亦瑤也不點破他，伸手一攤，討道：「我的東西呢？」

淮山看她這理直氣壯的樣子再度失笑，這就是強盜假裝的大善人，一到關鍵時刻就原形畢露。他從大堆的東西裡找出一盒東西，放到她面前。「不會給妳忘了的。」

楚亦瑤打開來，盒子裡是大大小小未經雕琢的玉石，成色都不錯，若是加工之後肯定更漂亮。

楚亦瑤眼饞地看著盒子，抬起頭毫不掩飾地看淮山問道：「還有嗎？」

「還有，這只是其中一些，給妳先看看。」淮山知道她喜歡這些，這次回去幫她收集了不少，哪知這丫頭還不知足呢，恨不得裝滿了一個屋子才好。

楚亦瑤呵呵地笑著。「大叔，上次沒來得及和您說，世軒想做南疆這礦石的生意，還得您幫著牽線搭橋。」這些玉礦在南疆有不少，但外人是不允許進去開採的，又因為南疆地形曲折難辨，不是南疆人還真找不著地方。

談到正事，淮山也坐了下來。「若是要做生意，這麼大量還要經過淮家人的同意。」簡單地說，這其中賺的銀子，還得給淮家一部分。

楚亦瑤點點頭。「那是自然，淮家是南疆的第一大家，那些採來的玉石，除了其原價之外，我們另外付翻一翻的價錢，這翻一翻的銀子就歸淮家所有，大叔您覺得如何？」

淮山搖搖頭。「翻一翻不夠。」

楚亦瑤咋舌，這還不夠？十兩銀子的東西，她二十兩收回來，多出來的部分都是給淮家的，那還不夠呢。

淮山點頭。「起碼是三倍。」玉石這東西其中升值空間大著呢，偌大的原石加工雕琢之後賣出去的價格比原來的高不止三倍，有些是十倍、二十倍的往上翻，南疆人雖淳樸，但可不是傻子，翻一翻他們怎麼肯賣。

「來去運費還得保證沒有損害，我豈不是虧了？」楚亦瑤嘟囔著，大梁這裡也有玉礦啊，可這些大都在朝廷手中，少數的在有權有勢的人那兒，餘下的那些就沒好的了。

淮山看她一臉不情願的樣子笑道：「妳那點小心思我還不知道，賺得少一點妳都捨不得，虧本生意妳會做？」

楚亦瑤才不承認。「我是做生意的，又不是開善堂的。」

淮山看她琢磨了老半天，直截道：「那妳到底要不要？」

「要，當然要！」楚亦瑤立即答應，滿不在乎地說：「不就是三倍嘛，多給些銀子撐死那個淮家家主！」

淮山再提醒了一次。「我是說三倍以上，也有可能是五倍，都得看家主怎麼說。」

話音剛落，楚亦瑤就一臉肉疼地看著他。「大叔，您作為南疆人，也是淮家的，您就不能打個親情牌，五倍、十倍下去，可就真沒得賺了。」

淮山克制不住地哈哈大笑起來，終於鬆口。「看把妳嚇的，這東西在南疆便宜得很，和大梁這裡不是一個價，就是十倍妳也穩賺不賠。」

楚亦瑤這才鬆了一口氣，穩賺不賠不是她的目標啊，她的目標是賺很多，她那些私下給沈世軒的銀子就是為了這玉石的，明面上的兩家合作要有，這私底下她哪肯放過，自己賺的滿盤缽才是頭等大事。

「那到時候我讓相公和白家大少爺與大叔來談。」

淮山點點頭，楚亦瑤起身把盒子暫時留下，去了亭蘭院那兒看喬從安。

回來兩日，喬從安的氣色不錯，臉上的笑容多了不少，尤其是在說起去南疆的時候，眼底那一抹笑意更是掩藏不住。

獨處的時候更容易擦出火花，楚亦瑤打心底裡為大嫂和大叔高興。

說了一半，喬從安自己覺得有些不好意思，對楚亦瑤笑道：「妳看我都說上勁了，這麼久以來第一次出這種遠門，一走就一年多，還沒到南疆的時候我就有些不習慣。」

並不是趕路著走的，一路遊玩著過去，三個多月才到南疆，喬從安先去祭拜過了淮山的娘，而後才去了淮家。

在淮家主宅，喬從安見到新的淮家家主，是她同父異母的哥哥，而那個被叫做父親的人，早在七、八年前就去世了。

對淮家她並沒有多少親情，在那個偌大的家中，兩年的記憶中她都沒有感覺到過「溫暖」二字，倒是那淮家家主對她這二十幾年來的遭遇有些關切。

說來倒是喬從安運氣好，淮家每一任的家主爭鬥都是十分殘酷的，即便是嫁出去的女兒也會因為她夫家做支持的而受到牽連，所以每換一任家主，背後都有些無數死去的手足，到這一任家主也是如此，已經沒剩下幾個兄弟姊妹，所以他才對喬從安尤為關心。

楚亦瑤安靜地聽她說著，嘴角揚著一抹淡笑，也許有一天，大嫂會願意跟著大叔去南疆也說不定，等到那一天，留在那裡的日子就不會只是半年了……

到了七月初，沈世軒就和淮山談妥了關於玉石的事，他們打算在七月底出發去南疆，由淮山帶隊，這樣能在年前趕回來，白璟銘那兒走不開，沈世軒就親自跟著去一趟。

楚亦瑤替他收拾好了行李，去那裡天氣暖沒關係，回來的時候就深秋了，該帶的冬裝一件都不能落下。

楚亦瑤指了指桌子上的幾本書說：「去的路這麼長，必定也趕，我就放了幾本書，你無聊的時候看看，也不能看得太多，以免顛簸著傷了眼睛。」

「過冬的衣服我給你準備了幾身，回來的路上天冷了你要記得添。」

「這裡還有些吃的，都是曬乾封好的，裡面還有錢嬤嬤做的一罈子醬菜，若是沒吃完，過了十一月可別再吃了。」

楚亦瑤絮絮叨叨地說著，看著一旁凳子上放的衣服正欲再說，話出口才發現自己剛剛已經提醒過了，不免有些發愣。

沈世軒扶著她的肩膀，拉她轉過身來，見她略微有些失神，從她手裡把盒子拿下放在了一旁，把她抱在懷裡，耳畔傳來他的保證聲——

「妳放心，我會好好照顧自己的。」

楚亦瑤心裡有說不出的感覺，夫妻兩人成親短短兩年多就要面臨長時間的分別，她有些不捨得。

雙手被他握得熱燙，楚亦瑤腦海中閃過各種畫面，有些失措，看著地上放著的行李再度開口道：「你有什麼想吃的，我讓錢嬤嬤去給你準備，娘那兒也送來了一些東西，我都給你放在箱子裡了，我……」

「噓，不要說話，讓我抱一會兒。」沈世軒輕咬了一下她的耳朵緩緩說，溫溫的氣息有些濕漉地飄在她耳畔附近，勾起一陣顫慄。

固定在腰間的手抱得很緊，楚亦瑤微微一笑，環手摟住了他的腰身，安靜地抱著。

良久，沈世軒啞著聲說：「怎麼辦，想到要見不到妳這麼久，我就想把妳也一併帶走。」語氣裡帶著些孩子氣，充滿了眷戀。

楚亦瑤抬起頭，臉上是紅暈染透了的羞澀。

兩個人就像是新婚時候那樣，抱在一塊兒低喃著說話，一切都沒有變，唯一變化的就是那日漸深厚的感情。

這晚，奶娘帶著康兒沒有前來問安，寶笙她們也識趣地早早退了出去，沈世軒竭盡全力地取悅著身下的女人，楚亦瑤抵死相隨，數不清攀了多少次高峰，楚亦瑤的視線裡盡是他的樣子，滿額的汗水滴落下來，在她的肌膚上滾燙的蔓延，那是從心底擴散至四肢的契合，讓他們完美的結合。

帷帳內那一度攀升的溫度讓他們兩個都大汗淋漓，重重的喘息聲在耳旁響起，楚亦瑤微張開眼，禁不住笑出了聲，真是太瘋狂了。

沈世軒熟稔地挑逗著她的敏感，微一抬頭，伸手擦了擦她臉頰上的汗，在她唇上落下一吻，楚亦瑤撥開他不安分的手求饒道：「不要了。」

沈世軒加快了手下的速度，看著她身子猛然一弓，笑著堵住了她的嘴。

「說謊，妳明明還想要。」

第六十四章

七月底，三伏天正熱，沈世軒和淮山一起帶著十幾個人出發去南疆了，走了有半個月左右，八月中，楚亦瑤覺得這日子過得越來越慢了，兒子會走路了，黏著自己的時候比以往少了很多，楚亦瑤忽然覺得有些無所適從。

那種感覺在傍晚的時候越加強烈，到了晚上便是鋪天蓋地地襲來，偶爾翻個身，床的外側空空的，楚亦瑤便會睜著眼睡不著。

這樣的情況直到一個月後收到沈世軒寫回來的信才有所緩解，看著熟悉的字跡，楚亦瑤有些好笑自己這些日子以來的反應。

一個月接連不斷地趕路，再有一個月不到的時間他們就到大梁邊界，過了那裡進入南疆的區域之後，送信回來就不太方便了，沈世軒洋洋灑灑地寫了五、六張，還囑咐她不少事情。

楚亦瑤翻看了兩遍不得不承認自己是想他了，把康兒抱起來，小傢伙小手一拍把信紙都按在桌子上，朝著她呵呵地笑著。

「吃了什麼你，就知道笑。」楚亦瑤伸手擦了下他嘴邊的糕點碎末。

康兒忙捂住嘴巴，另外一隻手上還滿是綠色的糕點渣子。

楚亦瑤囑咐一旁的奶娘。「別再讓他吃了，等會兒吃不下飯。」

奶娘點點頭，孔雀看時候差不多了，去了小廚房看廚娘是否做好了飯……

似乎是感應到她的無聊，沒過幾天，秦滿秋帶著兒子上門作客來了。

秦滿秋帶了滿滿一箱子的東西過來，楚亦瑤看著她一樣樣說著，不禁失笑。「不知道的還以為妳這是接濟我來了。」

「妳還需要我接濟啊，別人不知道，我還不知道妳嗎？」秦滿秋還是老樣子，當了娘性子都沒收斂一些，看著楚亦瑤直言道：「怕是妳相公都不知道妳的小金庫裡到底有多少銀子。」

楚亦瑤呵呵地笑著，也不否認。

秦滿秋指著那一大箱子的東西說：「這些都是弟妹從家裡帶過來的，那邊的特產，放在家裡多的也吃不完，給妳帶一些過來。」

秦滿秋又另外拿出幾個布袋子。「康兒不是剛戒了奶嘛，這些碾米妳煮成稠飯給他吃，也別弄得太濕。」

楚亦瑤打開一看。「怎麼好幾個顏色，裡頭添了什麼？」

「是碾碎的豆子和玉米，加了有七、八種呢，如今這個年紀吃正好，大嫂的孩子就是這麼吃的，臻寶一歲多斷奶之後也吃了半年這個。」這還是王夫人娘家那兒盛傳的吃法，也不落下營養。

「那可真是不錯。」楚亦瑤也是頭一回聽說，看王臻寶那結實樣，可見是養得不錯的。

秦滿秋看著她一臉笑盈盈的樣子，嘖了一聲。「沈世軒走一個多月了，妳倒是過得自在。」

楚亦瑤乍聽她這是替別人抱不平的口氣，失笑道：「那得如何？吃不好，睡不好？」

「那也不成，他又不是只去幾天，去整整半年呢，妳都吃不好、睡不好的哪行，等他回來之前意思意思，也好讓他覺得妳這是想念得很，人都消瘦了。」男人都好面子，若是知道自己離開這麼久，家裡的妻子養得更圓潤了，他這心情該多微妙。

楚亦瑤被她給逗樂了，揶揄道：「這麼說來，王二哥每次出航回來，秦姊姊妳都要這麼折騰兩天？」

秦滿秋誠懇地點點頭。「就睡不好兩天，臉色顯得不好，他嘴上說著責備，心裡不知道多開心，覺得咱們沒他們不行，活不下去。妳要知道，他們可比我們口是心非多了。」

夫妻之間相處之道本就是一門學問，因人而異，楚亦瑤聽她說著，偶爾笑著迎合幾句，很快就到了吃午飯的時間。

楚亦瑤正要讓寶笙去把在外面玩的康兒和臻寶帶來吃飯，跟在康兒身旁的一個丫鬟急匆匆地跑進來對楚亦瑤說：「二少奶奶，不好了，大少爺和二少爺打起來，二少爺撞傷頭了。」

楚亦瑤一怔，即刻起身跟著那丫鬟趕過去，秦滿秋也跟了前去，還沒到小花園裡，楚亦瑤就聽到了大伯母尖銳的叫聲，還伴隨著巴掌聲。

走進小花園裡，花壇邊上站滿了人，楚亦瑤隱約看到奶娘跪在地上，她的懷裡護著兩個小身影，而一旁的嚴氏正滿臉怒意地打著那個奶娘，她身邊的婆子還試圖拖開奶娘要去揪她懷裡的人，哭聲和謾罵聲混雜在一塊兒。

「還不快住手！」眼看著奶娘護不住懷裡的人，楚亦瑤趕緊走上前喝斥了一聲。

楚亦瑤身後的錢嬤嬤趕上前來攔住了那個婆子，奶娘臉上滿是傷痕，嘴角都被刮出了血。

「幹什麼，難不成妳連我也想抓！」那婆子還不肯撒手，想推開錢嬤嬤去揪那奶娘，楚亦瑤直接站到了她面前，一把抓住她高舉起來的手，狠狠往旁邊一甩。

那婆子看了嚴氏一眼，叫嚷道：「二少奶奶您可來得正好，我們二少爺都讓大少爺給欺負得撞出血了。」

「住嘴，做主子的什麼都沒說，妳一個婆子在這撒什麼潑，來人啊，把她給綁起來！」楚亦瑤揮手就抽了她一巴掌，目光淩厲地看著她。

後面跟來的李嬤嬤幾個即刻上前就把那婆子給押住了，都沒管一旁的嚴氏什麼反應，錢嬤嬤把奶娘扶到了一旁，懷裡的是康兒和臻寶兩個人，康兒從奶娘懷裡一出來就抱著楚亦瑤大哭了起來，就連王臻寶都給嚇得滿是眼淚。

秦滿秋心疼地抱著兒子，王府上下疼在心尖的人，什麼時候受過這樣的委屈，秦滿秋滿臉霜凍地看著嚴氏。「沈大夫人，這就是你們沈家的待客之道，你們就是這麼欺負我王家的人？」

嚴氏都還沒說什麼先被她告了一狀，氣紅著臉，怒瞪著楚亦瑤。「妳這是要造反了是不是，妳們誰敢綁著她，還不快放手，好啊妳，現在都要踩在我頭上了是不是！」

其餘幾個丫鬟和秦滿秋帶來的人都給嚴氏帶來的人押在一旁，楚亦瑤冷冷地看著嚴氏。「大伯母不分青紅皂白就讓人責打奶娘，還要把兩個孩子都揪出來，到底是誰不饒了誰。」

嚴氏帶來的人都看著那些丫鬟，餘下的去拉那個婆子也拉不過李嬤嬤她們，怎麼樣都還是要點臉面的，總不能嚴氏自己擼著袖子上前去拉扯，所以她朝楚亦瑤責罵道：「越兒都摔得頭破血流了還分什麼青紅皂白，這麼多人看到妳兒子推了他一把，難道我這麼做還有錯？」

「康兒不會無緣無故推弟弟，大伯母，凡事還是要清楚些得好，免得胡亂冤枉了人。」楚亦瑤萬分肯定自己兒子是不會故意去推倒別人，這其中起過什麼爭執，也就在場的人才知道。

「推了就是事實，什麼亂冤枉人，這麼多人都看到了，妳還想抵賴不成？妳教的好兒子，才這點年紀就學會手足相殘了，你們二房盯著這沈家，如今狐狸尾巴終於露出來了，心思都動到一個孩子身上，這還有沒有天理了！」嚴氏想起剛剛孫子額頭上的傷就心疼得很，目光直逼楚亦瑤身後、寶笙懷裡的康兒，眼底閃過一抹恨意，恨不得把他也摔在這地上嘗嘗這滋味。

「大伯母，手足相殘這麼大的罪我可擔不起，您也別說什麼心思天理，既然人都在，把話問明白了，有錯、沒錯也就清楚了。」楚亦瑤不是沒看到嚴氏眼底的憎恨，她的意圖太明顯了，當初就不想讓自己生下孩子，如今逮到事更是抓著不放。

「還要問什麼，妳心思不正在先，人都傷了，這有錯、沒錯根本不需要問了，好好地前來散步，難不成越兒會自己撲在地上，摔傷了不成？」嚴氏派人去旭楓院看看孩子怎麼樣了，對著楚亦瑤教訓道：「妳心這麼狠毒，是不是越兒死了，妳就高興了？就是妳教唆妳兒子推的！」

「夠了！」楚亦瑤高聲一喊，目光凌厲地看著嚴氏。

嚴氏聲音一頓，用比她更高的聲音喊了出口。「妳這是什麼教養，誰教妳可以這麼長輩說話的，妳還敢吼我！」

「心思正不正大伯母您最清楚了，祖父想給沈家留點臉面才什麼都沒說，您有什麼資格在我面前說心思不正！」楚亦瑤的話直接讓嚴氏怔在了那兒，此時的楚亦瑤才像是一個當家主母的樣子，那一股威嚴直逼向嚴氏。

嚴氏粗著脖子想反駁什麼，可楚亦瑤說的都是事實，如今沈家上下還都不知道呢，若是傳了出去，她可就成惡毒婦了。

「大伯母您就歇著，問話這種小事交給亦瑤就成了。」楚亦瑤哼笑著走到伺候沈卓越的丫鬟邊上，冷聲問道：「到底是怎麼一回事？」

那丫鬟顫抖著身子跪在地上，好一會兒才開始講，說她們陪著卓越少爺出來散步，走到花園這裡的時候遇到了大少爺和王家少爺。「不知道為什麼，大少爺和二少爺之間起了爭執，奴婢們阻攔不及，大少爺推了二少爺一把，二少爺就摔在地上了。」

楚亦瑤瞇起眼看著她。「不知道為什麼？妳們跟在二少爺身後還不知道發生了什麼事，是妳們疏忽沒有照顧好二少爺，所以害他摔倒了，是不是！」

那丫鬟趕緊搖頭。「不是的、不是的，我們一直跟在二少爺身後，半步都沒有離開過！」她剛說完，一旁兩個丫鬟也忙點頭。

楚亦瑤等著她說完，不疾不緩地補上一句。「既然如此，妳們就是避重就輕，故意隱瞞事實了，一直跟在二少爺身後，怎麼會不知道發生了什麼事？」

那丫鬟抬了下頭，視線在楚亦瑤身後的嚴氏身上飛快地掃了一眼，又迅速地低下頭去。

「我先問妳們是公平起見，畢竟摔倒的是妳們少爺，既然妳不肯說，那我就只能問肯說的人了，到時候即便是一方說詞，也是因為妳們不知道實情。」言下之意，到時候任憑別人怎麼編，她楚亦瑤就只信說的那一方了。

「二少奶奶！」那丫鬟急急地開了口。「是二少爺想和大少爺一起玩，大少爺不肯，二少爺就想去拉大少爺，結果大少爺直接推開了二少爺，二少爺這才摔倒在地上的，是我們沒有及時扶住二少爺。二少奶奶，二少爺他只是想和大少爺一起玩而已。」那丫鬟說著眼裡全是淚，可憐地看著她。

「妳胡說！」一聲稚嫩響起，秦滿秋懷裡的王臻寶怒瞪著那個丫鬟。「妳胡說，妳胡說，明明是他要搶我的東西！」

一歲半的康兒說不清楚事實的經過，快四歲的王臻寶卻能口齒清晰地複述完整件事，聽完了之後所有人都安靜下來了，就這點時間，秦滿秋總不能教兒子編一個這麼長的故事而且都得記住，王臻寶掙扎著從秦滿秋懷裡下來走到楚亦瑤身旁，指著那個丫鬟。「他摔倒了之後，她們沒有去扶他，還想來抓我和弟弟，要不是奶娘護著，我們也會被推倒的。」

那丫鬟臉色頓時煞白，她們帶著二少爺來花園散步的時候，二少爺看到了大少爺他們，二少爺的性子本來就跋扈，硬是要跑到大少爺面前，還想搶王家少爺手中的東西，王少爺不肯給，二少爺還想打王少爺，大少爺阻攔時，二少爺就推了大少爺一把，本來要摔倒大少爺被身後的王少爺擋住了這才站穩，她們之所以沒攔是因為二少爺的性子就是如此，看中的什麼都想要，她們若是攔了，回去之後受罰的就是她們，所以她們也就沒來得及攔住大少爺反推的那一把，二少爺直接摔在地上，磕傷了額頭。

「大伯母，您也聽到了，孩子年紀小，不懂事，小打小鬧也是常有的，不過這幾個丫鬟因為怕攔著越兒不如他的意回去會受責罰，所以沒攔著他，導致他在摔倒的時候沒能及時扶住，這才釀成了這一起事件，康兒推弟弟是他不對，我在這裡替他向大伯母道歉了，不過越兒仗著年紀小就如此不禮貌地對待客人，大伯母您也該好好教導下他，秦姊姊與我交好可以既往不咎，換做是別人可就沒這麼容易善罷甘休了。」

好的、壞的楚亦瑤一個人都說完了，這樣的事情怎麼能把責任追究在孩子身上，就是服侍的丫鬟不盡責，起先推搡的時候不去攔，那就是失職。

嚴氏當然知道事實到底是怎麼一回事，可受傷的是她的孫子，她怎麼嚥得下這口氣，瞪了一眼成事不足敗事有餘的丫鬟，王家少爺她動不得，怎麼一樣是沈家的孫子，她就懲罰不得了？

於是嚴氏看著楚亦瑤說：「丫鬟們就是有心想扶也來不及，她們有失職，做得不對的還是康兒，這麼小的年紀下手就這麼狠，長大了還得了！不如關去祠堂裡跪一個晚上，也好讓他反省反省，別說他現在不懂事，等到懂事了可就晚了。」

「讓一個一歲半的孩子去跪祠堂反省，沈夫人，虧您想得出來，這不知道的還以為沈家大夫人氣度是有多小，眼裡竟然容不下一個這麼小的孩子，若是夜裡受凍有個三長兩短的，沈夫人您可負責得起？」秦滿秋拉過兒子嘲諷地道。

嚴氏本就黑沈的臉更是難堪。「王夫人，這是我們沈家的家事。」

秦滿秋更不會怕她，揚聲道：「那不如先說說沈夫人的孫子打我兒子這件事吧！我們家臻兒可是快四歲了，您孫子手勁可不小，這手臂都給打紅了，之後那婆子在打奶娘的時候幾次拍到臻兒的肩膀，這又該怎麼算？」

王家沒有沈家在金陵有地位，但並不代表王家好惹，這秦滿秋身後還有個秦家呢，秦家可出了個王府側妃。

嚴氏沒有回答，她若是說孩子小打小鬧的，王夫人肯定會藉故到卓然推倒卓越這件事上，這樣一筆勾銷怎麼可能。

秦滿秋也不管她，繼而說：「那就讓您孫子和康兒一塊兒跪祠堂吧，反正都犯了錯，都是打人推人，一起跪祠堂反省，說不準兄弟倆出來就和好了，孩子嘛，忘性這麼大哪有隔夜仇的。」秦滿秋說這建議的時候還一臉笑意，彷彿是替她們解決了一個大難題。

「妳！」嚴氏被她堵得沒能反駁，上下起伏的胸口言明了她此刻的情緒，快氣炸了。一個丫鬟匆匆走了過來，在嚴氏耳邊說了幾句，嚴氏神色大變，繼而狠狠地瞪了楚亦瑤一眼，命眾人回去。

秦滿秋一看她要走，十分好心地再建議道：「沈大夫人，若是您不捨得您孫子受苦，其實報官也是可以啊，官府最公正了，絕不會偏袒了人的。」

嚴氏身子輕顫了一下，帶著眾人很快離開了花園，竟是半句都沒有追究，不了了之。

花園裡剩下了她們，楚亦瑤趕緊帶人回書香院，去請了大夫過來給奶娘看傷，又仔細檢查了康兒身上有沒有受傷，除了手臂上有些被掐紅的痕跡外，別的地方都沒事，只是人被嚇壞了。

楚亦瑤抱著他，不斷地輕拍著他的背，康兒躲在楚亦瑤懷裡低低地啜泣著，楚亦瑤抱歉地看著秦滿秋。「真是對不住，妳第一次過來，就讓臻兒遇到這種事。」

「妳道什麼歉，要說對不起的也是她們，一副盛氣凌人的樣子。」秦滿秋心疼地摸摸康兒的臉。

秦滿秋摸著他的額頭覺得不對勁，怎麼透著涼，細心建議道：「看把孩子嚇的，我看妳得給他壓壓驚才行。」

楚亦瑤伸手摸了一下，果真是有些涼，叫了錢嬤嬤去準備經文，等到傍晚的時候給孩子招招魂、壓驚。

「我自己走就成，妳也別送了，好好照顧他，改天我再來看妳。」秦滿秋帶著兒子先行離開了。

楚亦瑤讓孔雀送她出去，抱著康兒在屋子裡走來走去。

過了好一會兒他才啜泣著睡過去，楚亦瑤把他放在床上讓寶笙照顧著，去了隔壁看了一下奶娘的傷勢，除了臉上，背上和手臂上都有不少掐痕，兩頰都被打得紅腫，楚亦瑤那未熄下去的心火頓時又竄了上來，摔他一跤真是輕了，到底誰才是仗勢欺人的那個！

一歲多的孩子打鬧了一下，也追究不出什麼所以然來，嚴氏心疼孫子，可她心裡也心虛著呢，這事除了撒潑、耍無賴之後，也沒有其他的辦法，但二房不吃這一套。

氣沒處出了，她就把那幾個跟在孫子身邊的丫鬟統統都發配了，包括一個伺候了一年多的奶娘，繼而去了旭楓院看了孫子，額頭上纏著白布，大夫說是年紀還小，恢復之後不會留疤。

水若芊走了進來，身後跟著一個丫鬟手裡端著藥，嚴氏接過那碗要親自餵藥。

水若芊抱起沈卓越。「娘，您休息一下，我來吧。」

受了傷的沈卓越總算是安分了很多，儘管吃藥的時候還是三口中扭頭兩回的，但好歹是餵下去了一些，苦得淚眼汪汪，看得嚴氏更是心疼。

一個嬤嬤進來先是看了水若芊一眼，繼而向嚴氏稟報道：「夫人，二房那兒有人匆忙出去，門口的婆子說回來的時候請了大夫。」

「下午的時候剛剛請了大夫，怎麼現在又請了？去二房那兒打聽一下。」嚴氏心中一頓，眼底閃過一抹喜色，請大夫哪能有什麼好事，如今天都黑了，如此匆忙肯定是出事了。

第六十五章

正當嚴氏這裡猜測著二房那兒出了什麼事，書香院內，楚亦瑤坐在床邊重新換了一塊毛巾，放在康兒的額頭上，昏睡過去的康兒嘴裡一直呢喃著，發燙的臉上通紅。

「把軟紗布拿來。」楚亦瑤摸了摸他的臉，從寶笙手中接過了軟紗布，在杯子裡沾了溫水，輕輕地擦拭在他的嘴唇上。

錢嬤嬤在一旁眼底盡是擔憂，大夫來看說是受了驚嚇導致的發熱，也不確定什麼時候這燒才會退下去。

「小姐，您去休息一會兒，這裡交給我就行了。」戌時已過，孔雀端著藥進來，懇求楚亦瑤先去休息一會兒。

楚亦瑤搖搖頭接過那藥，拿著勺子一點一點地餵給康兒，吃進去的大部分都從嘴角流出來了，足足餵了一炷香的時間，楚亦瑤才讓他喝下去小半碗。

孩子都這樣了，她哪有休息的好，陪著他、看著他，她心裡才安心一些。

「就是這鐵打的身子也需要休息，您若是垮下了，那小少爺怎麼辦，二夫人如今還不知曉情況，明天她若知道了，必定也會說您的。」錢嬤嬤在一旁勸道，書香院上下封得死，也沒讓二夫人知道小少爺受驚嚇、發熱的事情，打算明天再說，以免二夫人夜裡睡不好。

「本來這麼小一件事，道個歉也就罷了。」楚亦瑤拉起兒子的手，言語漸漸有些涼下來。「非要拿孩子作文章，她若還要生事，我何須再顧念。」

錢嬤嬤嘆了一口氣。「小姐，如今尚且身在沈府，若是鬧得大了，還怎麼住下去。」

「住下去？」楚亦瑤哼了一聲，抬高了音量。「這地方能不住下去，我一天都不想多待。她作主怎麼了？我也不靠她養，憑什麼要受氣！奶娘，有些人妳忍讓一下她知進退，這有些人，妳一旦忍讓，她可就揮著耙子趕上來了，不逼上絕路就不是她的性子！」

楚亦瑤一整夜沒睡，第二天康兒的燒總算退了一些，關氏也知道孫子發燒的事情，匆匆趕來探望，看到楚亦瑤憔悴的神色，催促她趕緊去休息。

「娘，我不礙事，身子好著呢。」楚亦瑤笑了笑，她是真的不睏，後半夜的時候給康兒擦了一回身子，見孩子溫度降下來了她才放心，如今就等康兒醒過來，有娘陪在身邊總是更安心。

關氏無奈地看著她，昨天大嫂就來她這裡告狀過了，說她的兒媳婦目無尊長，居然對大伯母這個長輩大吼大叫，出言不遜。她又不是不瞭解情況，大哥那兒還是她派人去通知的，否則大嫂怎麼可能這麼容易就善罷甘休，說到亦瑤的品性，她絕對相信這是大嫂發難在先。

「老爺子如今病著也無心管這件事，越兒受傷是事實，我今早派人送了東西過去，妳好好照顧康兒就行了。」

「娘，這相安無事也不是我們做到就可以了，您看大伯母有半點平息的意思嗎？昨夜還派人來這裡打聽為何請大夫的事情，如今她知道康兒生病的事不知道心裡多高興，這孩子三番兩次受難其中都有大伯母的手筆，往後的日子裡這樣的事只會多不會少。」息事寧人也要兩房合作，大伯母那是平息該有的態度嗎？

闞氏聽她強硬的態度，想起昨夜丈夫說過的話，兒子是她生的，這脾氣她還不清楚嗎，看起來好說話，其實倔得很，兒媳婦更是如此，若要讓兩個孩子和他們一樣過日子是絕對不可能的。

想到這裡闞氏釋然了幾分，半輩子過去了，兒孫都有了，兒子的事情一直都是他自己在作主，那就讓他們繼續作主，她何必在這個時候插手管，於是她開口問：「那妳是怎麼打算的？」

楚亦瑤深吸了一口氣，緩緩說：「娘，等世軒這次回來，咱們就分家吧，若是老爺子不同意，咱們就退一步，搬出去住。」先提分家，沈老爺子不同意，再提搬出去住。

「世軒還是幫著家裡的生意，當初老爺子金口一開，該爭的咱們就爭，搬出去了也安心些，凡事都能自己作主，過得也自在。」楚亦瑤就不信，沈老爺子是要看著這孫子沒活路了才鬆口。

闞氏點了點頭，忽然瞥見躺在床上的康兒動了一下，驚喜道：「醒了。」

楚亦瑤回頭去看，康兒張著濕潤的眼珠子，一臉懵懵的樣子看著自己，糯糯地喊了一聲。「娘。」

「娘在。」多少的疲累都被這一聲娘給化解掉了，楚亦瑤並不是多感性的人，此時此刻眼眶都有些濕潤，輕輕地應了一聲。

折騰了一晚上終於醒過來了，書香院上下鬆了一口氣，儘管燒還未全退，但大夫來過之後說是很快會好轉，楚亦瑤懸著的心終於落下了。

過了兩天，旭楓院送來了東西，說是給孩子補身子用的，高燒過後容易掏空身子，需要好好補補，楚亦瑤看都沒看那盒子，讓寶笙拿出去處理掉了，抱著兒子一口一口地餵著他吃米糊。

忽然門口傳來一陣動靜，孔雀走進來，說是李嬤嬤抓了個人過來。

走出去一看，一個丫鬟被五花大綁地跪在院子裡，身後是李嬤嬤帶著兩個婆子，李嬤嬤看到楚亦瑤出來稟報道：「二少奶奶，等了這麼久，可等到她出手了。」

楚亦瑤慢慢地走下臺階，見那丫鬟低著頭不說話，淡淡地開口。「小桃，我可待妳不薄啊。」

那小桃一聽，開始朝著她磕頭認錯。「二少奶奶，小桃知道錯了，求二少奶奶饒了小桃這一回。」

楚亦瑤不理她，轉而看向李嬤嬤，李嬤嬤會意，把小桃身上的一包東西拿了出來。「逮著她的時候，她正往大少爺的藥罐子裡倒這粉末。」

楚亦瑤看著那褐色的粉末，神情波瀾不驚，吩咐道：「去她屋子搜搜。」

幾個婆子一起很快把小桃的屋子搜了個遍，從裡面搜出裝著五十兩銀子的匣子一個，還有一些碎銀子，這樣的粉末包還多搜出了一包，被她小心地塞在床板縫隙中，若不是那幾個婆子翻床掀起板子找，還真看不到。

「孔雀，拿這去找大夫看看。李嬤嬤，這拷問的事就交給妳了。」楚亦瑤把那兩包東西交給孔雀帶走。

李嬤嬤連連點頭。「二少奶奶您請放心，我一定會問個水落石出的。」說著讓那兩個婆子把人押到書香院的後院去了。

楚亦瑤回到屋子裡，康兒一看到她就要黏過來，似乎是惦記起沈世軒了，抓著沈世軒買給他的一個小布老虎喊爹爹。

楚亦瑤溫柔地親了親他的額頭。「康兒乖，爹爹很快就回來了，等他回來，我們就搬出去住。」

康兒聽到說要出去就很開心，拍著小手附和著出去出去，很快李嬤嬤那裡就有回應了。

楚亦瑤哄著康兒睡著之後到了後院，小桃臉色蒼白地跪在那裡，放在膝蓋上的雙手，十指的指甲上都是猩紅一片。

李嬤嬤即刻向她說：「那是大夫人院子裡一個嬤嬤吩咐她這麼做的，東西也是她給的，那嬤嬤吩咐她把這東西找機會添進大少爺的湯藥裡面，沒說是什麼。」

楚亦瑤看著跪在地上的小桃，這大概是大伯母留在書香院裡的最後一張牌了吧，書香院消息防得死的時候小桃都沒洩漏出去，就是擔心被發現之後，小桃被趕出去沒人給她做事，如今到了緊要關頭正好用上。

「她就只給妳五十兩？」楚亦瑤低頭看小桃，小桃搖搖頭。「說事成之後再給我五十兩，若是在沈家待不下去，還會給我一百兩銀子送我走。」

楚亦瑤輕笑了一聲。「命都沒了，妳要這麼多的銀子做什麼？」

小桃跪在那兒再度磕頭。「二少奶奶，小桃知道錯了，求二少奶奶饒了小桃。」

孔雀急匆匆地走過來在她耳邊說了一句，小桃還在那兒求饒，楚亦瑤的臉色頓時凜了下來，眸子裡幾乎染上了一抹凶狠。「她竟然想置我兒於死地！」

李嬤嬤被楚亦瑤這渾身散發出來的凶狠勁也嚇到了，但又不敢開口問。

楚亦瑤眼底閃過冷然。「小桃，如今給妳個將功贖罪的機會，做的好了，二少奶奶我也給妳一百兩銀子，送妳離開這沈家。」

小桃低著頭沒瞧見楚亦瑤臉上那一抹冷意，一聽有回轉的餘地，趕忙應了下來。「二少奶奶您儘管吩咐，只要您不怪罪小桃，小桃什麼都願意做！」

「很好。」楚亦瑤看著她這願意肝腦塗地的樣子，嘴角上揚了幾分。

到了傍晚的時候嚴氏就接到了消息，二房那裡又請了大夫，去請大夫的丫鬟神色匆忙，雖說消息封得死，可也洩漏出一些，說是大少爺上吐下瀉，好像還吐血了。

到了晚上的時候二房那兒又傳回來了消息，說是看大夫得及時，如今已沒有大礙，嚴氏覺得自己是空歡喜了一場，急忙找來了心腹嬤嬤。「有來找妳過沒？」

魏嬤嬤點點頭。「夜深了再出去見她。」

嚴氏眼底閃過一抹毒辣。「做得不錯，找個機會讓她再下手，我倒要看看，那命能有多硬。」凝著她兒子、她孫子的人，她通通都要剷除。

想罷，嚴氏又警告她道：「妳自己小心點，可別把這火燒到自己身上了。」

魏嬤嬤點頭出去了，嚴氏的心中卻已經籌謀起這一家獨大。

夜深人靜的沈府中，小花園內悄悄出現一個黑影，鬼鬼祟祟地到一個亭子後的竹林，等著另外一個人。兩個人交頭接耳地說了幾句，那黑影很快就離開了。

過了一會兒，角落裡走出三個人，楚亦瑤看著身子微顫的小桃。「她給妳的銀子妳就留著吧！」

「魏嬤嬤說藥粉她那兒還有，不過沒帶在身上，明天晚上這個時候讓我在這裡等她。」小桃把兩個人交談的話原原本本複述了一遍。

楚亦瑤身後的李嬤嬤一把拉過了小桃。「二少奶奶，是不是要等明晚？」

楚亦瑤搖了搖頭，半晌，看著遠處那兒透出來的微光，吐露出兩個字——

「報官。」

第二天當魏嬤嬤帶著藥粉再出現的時候，等待她的不再是小桃，而是幾個官兵，沒等魏嬤嬤喊什麼，那官兵拿起一塊布堵住了她的嘴巴，直接把她給押走了。

夜深人靜的沈府就像什麼事都沒發生過一樣，直到隔日一早，一隊官兵上門來沈家，只出示了搜索公文，沒解釋任何，直接去了魏嬤嬤住的地方搜東西。

等到通報到嚴氏那兒，魏嬤嬤住的院子，包括隔壁幾個嬤嬤住的屋子全都給搜了個底朝天，不管是被子還是枕頭，通通用刀子刮開來翻開裡面的東西。

嚴氏帶人趕過去的時候，院子門口兩個官兵拿著大刀攔著不讓進去，任憑嚴氏說破了嘴皮子也問不出個所以然來。

這件事驚動了身體抱恙中的沈老爺子。

跟魏嬤嬤相熟的人直接都被帶去了官府，官兵還搜了各個廚房，同時還去了二房那兒的書香院，帶走了一批問話的人。

離開前，為首的官兵才惜字如金地和沈老爺子說：「這是謀害罪，還牽連到了府上其他人，屆時還要請沈老爺子到衙門去一趟。」

跟在後頭的嚴氏聽到「謀害」兩個字，腳下一踉蹌就有些站不穩了，幸虧身旁的沈振南及時扶住了她。

沈老爺子眉頭深皺，他抬頭對著那官兵客氣問道：「能不能告知我們，是誰報的官？」

那官兵深看了他一眼，面無表情地說：「沈家二少奶奶。」

在場的所有人聽著都驚呆了，二少奶奶報的官，自己人告自己人謀害罪，被帶走人中大部分都是大房中的，大夫人平日裡管家的幾個得力助手也都給帶走了，二少奶奶這是要狀告大夫人？

沈老爺子看著緩緩關上的沈家大門，用力地捶了一下手中的枴杖。「胡鬧，派人去把世瑾叫回來，還有，去二房那兒把振北他們都給我叫過來，去看看世軒媳婦在不在，都給我去找過來！」說到後來沈老爺子幾乎都是用吼的，伴隨著重重的咳嗽聲，沈振南趕緊命人去找。

一旁的嚴氏也想動，可發現自己腿腳有些不聽使喚，伸手讓一旁的丫鬟扶住自己，嚴氏想轉身回自己院子，身後沈老爺子一聲喝斥。「妳幹什麼去，給我跪下！」

等沈二爺帶著妻子和兒媳婦過來後，就在沈家前廳這裡，嚴氏跪在那兒，坐在前面的沈老爺子已經氣得臉色鐵青。

「爹，我真的什麼都沒做過。」嚴氏到現在都還弄不清楚，這官兵什麼時候帶走魏嬤嬤的，悄無聲息，自己竟然都沒察覺，門口的婆子都是死的嗎？

「這些話在公堂上說給誰聽！」沈老爺子怒罵道。

嚴氏身子一顫，跪在那兒不再說話。

沈老爺子這才看向楚亦瑤，沒了往日的慈愛，沈老爺子沈著臉說：「就是妳大伯母做了對不起妳的事情，妳何須鬧到官府裡去，這是要把沈家的臉面往外面丟是不是，妳好歹也是沈家的孫媳婦。」

楚亦瑤並不畏懼他，看著跪在那裡的嚴氏，官府都還沒傳召，沈老爺子就知道肯定是大伯母的錯，這些年來，和老爺子的姑息養奸也分不開，於是楚亦瑤迎上沈老爺子的目光，誠懇說：「祖父，臉面是要靠自己掙的，更何況，亦瑤這麼說，還是想替沈家保留一點臉面。」

「爹，您看到沒，這死丫頭就是目中無人！」嚴氏即刻指著楚亦瑤說，卻被迎面扔過來的一個杯蓋險些砸中腦袋。嚴氏心有餘悸地看著身後砸碎的杯蓋，耳邊是沈老爺子的怒喊聲——

「妳給我住嘴！」

「祖父，大伯母三番兩次挑釁也就算了，在我懷著康兒的時候還借寶兒之手，在荷包的香囊中加入麝香，妄圖讓我沒了孩子，這件事世軒告訴您，您為了沈家聲譽把大伯母送走，孩子沒事，安安穩穩生下來了，這件事我也能既往不咎。可大伯母卻沒有收斂，一再想在我院子裡安插眼線，若不是從懷有身子開始，我就在書香院裡自己解決吃的，恐怕我已經被毒死千百遍了！

「前些天，康兒和越兒推搡一事，大伯母竟然在我還沒來的時候，對保護著兩個孩子的奶娘又打又罵，試問沒有奶娘護著，康兒和王家少爺是不是也要摔個頭破血流，才能解大伯母心頭之恨？康兒受了驚嚇高燒不退，娘勸我既然受傷的是越兒，這件事過去了就過去了，我聽娘的也沒來您這裡說什麼。」

說著，楚亦瑤低頭看嚴氏，哼笑了一聲，繼續道：「哪裡知道大伯母如此不甘心啊，想直接要了康兒的性命才解恨！」

大廳中瞬間安靜了下來，對楚亦瑤說的這幾件事許多人都還是不知情的，沈大爺的臉色頓時變得很難看，而之後過來的水若芊則是滿眼的難以置信。

楚亦瑤停頓的那會兒，寶笙將留下來的一小部分藥粉直接送到了沈老爺子面前。

楚亦瑤朗聲說：「祖父您不是責問我為何要報官？這件事已經不是在家裡解決就能平息的事了，沈家的面子再重要，都不及康兒的性命重要。祖父您是不是好奇這是什麼，這可是大伯母為康兒精心準備的好東西，砒霜。」

砒霜二字出口，那本來安靜、沒有聲響的前廳更是沈寂得嚇人，眾人都望向了沈老爺子旁邊桌子上放著的藥粉，那褐色的藥粉此刻就像是催命的符咒一樣，盤旋在每個人的心中。

「這，真是砒霜？」沈大爺坐在那兒良久，問得不確信，砒霜為白色，這褐色的粉末，怎麼看都不像是那東西，最重要的是，他難以相信自己妻子心腸會這麼歹毒。

沈大爺似乎是選擇性忘了妻子做過的事情，借用孫女之手的麝香一事，在他看來沒有造成後果那便是過去了，完全沒有想過那件事就已經彰顯了這個枕邊人心中的陰狠。

「大伯若是不信，找人來驗就是了，這裡頭可不只加了砒霜。」楚亦瑤呵呵地笑著。

嚴氏卻死死地盯著那包東西，口中叨唸著：「不可能的，妳誣陷我，我怎麼可能會下這種毒。」

楚亦瑤並不想多說，事已至此，其餘的事情就交給衙門審理，她要做的就是把知道的、清楚的，包括那些證據都交上去。

「大伯母，誣陷不誣陷，亦瑤沒有這麼大的能耐，一切等衙門裡有了結果再說吧，說不定要不了多久，衙門那兒就會傳召大伯母去問話了。」

楚亦瑤說完了這句，轉身直接走出了大廳。

大廳中再度安靜，沈大爺看了沈老爺子一眼。「爹，這件事鬧到官府那兒，可不太好。」

沈老爺子瞪了他一眼。「不太好？人都帶走了你現在說什麼不太好，難不成這沈家還能隻手遮天？」做生意上官府是不會管，不管什麼手段，破產倒閉了，只要不是人命關天，那都是各憑本事，但這下毒的事情已經不是能私了的事，或者說，已經來不及私了。

「二弟，就算是你大嫂做錯了什麼，你們也不能讓世軒媳婦直接報官，這自己人折騰的，沈家往後還怎麼做人。」沈大爺轉而和沈二爺開口，語氣裡有著淡淡的指責之意。

「大哥，這樣的錯，大嫂不是第一次犯了，我們夫妻二人這麼多年在這沈府之中和大哥你們爭過什麼事，大嫂為何還要如此相逼，這可是人命啊！若不是亦瑤盯得緊，康兒有幾條命都不夠用，大哥你覺得認錯有用嗎，莊子裡那半年，大嫂可有悔改？」

沈二爺第一次反駁沈大爺的話，說得他不能反駁，做丈夫的自己都不相信，怎麼說服別人去相信妻子能知錯。

「爹，這件事不是我們不勸兒媳婦，而是沒法勸，我們本商量著，既然大嫂眼裡容不下我們、容不下孩子，那我們就搬出去住，分房不分家，也算是不違背祖宗規矩，搬出去住了也礙不著誰的眼，大家心裡都過得痛快。」楚亦瑤當初說分開住的時候，沈二爺也同意的，就等老爺子身子好一些了提出來，等兒子回來就可以準備搬出去，也就再幾個月的時間，大嫂都等不住了，這難道還不夠諷刺嗎？

沈老爺子抬起頭，臉上的神情很複雜，妻子去世之前這個家還是和樂融融的，從什麼時候開始，這個家內變成了這樣，兩房之間這麼容不下，或者說，單方的容不下。

良久，沈老爺子嘆了一口氣。「若是答應讓你們搬出去，你們勸勸世軒媳婦，這件事就這麼過去了，你大嫂我們自己會處理。」

沈二爺看了關氏一眼，關氏搖了搖頭開口道：「爹，這件事我們不能替亦瑤作主。」

「你們就不相信我這老爺子說的話了是不是！」沈老爺子怒罵了一聲。「這家的臉面還要不要了，鬧到官府裡是要給全金陵的人看笑話是不是？」

沈二爺沈默了，說來說去都是面子的事，他善罷甘休了一輩子，就撐著沈家臉面兩個字，從來沒為兒子爭取過什麼，當爹的已經有所愧疚了，還提什麼面子。

沈老爺子看著他們不說話，氣得又摔了杯子，險些背過去，江管事忙扶著給他順氣。

「看你們把爹氣得！」沈大爺竟責備地看著他們。

協商不成，楚亦瑤是打定主意要讓官府插手這件事，在她眼底沒有算了這回事，沒發生什麼，有這意圖還不夠嚇人嗎？

第六十六章

這一天的沈家，氣氛低沈地都快把人逼瘋，嚴氏腦海裡混亂一團，一想到官府可能傳召就嚇得雙腿發軟，她這輩子還沒去過什麼衙門。

水若芊在一旁安慰到最後，連她自己都不知道說什麼，娘再不承認，大家心裡都清楚這就是事實，她是不喜歡弟妹，也曾惡毒地想過，但那還只是想想而已。

旭楓院的人都被帶走了好幾個，世瑾正在趕回來，起碼也要七、八天的時間，又不能告訴娘家求助別人，可真是找不到一個拿主意的。

水若芊這邊著急著，衙門裡審了一上午，下午的時候就有人來沈家傳召嚴氏過去問話了，同去的還有沈果寶和沈果寶身邊伺候的一個嬤嬤、兩個丫鬟。

沈老爺子終於坐不住了，親自去了一趟衙門，但也只能站在外頭。

李大人還算是給沈家留了點面子，不是開堂審理，而是在內堂審問，並沒有宣傳出去。

傳召沈果寶是問有關於麝香的事情，九歲的沈果寶這才知道祖母命人在自己的荷包裡放了藥，想害嬸嬸沒了孩子。

看著坐在堂上的李大人，沈果寶眼底閃過一抹黯然，把兩年前能回憶起來的細節都告訴了李大人，之後就被帶下去了，到了外面看到等在那兒的沈老爺子，沈果寶卻沒了那衝入他懷抱中痛哭一場的念頭。

沈果寶偷偷走出了衙門，奶娘和兩個貼身丫鬟都還留在裡面，她們是瞞著自己偷偷調換荷包內芯子的人，沈果寶一個人走在街市上，覺得很難過……

整整三天，李大人把所有能審問的都審問了，招的、不招的，畫押的證據，竟然擺了厚厚一遝。

看在沈老爺子的面子，在第七天沈世瑾趕到之後，第八天上午，衙門內堂裡才傳召了所有相關的人前來，滿滿地坐了一內堂。

李大人一個一個地傳召證人。

從賣砒霜的掌櫃，到前去買砒霜的婆子，誰給了小桃砒霜，誰下的藥，受誰指使。

魏嬤嬤是被當場抓了個著，把砒霜塞給小桃，這無可辯駁，魏嬤嬤和小桃屋子裡都搜出了餘下的砒霜，加起來和掌櫃賣出去的數量一樣，下毒的事情是鐵證如山，最後要追究的就是受誰指使。

凡是講求一個證據，魏嬤嬤初始也不招受誰指使，但這逼供就是衙門裡最擅長的，魏嬤嬤沒熬一天就招了，更別說其他人。

李大人把所有證人傳召完畢，低頭看著跪在地上的嚴氏。「沈夫人，妳可認罪？」

嚴氏拒不認罪。「那都是她買通了人誣賴我的，她還慫恿她兒子推傷了越兒，大人，她這麼歹毒的心腸，您還不趕緊抓了她，民婦冤枉啊！」

「狡辯。」李大人高喊了一聲。「公堂之上豈容妳胡攪蠻纏，一人買通，難不成你們沈家上下都被買通了，沈夫人，妳認是不認！」

她怎麼能認，這可是要坐牢的啊！那監獄是什麼地方，她怎麼能夠待在那種地方，於是嚴氏慌亂地去找丈夫，去看兒子，剛想求助他們，身後兩個衙役就押住了她。「我沒有罪，我沒有罪，我什麼都沒有做過，她們誣陷我的，大人，您沒有證據證明這些是我指使的。」

「啪」地一聲，李大人案板一敲。「到現在妳還說是被誣陷。沈夫人，妳幾次三番想要致人於死地，此等狠毒，若不加以懲戒，天理不容！」

「杖責二十，關入大牢。」

李大人話音剛落，沈世瑾即刻跪了下來求情道：「大人，我娘只是一時糊塗，她已經知錯了，求念在她年事已高，我那侄子如今也安然無恙並無損失，從輕判之，從輕判之。」

楚亦瑤一句話都沒開口，只是淡淡地看著堂前的李大人。從輕判之，呵，是不是乾脆回家懺悔就成了。

「若真出了人命，那沈夫人可是要以命償命的。」李大人開口提醒道，這不是你沒得逞就算了的事情。

沈世瑾臉色一白，很快就有人前來拖嚴氏下去杖責。

奇怪的是沈老爺子從頭到尾沒有說半句話，看著嚴氏被拖下去也沒說什麼，很快淒厲的痛喊聲在屋外響了起來。

打完之後，衙役進來稟報。「大人，暈過去了。」

「關入大牢。」李大人手一揮，也沒讓他們看一眼，直接就讓人拖下去了。

沈世瑾回頭看楚亦瑤，眼底的恨意迸射。

楚亦瑤迎上他的目光，她還會怕他？

沈世瑾斂去那一抹情緒，直接走到了沈老爺子身旁。

沈老爺子卻站了起來，對正要離開的李大人拱手。「李大人，可否借一步說話。」

沈老爺子和李大人離開了，衙役們催促他們趕緊離開，楚亦瑤起身跟著關氏離開，走到了大門口，背後傳來沈世瑾的聲音——

「弟妹真是好計謀。」

楚亦瑤回頭，嘴角揚起一抹笑。「大哥你說什麼，弟妹聽不懂。」

「知道我娘眼裡容不得你們，倒是好耐心等著她。」能把一院上下管得水洩不通，怎麼會漏了小桃一個，明顯是故意的，也是他的不對，為了和二弟一爭高下，一直在外，家裡的事都不知曉。

「大哥總是替大伯母找理由，怎麼，想害人的還是對的了？想必從小到大，大哥就是受了大伯母這種教誨的，難怪是非不分。」楚亦瑤笑盈盈的，話卻犀利得很。

沈世瑾一笑。「妳當真以為這件事會就這樣了嗎？」祖父私下和李大人說話，為的就是娘的事，怎麼可能真坐幾年牢。

「就算沒有十年牢獄，半年也夠了，那二十大板尋常人也享受不到呢！」到這程度，楚亦瑤已經很滿意了，她倒意外沈老爺子在堂上一句話都沒說，若是他開口說幾句，李大人都會考慮一下，畢竟沈家後頭還有個皇貴妃，可沈老爺子就是等打完了再說。

沈世瑾在她這裡沒有佔到半句便宜，二弟如今這麼長進，看來和她是分不開關係的，沈世瑾看著她走遠，眼底情緒複雜……

回到了沈家，直到關氏提出沒看到寶兒，眾人才察覺大小姐已經消失了好幾天了，再一細問，沈果寶竟然從第一天跟著去了衙門之後就再也沒有回過沈家，她失蹤了整整八天。

沈世瑾趕緊派人去找，可找遍了金陵城都打聽不到沈果寶的下落，也沒聽到有人說起過她的事情。

水若芊提出去田家一問，一天之後田家那裡傳回來消息，沈果寶確實是在那兒，但田老爺同時也傳回了一句話，孩子不見了七、八天才派人去找，沈家根本就不重視他的外孫女，也不需要沈家養了，田家自己會養。

沈世瑾自然不同意，這是他的女兒。

水若芊在一旁勸道：「現在娘的事情還沒解決，寶兒對她祖母心裡多少也難受，就讓她在田家多待些日子，等家裡的事都處理妥當了，我們再去接她。」

沈世瑾看著在一旁玩耍的兒子，頭上還纏著紗布，臉沈在那兒。「我本以為妳爹這是幫我，放心把徽州那裡的分行交給妳弟弟，結果呢？現在還是要我自己過去，妳也沒照顧好娘。」

水若芊被怪得有些冤枉。「我如何沒有照顧好娘，這些事，娘都沒有告訴我，我若知道肯定是攔著她的，沈家上下還是娘作主的，我只是幫襯她，你這就是在遷怒於我。」

沈世瑾滿臉陰霾，就是兒子爬過來要自己抱抱都不理睬。

水若芊直接抱過兒子，說話也不客氣了起來。「你既然深知娘的性子，當初為什麼不勸她，現在反過來責備於我，你可曾關心過、照顧過我的感受。」

「妳的感受？」沈世瑾側身一把捏住了她的下巴。「妳不是不願意嫁給我嗎？不是覺得嫁給我委屈妳了嗎？妳是不是還覺得我不如那個拒婚了的二弟？嘖嘖，水若芊，一個府裡頭，看著妳不覺得刺眼？」

水若芊甩開了他的手，哼笑道：「我是不願意嫁給你，是覺得嫁給你委屈了，你那點骯髒事別人不知道，我會不清楚？田家小姐怎麼死的，難道你心裡沒數，我是覺得你不如世軒。」

沈世瑾一把掐住了她的脖子，水若芊懷裡的沈卓越頓時哇一聲嚇哭了，奶娘和王嬤嬤衝進來看到姑爺要打小姐，趕緊上前阻攔了開來。

水若芊捂著脖子紅著臉咳嗽著，一面咳嗽，一面笑著，眼底一抹視死如歸。「怎麼？不能像逼死田家小姐一樣逼死我，你還想掐死我不成。」

王嬤嬤抱著水若芊，緊張地看著沈世瑾。「姑爺，有話好好說，您可千萬不能和小姐動手啊。」

沈世瑾看水若芊懷裡大哭的沈卓越，一句話沒留，轉身走了出去。

王嬷嬷懷裡的水若芊僵直的身子頓時軟了下來，抱著沈卓越輕輕地哄著。

王嬷嬷心疼地看著她脖子上的掐痕。「小姐，和姑爺這麼大吵對您有什麼好處？您以後可都是得仰仗著姑爺的啊。」

水若芊不說話，只是低頭哄著懷裡的人……

事情過去了整整半個月，沈老爺子沒和大家說起和李大人商量的結果，嚴氏還被關在牢裡，沈大爺去看望過她一次，杖責過後幾乎不能動彈的嚴氏只能每天躺著，儘管送了藥過去，但牢獄裡的環境讓嚴氏過得很不舒服。

沈世瑾幾次去過沈老爺子院子都是無功而返，他猜不透祖父這麼做的原因，外頭已經在傳沈家內部不和，祖父卻置之不理。

直到十二月沈世軒從南疆回來，在淮山的幫助下帶回了大批玉石，沈老爺子把他叫進書房內一下午，再出來的時候，沈老爺子答應了二房過完年搬出去住的要求，至此，嚴氏已經被關在牢裡三個多月了……

十二月天很冷了，衙門牢房中環境變得很惡劣，嚴氏那杖責的傷還未全好，又染上了風寒，等李大人通知到沈家的時候，她已經高燒不醒，昏迷有兩日了。

沈老爺子終於鬆口，沈大爺去了牢房把嚴氏接了出來，但並沒有接到沈家，而是送去了鄉下的莊子裡養病，請了大夫前去醫治。

新年的到來並未讓沈家的氣氛好起來，除了二房上下忙著收拾東西，準備過完年就搬出去住。

搬出去的宅子是沈老爺子定的，本來也就是為他死後分家準備的，就在沈家不遠處，而作為搬出去的交換條件，楚亦瑤以後不得再追究下毒一事，對沈老爺子來說，曾孫本就沒事，沈家的名譽還是高於一切的，若是讓長媳一直留在牢中，那外頭本還是傳言的東西就成真了。

書香院內，楚亦瑤清點了冊子，對著坐在一旁逗兒子的沈世軒說：「能拿去的如今也可以拿過去，過完年來回也要好多趟。」

「年初一併運過去吧。」沈世軒搖搖頭。「祖父的身子是越來越差了，就感覺是去年忽然垮下來的。」

「他也不會跟著我們出去住，這裡才是沈家的宅子。」楚亦瑤癟了癟嘴，一直都是厚此薄彼的，經此一事，楚亦瑤更是覺得老爺子維護大房維護得厲害，說什麼沈家聲譽，其實他心裡一直想的都是如何讓二房幫著大房好好經營沈家，最好二房繼續不爭不搶就這麼一直過下去。

沈世軒也沒料到妻子能弄出這麼大動靜。「妳怎麼不等我回來，也不怕祖父那裡直接把妳給關起來。」這身在沈家了，若是隨意尋了個錯被關起來，也就只能束手就擒等他回來了。

「也許祖父還真這麼想過，不過晚了一步，就是把我關起來，這官府還不是照查，人都已經抓回去了，再說，關我一個哪裡夠，得關我一個院子的人才行。」最重要的是，到現在楚亦瑤手裡還捏著桑田的地，而沈老爺子要考慮沈家的以後。楚亦瑤就算是被休出沈家，那些東西也還是她的，除非她心甘情願拿出來。

沈世軒拍了拍康兒的屁股，把他抱到地上讓他自己去玩，小傢伙一扭一扭跟著寶笙去外面了。

沈世軒站了起來走到她身後，雙手放在她肩上輕輕地壓了壓，嘆氣道：「妳啊。」

楚亦瑤即刻打斷了他即將開始的訓話。「回來都好幾天了，快和我說說南疆的事辦得怎麼樣了？」

「妳怎麼就惦記這個。」沈世軒哭笑不得。

「這才是大事情。」楚亦瑤不置可否地點頭，一面催促他快點說。

沈世軒坐下來，把買回來的玉石單子拿出來給她看。「白大哥那兒也有一份，我離開的這半年，白大哥已經把工坊和鋪子都準備妥當了，原石運去工坊裡放著，到時候初步打磨之後再作打算。」看玉石品質的好壞，有些可以直接賣掉讓別人自己去加工，有些就可以直接自己雕琢之後放在鋪子裡賣。

「那工坊我去過一趟。」楚亦瑤點點頭。「世軒，你還記得在洛陽的時候我們逛的那幾家首飾坊嗎？」

「那些東西在金陵可賣不高。」各地都有各地的穿著風俗，洛陽城風靡的裝扮也許到了金陵這裡不會招人喜歡。

「我是說，咱們金陵好像沒有這麼大的首飾坊。」楚亦瑤臉上閃過一抹狡黠。

沈世軒一下就明白過來她的意思，金陵沒有這麼大的首飾坊，是因為它沒有洛陽首飾坊背後這麼大的原料提供，如今他們在淮山幫助下從南疆運回來這麼多的玉石，這個問題不就迎刃而解了嗎？

「妳是想開一家首飾坊。」沈世軒不得不佩服，自己的妻子確實有著很好的生意頭腦，她往往能深入挖掘出很多點子，比他快一步想到更好的辦法，將當前的東西利益最大化。

楚亦瑤點頭。「成品的東西總是比原石賣出去的賺。」她是貪心不錯，不過做生意的哪個不貪？

沈世軒看著她那一臉小算計的樣子不由得笑了。

門口傳來康兒的拍門聲，楚亦瑤轉頭過去一看，康兒站在門口，手扶著門框一臉你們瞧不見我的神情，身子一扭就躲到了外室，末了還伸頭往裡看，一看到爹和娘還看著，忙又躲了回去，只是那隻手還扶在那兒忘了藏起來……

大年三十沈家團圓飯，嚴氏還是沒有回來，這一頓飯吃得氣氛怪異。而團圓飯之後，新的一年又到來了，年初拜年走親戚之後，過了初十，沈二爺帶著二房上下，準備搬家。

搬過去的宅子其實和沈家沒差多少路，但搬出去之後兩房算是真正分開了，除了名義上的一家人之外，沒有什麼事，兩房人估計也不會再多走動。

錢嬤嬤和李嬤嬤兩個人指揮著婆子丫鬟們，把東西搬進院子裡去。

這一座府邸比沈家是要小很多，但對於二房一家來說足夠寬敞的，沈二爺在外頭指揮掛新的牌匾上去，楚亦瑤則把孩子交給奶娘，去關氏那兒幫忙清點東西。

運了好幾天的東西，等全部整理妥當了也不覺得多，楚亦瑤又派人在院子裡移植過來不少花草樹木，等到了三、四月，這裡也會是鬱鬱蔥蔥的一片好景緻。

一月二十這天，新家辦了進屋子酒。

請了相熟的客人前來，前廳中擺了五、六桌，到了下午的時候，沈世瑾陪同沈老爺子一起也過來了一趟。

沈世軒陪同著一塊兒到處走走，看著沈老爺子如今不復以往硬朗的身子，他心裡說不出的感慨。

逛遍了大半個沈府，沈老爺子走到園子的亭子裡，坐了下來，把柺杖擱在一旁，看著亭子外如今是乾乾淨淨的湖嘆了一口氣。

這就是他的兩個孫子，他曾經引以為傲的長孫和他曾經沒有重視過的孫子，可如今的情形卻像是老天爺給他開的玩笑，二小子越來越能幹，長孫卻越來越自負。

做生意的人切莫小氣，切莫自恃過人，一切不該有的忌諱，不知從什麼時候開始在長孫身上逐漸暴露出來，心浮氣躁的他就是在做生意上也漸漸顯露出一些不足。直到兩房人的矛盾擺到檯面上，沈老爺子才真正意識到原因，原來長孫從來都是容不下這個弟弟的。

「我老了。」沈老爺子嘆了口氣，視線從他們身上轉向了亭子外的天空。「你們兄弟若還心有記恨的，這沈家要不了多久，就會被其餘別家代替。」

沈世瑾看了沈世軒一眼。「我怎麼會對二弟有所記恨，這也都是娘做得過分了，要說也該是二弟心中對我有所怨恨。」

沈老爺子沒有理會他的話，繼續說：「皇貴妃的身子越來越差了，也沒幾年的熬頭，你們姑姑她也累了。等她一走，這皇家就不會眷顧沈家了，在他們看來，咱們已經擁有了太多不該是我們的東西。」

沈老爺子對皇家的形勢看得比誰都清楚明白，所以才想在有生之年多爭取些什麼。

「完整的一個沈家，才有一搏之力。」沈老爺子看著他們兩個人，意味深長地說：「兄弟齊心，其利斷金這道理，你們倆不會不明白。」

可天底下哪有這麼便宜的事情，兄弟齊心是沒錯，可還有這一句話叫做一山容不得二虎。

沈世瑾和沈世軒都不說話，沈老爺子起身。「你們好好聊聊，老江啊，我們去那兒走走。」

江管事上前扶住沈老爺子慢慢地走了過去，亭子裡只剩下了沈世軒和沈世瑾兩個人。

良久，亭子裡響起沈世瑾的聲音。「要怎麼樣你才肯放手？」

「世軒不懂二哥是什麼意思。」沈世軒悠然一笑。

沈世瑾哼了一聲。「祖父不在，你還裝什麼，向祖父提出要和白家合作，在外又置辦了不少東西，二弟可是借著沈家的好名頭撈了不少了。」

「大哥說笑了，那都是亦瑤在打理的，和沈家沒有任何關係，不過說起這好處，大哥在沈家這麼多年才是撈得多，南塘集市那數十家鋪子生意可真不錯，也不知道他們哪裡來源源不斷的貨。」

「既然你們都搬出來了，乾脆就走得乾淨，商行的事二弟你也別管了，幫你媳婦一起打理打理鋪子不是挺好。」沈世瑾直截了當地說出目的，這沈家自始至終都不該有他們的分。

「那我倒想問問大哥，要怎麼樣你才肯放手？」沈世軒直接把問題扔回給他。

「就憑你？」沈世瑾笑了，滿眼的不屑。

「憑我行不行如今說了不算，不過就憑大哥你，這商行你也坐不穩。」沈世軒接上他的話，看他陰沈下來的神色，繼而說：「徽州那兒的分行，都一年過去了，情形似乎不太樂觀啊，大哥。」

沈世瑾眸子猛然一縮，抬眼瞪向了他，徽州的事他怎麼會知道的。

沈世軒瞥見他如此，眼底一抹自得。「大哥以為祖父會不知道嗎？若是大哥你有足夠的本事從祖父那裡把沈家接手下來，何須在這裡和我說這些，祖父又何須答應讓我和白家合作？有空威脅我，大哥不如想想如何從水家手中把分行給掌控回來。」沈世軒字字犀利，直言了沈老爺子當初會忽然看中他的理由，就是覺得他沈世瑾不夠資格。

而對沈世瑾來說，最不能忍的是被他曾經看不起的弟弟在這裡說他無能。

談話自然是不歡而散，進屋酒結束後，在外人眼中，沈家兩房人算是真的分出來了，猜測的人不少，但看沈世軒還是自由出入沈家商行，之前的一些言論似乎是不攻自破。

第六十七章

對於沈家的暗潮洶湧，楚亦瑤不在意，她如今忙著算那筆自己投入進去的銀子能夠賺多少。

那一批從南疆運過來的玉石，除了明面上和白家合作的一些，其餘的一部分都是用她私下交給沈世軒的銀子買的，這些玉石她不打算放在金陵賣，洛陽那兒太過於顯眼，楚亦瑤想了想，拜託淮山去了一趟麗西城，在那裡轉手收了一家首飾鋪子，把玉石轉到那邊去賣。

孔雀走了進來，說馬車準備好了，楚亦瑤出發去了一趟南塘集市，一圈鋪子看下來，半天也就過去了。

下午的時候楚亦瑤讓阿川帶她去了一趟月牙河街市，馬車停在兩間還算熱鬧的鋪子前，楚亦瑤拉開簾子，在那門口看到了一抹熟悉的身影。

可真是親力親為的二叔，楚亦瑤看忙進忙出的楚翰勤，當初從楚家離開後他手上就有三家鋪子，娶了個寡婦之後又多了幾家，混得可是風生水起。

楚亦瑤只是遠遠地看著，不一會兒她就等到了她想看到的人，肖氏神色憔悴地出現在鋪子外，在看到楚翰勤的時候，幾乎是猛然撲上去的，抓住了他的手不知道在說些什麼，楚翰勤不耐煩地想甩開她又礙於有客人在，只能好語地勸著。

只見肖氏臉上多了些喜色，楚翰勤和鋪子裡的人吩咐了幾句，帶著肖氏往鋪子外走去，足足走過了兩條巷子才停下，楚亦瑤讓阿川跟上，巷子狹小進不去，馬車停在巷子外，裡面的聲音也聽不清楚。

過了許久，楚亦瑤本打算離開了，巷子裡卻傳來一聲嘶喊——

「楚翰勤你這個殺千刀的！」

繼而是肖氏的哭號聲傳來。

那聲音之大，連著外頭走著的人都聽見了，還有幾個人好奇地朝著巷子裡張望了一下，楚翰勤很快出來了，遮遮掩掩地快步想要離開，楚亦瑤瞥見他遮擋的臉上一抹明顯的指甲刮痕。

巷子裡的哭聲還在繼續，有人走進去看了，裡面傳來肖氏罵罵咧咧的聲音。直到那哭聲不再，楚亦瑤這才命阿川驅車離開，回到府中，楚亦瑤命阿川去打聽肖氏如今的近況。

第二天，阿川把打聽到的消息傳了回來，有些時候沒注意二叔家的情況，二嬸竟然在半年前已經被趕出二叔家了。

一個是隨嫁了鋪子又生了兒子的年輕新娘子，一個是年老色衰連生三女又不能幫著自己的老糟糠，楚翰勤無須作什麼考慮，直接就選擇了前者，更何況三個女兒都沒能給他帶來什麼好處過。

離開之後，對肖氏來說日子不好過了，她本就不是個會做生意的人，開在香閨旁邊的鋪子生意越來越差，到如今都快面臨倒閉，少了生活來源，肖氏只能找楚翰勤想要回去。

夜裡沈世軒回來，楚亦瑤把這事一說，沈世軒倒有些不以為然。「一個女人能自己撐起幾間鋪子，別說妳二嬸了，就是妳二叔都不敢小瞧。」那王寡婦若沒點本事怎麼守得住鋪子。

「憑二嬸的潑辣性子，也沒這麼容易善了。」楚亦瑤搖搖頭，做生意上二嬸是沒本事，但這麼多年下來，若二嬸真是個蠢貨，二叔早休了她。

「月牙河那兩家鋪子別看生意好，賣得便宜進價也低，實際利潤不大，但那兒的租金又不便宜，妳若想給他們點顏色看看，把周邊兩家鋪子盤下來就成了。」沈世軒知道她心裡記恨二叔一家子，把她攬到懷裡，給她出主意道。

「不用我們出手，那裡的生意也好不久。」楚亦瑤拍開他撓癢癢的手。「那春滿樓都得跟著遷移了，何況是那麼幾間鋪子。」

「妳不覺得康兒一個人略顯寂寞？」沈世軒不滿她老是唸叨這些，伸手拉下帷帳，熟練地扒光了她身上的衣服。

第二天楚亦瑤起來感到腰痠，奶娘牽著康兒過來請安，楚亦瑤把他抱到軟榻上面。康兒手裡捏著一塊酥糖要塞給她。「娘，爹說我要有小妹妹了。」

楚亦瑤一口茶險些噎死，嗆著氣看兒子一臉天真的樣子。「你爹和你說了什麼？」

康兒想了想。「爹說我想要有個妹妹。」

兒子說得邏輯不通，楚亦瑤卻聽懂了，這做爹的慫恿兒子到她這裡纏著要一個妹妹。

楚亦瑤摸了摸兒子的頭髮，一個孩子是顯得孤單了些，於是她輕聲問：「那康兒想不想要一個弟弟或妹妹？」

康兒再度想了想，仰起頭看著她。「可以一起玩嗎？」

楚亦瑤點點頭。

康兒十分痛快地跟著點頭。「那我想要一個弟弟妹妹，可以一起玩。」小孩子想要的其實就這麼簡單，一個人玩著太無聊了，若有人能陪著他一起就很滿足。

「過幾天娘帶你去舅舅家玩。」楚亦瑤把他抱在懷裡親了一口，最初她還怕沈家那一回跟沈卓越推搡的事給孩子留下陰影，不想要什麼弟弟妹妹，如今總算是放心下來了……

時入四月，朝廷忽然頒布了指令，金陵城月牙河街市，尤其是春滿樓周邊的酒樓鋪子都要拆，包括那春滿樓。

眾人不解朝廷忽然下此命令是什麼意思，四月中，白王爺奉旨前往金陵修建行宮，看著城門口那大隊人馬進來，此時眾人才知道，原來是皇上選中了金陵這邊的地方，要給皇貴妃修建一座養身子的行宮。

眾人在得知這選中的地方是桑田的時候，紛紛羨慕起了那個擁有桑田地契的人，這才是真的要發了！

本來修建行宮一事和月牙河集市是沒多大關係，但月牙河集市邊上就靠著月牙河，坐落在月牙河中央湖心亭又是當初為皇貴妃所修建的，說是春滿樓等地污俗不堪，驚擾了湖心亭，同時也驚擾了皇貴妃的身子，所以一道旨意下來，通通都要拆。

白王爺親自操刀，沒有半點中飽私囊，拆除的鋪子和貨都按價補貼給了商戶們，也就半個月的時間，本來繁華熱鬧的月牙河集市，一下冷清了許多。

對於那些商戶來說，找一處繁華地段比銀子補貼來得更實用，但朝廷不負責另外開闢一條集市出來，他們要麼自己現在去找別的地方，要麼就等，等到沿河岸邊改建好了再回去。

白王爺見拆得差不多了，接下來的事情就交給了自己的手下，和李大人去了一趟桑田。

桑田那兒的人也都得遷移出來，和月牙河集市的處理辦法不同的是，桑田遷移出來的百姓全部都是安置妥當的，願意遷到金陵去的，都安排好了宅子，不願意去金陵的，就在桑田附近另外一個小村子裡住下來，房子都是造好的。

之所以這麼大費周章，就是為了不驚擾到桑田這個地方，若是遷移之時怨聲載道，這地方的靈氣就會被破壞，到時候養病的效果就沒了。

五月中，白王爺在衙門裡舉辦了一場宴會，邀請的都是金陵之中做生意有些名頭的，沈家自然在被邀之列，但沈老爺子身子欠佳，就讓兩個兒子帶沈世軒和沈世瑾一同過去。

楚亦瑤兌現她的承諾，把桑田的地契拿了出來，交到了沈世軒手中。「你要代表沈家把這個親自交給白王爺，這裡的東西你也帶上，就算白王爺再清廉一個人，我們總不能兩手空空的去衙門。」

沈世軒點點頭，白王爺到金陵已經有一個多月的時間了，把什麼都準備妥當，就差這地契的事沒提起來，今天這場宴會上想出風頭的人肯定不在少數。

馬車到了衙門外一條集市就停下來了，門口更是人聲鼎沸，沈世軒準備的這些根本就是小巫見大巫，很多人都是幾臺車的禮往裡面送的。

進了府衙，跟著帶路的人到了前面的廳堂，沈大爺和沈世瑾已經在了，開宴時辰還沒到，人就已經坐得差不多了。

李大人先出來和眾人打了個招呼，過了一會兒白王爺才出現。

對於金陵的商戶來說，能和官家攀上關係那是一件很值得驕傲的事情，更別說是皇帝跟前的大紅人白王爺了。

所以大夥兒是逮著機會獻殷勤，知道白王爺如今還住在李大人的府上，兩個財大氣粗的人就提出給白王爺準備了宅子，好讓他能舒舒服服地住著。

白王爺始終是笑咪咪的，那些東西他都不要。「本王在李大人府上住得很好，多謝諸位關心，不過今天確實有件難事要麻煩諸位。」

客套話來去也都是如此，白王爺這麼說，底下坐著的人自然是點頭先應下了。

宴會進行到了一半，白王爺舉杯敬了大家。「說來慚愧，這萬事俱備，只欠東風。行宮一事其實也是為貴妃娘娘積善德，若是能集民願來修建行宮，貴妃娘娘的身子一定能很快好起來。」白王爺話說得好聽，廟宇是集香火之力，他如今開口這民願二字，就是要在場的人掏掏腰包，拿點銀子出來建造行宮的意思。

白王爺此話一說完，場面安靜了一下，坐在前面些的曹家先有了動作，曹老爺接過長子遞過來的匣子，起身雙手呈給了李大人，一面說得極為誠懇。「能為貴妃娘娘積德是我等福氣。」

誰也不知道這匣子裡究竟放了些什麼，但無外乎是值錢的東西，眾人見曹家有了動作，都紛紛開始掏東西出來。

後半場的宴會就持續著這詭異的情形，一個接著一個上前彰顯自己對貴妃娘娘身子的關切之意，按照沈世軒剛剛瞥見的，後來拿上去的那些匣子錦盒，裡面沒別的，就是厚厚一遝銀票。

沈世瑾看了沈世軒一眼。「二弟，你可有準備？」

「微表心意。」沈世軒笑了笑。

沈世瑾從身後拿起一個長盒子送上前，這些東西本是不打開看的，白王爺被這盒子的形狀所吸引了，露出一抹興致。

一旁的侍衛接過那長盒子打開來，眾人譁然了一聲，那是一柄剔透的玉劍，雕琢精緻不說，劍身上還刻有類似經文的字樣。

玉本通靈，更何況是經由誦經供奉過的，能鎮宅又能保平安，白王爺看沈世瑾的眼中多了幾抹讚賞。

輪到沈世軒的時候，捧上去的卻只是個普普通通的盒子，前後兩者相差這麼大，這還是兩兄弟呢，白王爺身旁的侍衛接下之後打開一看，在白王爺耳邊輕輕說了幾句。

白王爺出乎意料，開口問沈世軒。「你想要什麼？」

沈世軒拱手，不卑不亢地說：「這是沈家能為貴妃娘娘盡的一分綿薄之力，並不求什麼。」

剛剛還被那玉劍所吸引的眾人，又對沈世軒送的東西好奇起來，剛剛他們送這麼多都不見白王爺開口問他們。

白王爺自然是知道這沈家和皇貴妃之間千絲萬縷的關係，否則皇上也不會把行宮選在金陵了，隱約猜到了沈世軒這麼做的意思，白王爺提醒道：「真的不求什麼？」

沈世軒微怔了一下，低垂著頭很快反應過來。「只求皇貴妃身子安康。」這樣才能真正庇佑沈家。

白王爺眼底閃過一抹了然。「那這地契本王就收下了。」

白王爺說這話的聲音不重，聽到的人不多，沈世軒回到座位上的時候，沈世瑾的神色卻不太好看。「原來桑田的地契在二弟的手上，二弟瞞得可夠深的。」

這件事沈家上下本來就只有沈老爺子和他們夫妻知道，沈世軒卻笑了笑，有些訝異地道：「我以為祖父告訴大哥了。」

模稜兩可的回答讓沈世瑾更不舒服，祖父瞞著他卻讓二弟把這個重要的東西獻給白王爺，玉劍再好也比不過桑田那麼大片地方的地契啊。

當著所有人的面，祖父讓二弟代表沈家送這個人情，到底是何意思？

宴會持續到很晚才結束，送走了所有的客人，白王爺和李大人兩個人在堂後說著話。

白王爺看著桌上放著的地契。「你不是說這地契田家當年怎麼都不肯賣給沈家，怎麼又到沈家手裡了？」

李大人笑著解釋。「這地契其實是楚家大小姐的，當年田沈兩家鬧不愉快，楚家大小姐不知道用了什麼辦法就把那些地給買到手了，還是悄悄買的，王爺您書信過來的時候，我花了不少功夫才查到，後來楚家大小姐嫁給了沈家二少爺，這東西就又到沈家手裡了。」

白王爺對這幾家之間的事情不感興趣，看著這地契苦笑了一聲。「這主動送上門來的，可是替我解決了一個大難題。」

若是真拿銀子去買，這得花多少銀子才能讓人家心甘情願地交出來，這才一個多月的時間，光是月牙河集市那兒就花了很多，皇上是聖旨一道讓他前來，殊不知撥下來的那點銀子根本就不夠用的。

這邊白王爺和李大人為銀子的事想辦法，那邊楚亦瑤聽沈世軒說了之後，對這晚宴就標註上了三個字——鴻門宴！

「那行宮可足足建了有三年。」楚亦瑤算著這時間，一年兩回這樣的宴會，這建行宮的銀子就夠了，說不定還有剩下的。

「難怪要在金陵建呢，大梁風水寶地多了去，但能這麼撈銀子的地方，也就只有這裡了。」楚亦瑤看著沈世軒蓋棺論定道：「我看皇上才是奸商，又想討好貴妃，又捨不得花銀子，怎麼辦呢？金陵這不就是貴妃的故鄉嘛！誰都不派，派白王爺過來這裡，受人崇拜的同時還能把這銀子的事給辦妥了，對了，我記得這白王爺好像只娶了一個側妃。」

白王爺是洛陽眾多皇親國戚中唯一娶了個商家側妃的人，對於另外一個側妃之位，怎麼能不令人遐想。

楚亦瑤開始心疼起那地契來。「這麼算起來，便宜可全讓皇上給佔盡了，這地契還不如換了銀兩實在！」

沈世軒失笑地摟住了她哄道：「成，相公我去賺。」

楚亦瑤在他懷裡嘟囔了一聲。

此時已是深夜，兩個人都架不住睏意正要睡去，屋外忽然傳來孔雀的叫喊聲——

「小姐，姑爺，府裡出事了，老爺子暈過去了。」

夫妻兩個人趕緊起來，那邊的沈二爺和關氏也起來了，楚亦瑤想了想，讓寶笙去庫房裡拿了些好的藥材，四個人上了馬車朝著沈府趕過去。

深夜寂靜的路上馬車轆轆聲尤為突兀，到了沈家大門口，匆匆趕去沈老爺子的院子，大半夜燈火通明的院子裡站滿了人，沈二爺不由得皺了眉頭，心中升起一股不太好的預感。

沈世軒跟著沈二爺進了沈老爺子的屋子，屋子裡沈大爺和沈世瑾留著，還有兩個大夫在那兒看診。

「到底是怎麼一回事？」沈世軒問道。明明他們出發去衙門的時候，老爺子在家還好好的，怎麼就幾個時辰的工夫，人就暈過去了？

沈世軒看了陰沈著臉的沈世瑾一眼，直接走出了屋子，對著屋外的楚亦瑤低聲說了幾句。

楚亦瑤點點頭，走到院子門口，迎面那兒走來了嚴氏和水若芊。

楚亦瑤吩咐孔雀去請人，看了嚴氏一眼，拉住身旁一個丫鬟問：「江管事在哪裡？」

那丫鬟說沒看到，楚亦瑤心生疑惑，江管事跟在老爺子身邊幾乎是寸步不離的，怎麼會不在院子裡？

「都已經搬出去了，怎麼還管沈家裡的事。」嚴氏就是被關個十次、八次，也改變不了她尖酸刻薄的性子，見楚亦瑤打聽江管事的下落，銳聲說道，那消瘦的臉頰更顯得嚇人。

「大伯母，您也說了只是搬出去，又不是分家，怎麼就不能管沈家的事了？」楚亦瑤懶得和她再周旋，問了幾個人都不知道到底發生了什麼事，只說老爺子忽然暈過去了，她總覺得不這麼簡單。

「喲，如今氣勢漲了，難怪都敢不顧著沈家報官，讓人家笑話我們沈家。」

楚亦瑤回看了她一眼，笑了。「那也沒大伯母氣勢漲，您若不下毒，我怎麼會有機會報官呢？想來二十大板還沒讓大伯母長記性呢。」

嚴氏的神色一抽，那二十大板，打得她險些暈過去不說，接連數月都只能趴著，牢房裡那是人過的日子嗎？黴氣熏天，不見天日，睡也睡不安穩，吃也吃不好，到處都是蟲子，那些人又髒又臭，那滋味一輩子都難以忘記。

楚亦瑤沒再理會，而是直接出了沈老爺子的院子去二房那裡，搬出去之後沈府也是留了人手的，若是他們有心要瞞什麼，從沈老爺子這院子裡的人口中肯定是打聽不到什麼。

回到了書香院，問過幾個人都說不清楚，直到問到一個守門的老婆子，她今夜正好替別人頂了一會兒班，在園子口守門，大老爺和大少爺回來之後，正巧讓她看到大少爺去過一趟老爺子的院子。「後來的事就不清楚了，時辰到了，別的婆子來換班子，我也沒瞧見大少爺出來。」

楚亦瑤問清楚了沈老爺子出事的時辰，距離沈世瑾進去前後不到一個時辰的時間。

楚亦瑤又問：「可看到老爺子院子裡的江管事進出？」老婆子搖搖頭。

楚亦瑤讓幾個人都回去，重新折回老爺子院子的時候，人已經散了一些。

老爺子暈厥過去之前曾口吐鮮血，兩個大夫都說是內瘀造成的，這兩年每到春寒沈老爺子都會犯病，年紀大了，症狀也就多起來了。

沈二爺擔憂地看了屋內一眼，問那大夫：「什麼原因會造成吐血的症狀。」

兩個大夫對看了一眼，其中一個對沈二爺解釋道：「因為老爺子身子狀況本來就不好，造成吐血的原因有很多，看脈象老爺子氣血浮躁得很，這和平日裡老爺子的情性也有很大的關係。」

楚亦瑤在旁聽了半天都沒聽出個具體原因，按這大夫的意思，難不成夜裡自己睡著睡著，忽然就吐血了不成？

同樣聽得糊塗的還有沈二爺和沈世軒，什麼時候大夫的把脈水平這麼低了，說個病症還如此籠統，沈世軒便開口道：「氣血浮躁，動了氣是不是也會導致吐血暈厥？」

「這……」那大夫猶豫了一下，正要說什麼，門口孔雀帶著另外兩個大夫走了進來。

「二弟你這是什麼意思？」沈世瑾臉色很難看。

沈世軒朝著那兩個大夫點了點頭。「大哥你也看到了，問了這麼多問題，這兩個大夫還說不出個所以然來，這等醫術如何放心，我就派人去回春堂又請了兩個大夫過來，還是看仔細些得好。」說完讓孔雀帶那兩個大夫進去。

不料沈世瑾當下就攔住了他們，朝著沈世軒發難。「二弟你這是不相信大夫說的話了？另外請兩個大夫過來算什麼意思，這沈家還輪不到你來作主。」

沈二爺的眉頭一皺。「世瑾，事關你們祖父的身體，既然這兩個大夫說得模糊，世軒再請兩個過來看也是在理，你為何攔著不讓進，這和作主不作主有什麼關係？」

「二叔，你們既已經搬出去了，今日請你們過來，你們看著便是，兩個大夫哪裡有說得不清楚了，祖父身子一直就不好，這忽然吐血暈厥過去，他們自然不敢妄斷。」沈世瑾就是不讓他們進去，與其說想瞞著什麼，倒不如說是在擺明姿態，這沈家，就是他們作主的。

「胡鬧！」一直沈默的沈大爺忽然喝斥了一聲。「什麼作主不作主，你祖父的性命才是最重要的，還不快讓開！」

沈世瑾看到沈大爺眼底的那抹厲色，不甘心地側了身，孔雀這才帶著兩個大夫走了進去。

過了一會兒，其中一個大夫走了出來。「瘀氣攻心導致的吐血，也有內瘀的關係，多是動了氣的緣故。」其餘的就不是他一個做大夫的能說的了，吐血之前受過什麼氣，動過什麼怒，發生過什麼事。

四個大夫一起開出了藥又替沈老爺子針灸過，離開的時候天都快亮了。

外室安靜了下來，半晌，沈二爺直接問沈大爺。「大哥，夜裡是不是發生了什麼事，好好地睡著怎麼會動氣的？一直都沒看到江管事，他不是隨身伺候著爹的嗎？」

「夜裡睡著能發生什麼事。」嚴氏在旁嘀咕了一聲。

氣氛再度凝結了起來，楚亦瑤抬眼看了沈世瑾一眼，他到底說了些什麼能把沈老爺子直接給氣吐血昏厥過去。

「大伯，你們回來之後就沒有去過祖父那裡嗎？」沒人承認不要緊，沈世軒直接看向了沈世瑾。「守門的婆子看到過大哥進祖父這裡，大哥一定清楚祖父為何會暈厥。」

沈世瑾也不否認，卻說他是進過沈老爺子院子，但見天色已晚就沒有再多打攪，末了臉上一抹悔恨。「祖父近來身子不適，我若是知道會這樣，當時就該進去瞧瞧的，這樣一來，說不定早早就能發現祖父的異樣。」

楚亦瑤心中暗暗吐說了一句，演戲。

近身伺候的江管事不在，祖父睡覺又不喜歡院子裡有別人，哪裡再去找人來佐證，即便是有，等他們到來，該收買的也就收買好了，能問出什麼。

「一切等爹醒了再說吧。」沈大爺做了個結尾，這件事也就當成一個突發事件。

楚亦瑤拉了拉沈世軒，就算有心要查，現在也不是好時候。

第六十八章

屋外天已濛濛亮，楚亦瑤他們暫且歇在了書香院中，不過此時哪裡還睡得著。

無怪沈世軒能斷定是沈世瑾說了什麼刺激話，祖父的心性這麼強硬，是那種睡一睡就睡到吐血的人嗎？唯有在意的人才能刺激到他，在這沈家之中，祖父最在意的人非大哥莫屬，再者從時辰上，確實是大哥進去了之後才發生的。

「亦瑤，我有些不太放心。」半晌，沈世軒嘆了一口氣。「大伯說一切等祖父醒了再說，我擔心……」沈世軒沒有繼續說下去。

楚亦瑤起身拍了拍他的肩膀，安慰道：「我知道你擔心什麼，不過我想不至於到那分上，若是祖父長睡不起，那就不是請大夫這麼簡單的事了，到時候若是官府插手，問出點什麼對他們沒有好處。」

「希望如此吧。」沈世軒拉著她的手放在懷裡。「妳休息一會兒，等天一亮妳和娘先回去，家裡總不能沒有人待著。」

楚亦瑤點點頭，卻沒有閉上眼睡著，而是趴在他懷裡想著事……

一個時辰過去，天大亮了，楚亦瑤和關氏正準備回去，沈老爺了院子那兒守著的嬤嬤又匆匆跑過來通知，老爺子醒了，醒來後沒說什麼，卻渾身抽搐還口吐白沫。

「娘，您先過去看看，我回家一趟看一下康兒再過來。」楚亦瑤匆匆回了一趟家，進屋子的時候，康兒坐在她的床上，一臉委屈地看著她，醒過來爹爹不見了，娘親不見了，祖父、祖母也都不見了。

「太祖父生病了，康兒乖乖的，娘去看看他，回來再陪你好不好？」楚亦瑤抱抱兒子，沈家現在人多雜亂的人，孩子帶過去了自己也顧不到，還不如留在家裡。

「娘早點回來。」儘管捨不得，康兒還是在那兒委委屈屈地鬆了手，嘟著小嘴坐在那裡，十分惹人疼。

若是沈老爺子身子好些了，楚亦瑤倒不介意帶兒子去陪陪他，讓老人家開心點。

「娘很快就回來了，你乖乖的，娘回來做好吃的給你。」楚亦瑤親了親他的臉頰，又和留在家裡的寶笙吩咐了些事，很快又趕回去沈家。

大夫說沈老爺子這是中風了。

楚亦瑤看著那身子抑制不住抽搐的沈老爺子，一時間說不出話來。

就是餵進去的湯藥都不能全數吞下，從歪斜的嘴角溢出來，一旁的嬤嬤趕緊擦乾淨，繼續餵藥。

沈老爺子顫抖著手要去拍開眼前的碗，看了一眼屋子裡的人，張口想說什麼，出聲的卻都是模糊不清的措詞。

為了避免沈老爺子再受刺激，留了大夫和照顧的人在裡面，其餘的人都走了出來，關氏的眼眶還有些微紅，像是哭過了，比起昨夜的暈厥，這忽然中風無疑是雪上加霜。

「如今當務之急，除了給爹看病之外，商行裡的事也得穩住。」沈大爺開口。「爹在管的一些事得暫時由我們來辦。」

沈二爺和沈世軒對看了一眼，沈二爺問：「那大哥要怎麼安排？」

「二弟，徽州分行的事可能要麻煩你過去幫忙一下，世瑾接替我的一些事，爹手頭上的那些由我來管著，世軒除了之前的那些，家裡的事也要多擔待些。」

「徽州那兒我可不熟悉。」沈二爺道。如今徽州分行是什麼樣一個形勢也不清楚，他不能貿然去頂這件事。

沈世軒比沈二爺更清楚徽州是什麼樣一個情況，他接上了沈二爺的話，拒絕沈大爺的安排。「大伯，徽州那裡還是大哥手底下信得過的管事去就好了，爹對這些都不熟悉，還是做好原來的事就夠了。」

這話正合了沈世瑾的心意，即便如今不順，他也不想讓二房的人知道任何關於徽州分行的事情。「爹，二弟說得對，二叔對徽州畢竟不熟悉，還是留在這裡幫忙得妥當。」不顧沈大爺眼底的不贊同，沈世瑾就是想要把所有的事都掌控在自己手中。

在四個人的商量中，沈家這些事就被暫時安排了下來，沈世瑾即刻安排人回徽州，沈大爺則進了沈老爺子的書房裡，看看沈老爺子手上到底還有哪些事沒有做完的。

沈老爺子如今還有些神志不清，這一病倒，很多事都會受到影響……

事情過去了十來天，楚亦瑤每隔兩日都會回一趟沈家，沈老爺子的病情雖有好轉，卻好轉得很慢。

而在這十天中，楚亦瑤竟一直沒看到江管事，就好像這個人忽然消失不見了一樣。

沈大爺的解釋是江管事經常會為沈老爺子去辦事，離開十天半月都是正常的，可在楚亦瑤看來，這人不見得實在是有些蹊蹺。

轉眼六月，沈老爺子的病情算是穩定下來了，只是出外都得坐著輪椅，也不能開口說話，脾氣倒是恢復到以前的樣子，彷彿就是看大伯母不順眼，凡是大伯母送過來的飯菜，一律掃地砸碎了。總不能餓著沈老爺子，長媳看不順眼，那就二兒子媳婦去。

關氏暫時性搬回了沈家照顧沈老爺子，這邊家裡的事就全部交給了楚亦瑤，楚亦瑤一下比沈世軒還要忙了，鋪子加酒樓的，如今還有家裡的庶務，幾乎是分身乏術。

沈世軒派人多方打聽還是沒有江管事的消息，沈老爺子現在又是手不能寫、口不能說，那天屋子裡發生的事似乎就這麼成謎了。

六月底，桑田那兒的行宮開始動工了，白王爺有了一大筆金陵商戶們慷慨捐獻的銀子，又有了那兒的地契，初始動工起來是一點都不費事，他還象徵性地送了些回禮給前去參加宴會的商戶，一人一個洛陽皇貢紫砂杯，皇上都是用這個的，眾人寶貝似地都拿回去收藏了，白王爺對這成效還是十分滿意。

楚亦瑤把那杯子直接擱倉庫裡了，要說天底下最小氣的，她看非皇家莫屬。

這熱夏還沒過去呢，七月初的一個大早，楚家傳回了一個消息，說是二嬸肖氏出大事了，她把二叔兩歲不到的兒子給悶死了。

楚亦瑤聽到這個消息的時候，正和錢嬤嬤商量著秋後府裡購置布料的事，聽完後下意識地朝著康兒所坐的地方瞧了一眼，回頭問傳消息的平兒。「慢點說，到底是怎麼一回事？」

「具體什麼情況舅爺那兒也不清楚，現在人被抓起來了，關在牢裡呢。」

「什麼時候開審？」這種事情李大人是肯定不會密審的，到時候一開審，全金陵的人都會知道這件事。

「就在三天後。」

半晌，楚亦瑤嘆了一口氣，二哥都把消息傳回來了，肯定是得去一趟楚家。

楚亦瑤走到屋外，抬頭看了一眼天上的烈日，這一年看來是不會太平了……

趕到楚家，楚亦瑤發現楚妙珞和楚妙藍都在，程邵鵬陪同她們一塊兒過來的，兩個人眼眶紅著，都是剛剛哭過。

見她們情緒還未平復，楚亦瑤和喬從安走到了隔壁的廂房內問及此事。

聽完之後良久，楚亦瑤都沒出聲，只是和喬從安對視了一眼，狗急了跳牆，兔子急了會咬人，二叔這一回是逼急了二嬸，二嬸才會做出這麼不給自己留後路的事情。

這可是殺人啊！

「如今已經在牢裡關了兩天，妙珞她們昨天剛剛去看過。」喬從安不喜這一家子，但對於這種事還是唏噓不已。

自從月牙河街市的鋪子被拆，楚翰勤在那兒的三間鋪子都一併拆了，雖說賠了不少錢，但要再找個好地段很難，遭到拆除的鋪子這麼多，有好的地方也是一堆人搶著去，拿著那些賠償的銀子和一堆剩下來的貨，楚翰勤有些犯愁。

也就是這時候，那個寡婦王氏把主意打到了楚翰勤留給肖氏的那間鋪子上，就在香閨旁邊，店面也不小，正好用上。

這是肖氏被趕出來之後唯一能維持生計的辦法了，楚翰勤一開始沒想過，但那王氏多次慫恿，又拿出兒子作文章，楚翰勤終於下了決定，要從肖氏手中拿回這鋪子，確切地說是從肖氏手中騙回了鋪子的契約，把鋪子佔為己有之後，也沒有要接肖氏回去的意思。

「二嬸怎麼會忍得下這口氣。」楚亦瑤評斷了一句，論潑辣，二嬸可一點都不會比那個王氏差。

多年來的丈夫忽然會變成這樣，又再度騙自己，斷了她的生計之路，肖氏心灰意冷之下把所有的錯都歸結在王氏身上，而報復的最好辦法就是傷害王氏最重視的兒子。

同情歸同情，談到正事上，喬從安也很清楚沒有轉圜的餘地。「妙珞她們過來，是想讓我們幫個忙、撐個腰，把屬於二嬸的東西拿回來。」

楚亦瑤嘴角揚起一抹不屑，這又是說到錢上面了。

「二嬸的東西無非是她這些年攢下的和一些嫁妝，她都沒帶在身邊嗎？」

喬從安搖搖頭。「不少東西還留在那裡，如今應當是在那二娘手中。」

「這件事何須我們出面？只要她們有二嬸的嫁妝單子就能向二叔要了，再不行就讓衙門作主。」楚亦瑤才不想替她們出這個頭和二叔去談這事。

「妳二哥就是這麼建議她們的。」只不過人家要留在這裡繼續哭……

到了大廳，楚妙藍還在流淚，蒼白的臉上淚珠子垂掛在那兒，煞是惹人憐，只可惜在場除了程邵鵬之外，沒人被她這模樣吸引到。

「希望暮遠哥和亦瑤姊姊能在開審的時候前去一趟，我與姊姊會在案子有結果的時候，向李大人說起娘親嫁妝的事，希望能給娘討回一個公道。」楚妙藍也有自知之明，沒有提過分的要求，就是希望楚家能去壯個聲勢，而請楚亦瑤一塊兒去，不就是為了她背後的沈家嗎？

「為何不請程家的人過去？這可是堂姊妳的夫家。」楚亦瑤看了一眼程邵鵬，難道程家連這點忙都不幫了？

楚妙珞本就傷心的臉上更添一抹憤然，看了一眼一旁的程邵鵬，後者愧疚地看著她，低下了頭去。

程家何止不幫忙，甚至還以這件事為恥，她有個殺人犯的娘，今後在這程家的地位，恐怕是越來越不如了。

「只是坐在公堂之上，這個忙我和二哥可以幫妳們，不過除此之外，我們不會插手任何有關妳們和二叔之間的事情，包括妳們的二娘，所以讓楚家出面替妳們做些什麼的想法，還是就此打住得好。」楚亦瑤將那眼神收入眼底，代替楚暮遠答應了這件事。

沒有別的原因，她就是想看看公堂之上，這二叔家究竟會內訌成什麼樣子……

三日後開審，圍堵在公堂口的人不少，有朝廷重官在金陵的情況下還有人敢犯事，這不純粹是活膩了嘛！外面這一大堆人，都是來看好戲的。

李大人算是給楚亦瑤他們面子，給了堂內一個偏後的地方安排了位子，楚妙珞和楚妙藍也坐在那兒。

等著升堂後，李大人讓人把肖氏帶了上來。

這和楚亦瑤當日在馬車上看到的完全像是兩個人，蓬亂著頭髮，衣著凌亂，面色蒼白不說，那雙眼睛混濁不堪，失了神色。

因為是重刑犯，肖氏的腳上和手上還鎖了鍊子，跪在地上的時候那聲音尤為刺耳，公堂內安靜一片。

李大人開口問道：「犯婦肖氏，本月初三這日，妳去了哪裡？」

肖氏沈默在那裡，直到李大人重重拍了一下手中的案板才緩緩抬頭，眼底漸漸蓄積了淚水，卻不開口說話。

李大人開始傳召證人，首先上來的就是王氏。

痛失愛子的王氏掐死肖氏的心都有了，恨恨地瞪了肖氏一眼，開始和李大人說起案發當日的事情，她因為鋪子裡的事情出去了，家裡有丫鬟還有奶娘在。

不料等她回來，奶娘被敲暈在外頭，兩個丫鬟人也不見了，屋子裡午睡著的兒子，整個人被悶在厚厚的被子下，等她去翻開看的時候，早就已經臉色死青，沒了呼吸。

「大人，這個惡婦殺死了我的兒子，您可要為我們作主啊！」王氏說著要去打肖氏，一旁的衙役直接按住了她，公堂上響起了王氏的哭號聲。「我的兒啊！」

「肅靜！」李大人拍了板子。

王氏很快地止住了哭聲，跪在那裡恨恨地看著肖氏。

李大人繼而傳召了奶娘和幾個丫鬟，一切人證都顯示了殺害王氏兒子的人是肖氏，李大人再次問肖氏。「妳如何潛入楚家？」

這一次肖氏不沈默了，哼笑了一聲，鄙夷地看了一眼一旁的楚翰勤。「我是楚二夫人，是楚翰勤明媒正娶的妻子，我何須潛入楚家，我是正大光明地從門口走進去的。」

「妳不要臉，都已經被趕出楚家了，妳還說是老爺的妻子！」王氏即刻反駁她，一雙眸子瞪著她，恨不得能剜下肉來。

都到這個分上了，肖氏瞥了她一眼，抬頭和李大人說：「李大人，我只是被我們家老爺趕出楚府，並無休書，所以我還是楚家的夫人。」

「妳為何殺害王氏之子？」

「李大人，我與老爺成親二十幾年，從未有過大爭執，可從這個女人出現之後，在她的教唆之下，老爺對我百般刁難，最後還不顧念夫妻情分將我趕出了楚家，當時老爺留給我一間鋪子，給我做生計之用，可就在不久前，這女人就是這麼容不下我，竟然再次慫恿老爺要把鋪子收回去，讓我在這金陵活不下去。」

楚亦瑤臉上露出一抹訝異，這麼條理清晰地說明，沒加油添醋裝可憐，這還真不像是二嬸的作風，她瞥了一眼一旁哭成淚人的楚妙藍，這是為之後要嫁妝做的鋪墊？

肖氏的聲音很大，大到外面圍觀的人都聽得一清二楚，一個男人是如何在有妻室的情況下和一個寡婦勾搭成奸，又是如何拋棄糟糠之妻，不顧念舊日情分要讓她沒了生計活不下去。

這一切的一切從肖氏的口中說出來，竟帶著些淒婉。

楚翰勤是百口莫辯，即便是想辯駁，公堂之上又豈容他喧譁吵鬧。

肖氏說到後來，話鋒就轉為了憤恨，她如今就是破罐子破摔。「既然他們不給我留活路、忍不下我，我也不會讓他們好過，我就去了楚家，打暈了奶娘，悶死了這個女人的兒子，我用了厚厚的三大床被子，就是要悶得他哭不出來、透不過氣，我也要讓她嘗嘗這滋味！」肖氏的神色忽然變得有些瘋狂，尤其是在說到悶死王氏兒子的時候，那幾近灰暗的眼中迸射出了一些興奮。

王氏瘋了似地去抓她，衙役阻攔不及，肖氏的臉上被刮出了幾道血痕，但這都阻止不了肖氏那瘋狂的笑聲，從那孩子被悶死的那一刻，她就沒想過要再活下去，這麼活下去也沒什麼意思，倒不如這樣來得暢快。

王氏被衙役壓在了地上，口中罵道：「妳這個瘋女人，妳還我兒子！」

「肅靜，再喧譁就拖出去杖責十五大板！」李大人大喊了一聲。

王氏不甘心地被拖回到楚翰勤身邊，肖氏則笑到流淚，朝著身後楚妙藍的地方看了一眼，眼底有著不捨。

「犯婦肖氏，殺害夫家平妻之子一事，妳可認罪？」李大人再度問道。

半晌，肖氏抬起頭看著他。「認！」

沒等李大人說什麼，肖氏急急地補充道：「大人，殺人一事我認罪，但有一事還請大人在此為民婦作主。」

李大人看了一旁的師爺一眼。「說。」

「民婦被趕出楚家的時候只帶了兩百兩銀子，民婦的嫁妝和這些年來跟別人合著賺的一些銀子都還留在楚家，這些都是給我那幼女妙藍作嫁妝的，卻被他們藏起來了，還請大人做個見證，今後這些東西要等幼女出嫁之時都留給她，楚翰勤和那女人都不得中飽私囊。」

楚翰勤身邊的王氏神色一變，目光凌厲地看向站起來的楚妙藍，楚妙藍手中拿著一份嫁妝單子交給了衙役，那是肖氏出嫁時的嫁妝單子，和這些年動用嫁妝的部分。

李大人低頭看了一下這嫁妝單子，把嫁妝單子另外放在一旁，對肖氏道：「本官可以答應妳。」

肖氏殺人一案很快終了，因為是命案，還要上交到刑部審理後再行論斷如何處決，肖氏暫時被收押在牢房之中。

眾人從衙門裡出來，楚亦瑤正欲上馬車，楚妙藍踩著小碎步朝著她奔過來，楚亦瑤站在馬車邊上等著她開口。

「亦瑤姊，上次的事真的對不起，妳和妳的孩子一切無恙我就放心了。」楚妙藍身著一身白色的素服，簡單的衣著遮掩不去她姣好的容顏，周圍路過的人還時不時朝著她這邊看過來呢，嬌聲喊著「姊姊」喊得十分親熱。

「那都是兩年前的事情了。」楚亦瑤淡淡地提醒她，要道歉也太晚了。

楚妙藍臉上露出一抹無辜。「我怕姊姊還生我的氣，亦瑤姊，我可以去沈家看妳和孩子嗎？以後我就是孤身一人了，爹和二娘不會管我，我……」楚妙藍是越說越委屈，大姊對她有忌憚，她更不可能回去徽州。

「不可以。」

輕飄飄的三個字飄入楚妙藍的耳中，楚妙藍瞪大著眼睛看她。

楚亦瑤嘴角揚起一抹笑，伸手在她臉頰上摸了摸，聲音中透著些冷意。「當日我早產的時候我相公就說過，絕不想再見到妳，同樣的，我也是這個意思，不想再見到妳。」

楚妙藍的臉色一慘白。

楚亦瑤靠近她的側臉，輕聲說：「嚴城志不是與妳情投意合嗎？妳嫁了他，不就可以從妳爹手中把嫁妝提前拿出來了，小心夜長夢多。」

楚亦瑤沒再管她面色有多蒼白，直接上了馬車，命阿川回去。

楚妙藍掐緊著手中的帕子，眼底一抹狼狽。

後頭的楚妙珞追了上來，狐疑地看著她，又看了看遠去的馬車，問道：「妳和她說什麼？」

楚妙藍搖頭，回頭拜託她。「沒什麼，大姊，之前我和娘住在一塊兒，如今我要回楚家去，妳能不能陪著我一塊兒回去？」

楚妙珞點點頭，又問道：「妳答應我的事情沒忘記吧？」

楚妙藍遮掩去臉上的嫌惡忙說道：「沒忘，娘留給我的嫁妝，我會分兩成給大姊的。」

楚妙珞這才滿意地點頭。「娘就最疼妳，把最多的都留給妳了。」

案子結束半個月之後，楚亦瑤這裡得到了牢房那兒的一個消息，楚二夫人自殺了，死得極為慘烈，是用磨尖的筷子，自己捅了喉嚨死的。

楚亦瑤久久沒有緩過神來，即便不是死刑，酌情處理也可能是坐一輩子的牢，二嬸選擇了盡早解脫。

「娘，娘。」懷裡的康兒見娘走神，不滿地扭動了一下身子。楚亦瑤低下頭，康兒正揮著手往她的衣領上面抓。

「怎麼了？」楚亦瑤抓住他的小手，康兒拉著她想往外走，楚亦瑤跟著他出去，康兒在院子裡的花壇邊上蹲下，非要她也一塊兒去蹲，指著花壇泥堆裡一隻爬來爬去的螞蟻，笑嘻嘻地對她說：「爬爬蟲。」

「這個是螞蟻。」楚亦瑤摸了摸他的頭。

康兒重複著「螞蟻」兩個字，疑惑地看看那爬來爬去的螞蟻，又看了楚亦瑤一眼，不懂這兩個字和這蟲子有什麼聯繫。

楚亦瑤讓寶笙去拿了一塊糕點，捏碎了撒在泥土上，不一會兒那些螞蟻就聚到了一起，開始搬運那些碎粉末。

康兒驚呼了一聲。「娘，牠們吃糕！」

每每看著兒子這可愛的模樣，楚亦瑤就覺得什麼煩惱都沒了，手把手地教他把粉末扔下去。

沈世軒進來的時候，恰好看到母子兩個人在那裡玩數螞蟻。

康兒扭頭看到沈世軒，從楚亦瑤懷裡出來，朝著他扭著跑過去，沈世軒一把抱起了他，高興之餘，康兒還不忘記拍他的馬屁。「爹爹好棒！」

兒子越大，這嘴巴是越來越甜了，一會兒說爹爹好棒，一會兒說娘好漂亮，哄完了他們，等著去關氏那兒，還能想出別的詞來哄他們開心。

沈世軒陪著他一會兒，到了午睡的時間，奶娘帶著他回屋子去了，沈世軒這才和楚亦瑤說起了正事。

「有江管事的消息了。」

「在哪裡找到了？」楚亦瑤替他倒了杯一茶。

「在鄉下，江管事似乎是刻意躲著，他們就沒上前去認，以免打草驚蛇。」

找了這麼久終於有消息了，楚亦瑤也替他高興。「明天你親自去一趟確認，我想江管事即便是刻意躲著，那也是有原因的，貿然前往，怕是他會再離開。」

第二天，沈世軒就出發去那個叫做南鄉村的地方了。

第六十九章

沈世軒去往南鄉村的同時，在沈家沈老爺子院子內，沈世瑾正滿臉陰沈地看著坐在輪椅上的老人。

「小金印呢？」沈世瑾問道。

沈老爺子歪頭看著他，嘴角抽動了一下，只發了個聲，什麼都沒說。

沈世瑾看著床榻內側那一排櫃子，能找的他早就找了，就是沒有找到沈老爺子的小金印。

「祖父，這個家交給我，您有什麼不放心的，就連小金印也藏起來了，難道您要放著那些事不管了？」沈世瑾踱步回沈老爺子面前，坐在了他的對面。「祖父，您究竟把小金印放哪了？」

沈家從做生意開始，每一任沈家當家手上都會有一枚小金印，沈家生意上很多大事都需要這個印章才能奏效，確定下一任繼承人的時候，當家的就是把小金印傳給他，之後沈家這些生意上的事就由下一任的人作主，到沈老爺子這裡，他卻遲遲沒有將小金印拿出來。

沈世瑾不是沒想過仿造一枚，但那些印章都是要當著老管事的面蓋的，是不是真的他們難道會看不出來？

江管事失蹤找不到人，他只能從沈老爺子這裡下手，這麼重要的東西總不會流失在外。

沈老爺子眼底一抹惱怒，微微顫顫地伸手指他，臉色脹紅著氣急了。

「您還指望二弟吧？他可是把什麼都推給爹和我了，從小到大您就教我，這個家將來是要交到我手上的，讓我好好努力，怎麼，現在您反悔了？」

沈世瑾看著他發怒的樣子，臉上卻掛著笑意，這沈家、這商行，終究都會是他的，誰也奪不走。

啪地一聲，沈老爺子的手重重地揮上一旁桌子上的茶盞，杯子碎了一地。

沈世瑾卻只是從容地看著，說：「祖父若是不告知小金印的下落，那孫兒就只好和眾管事們說小金印不見了，重新打造一枚。」

沈老爺子雙手抓著那輪椅的扶手砰砰作響。

沈世瑾笑了，人是他氣吐血的又怎麼樣，是他氣中風的又怎麼樣，誰能證明？

沈世軒到南鄉村的時候已經是傍晚了，江管事躲得可真夠偏僻。

太陽下山之時，田裡忙碌的人還有很多，沈世軒下了馬車，跟著看到江管事的人朝著村子裡走去，到了一家不起眼的農家院落前，角落裡還躲著兩個人，一直監視這院落以防人再不見。

沈世軒到了那院落門口，屋內跑出兩個孩子，追逐打鬧著玩，其中一個看到了門口的沈世軒，也不怕生，大聲問：「你誰啊！」

「我來這裡找個人。」沈世軒笑得和善。

那孩子瞥了他一眼，和背後的孩子交頭接耳說起了話，不一會兒，那孩子看他說：「我這裡沒有你要找的人。」

沈世軒一怔，失笑，這是早就教導好的嗎？但凡有陌生人上門來找人，一律都說沒有這個人。

沈世軒耐著性子說：「我還沒說找誰，你們就知道沒這個人了？」

小孩子哪裡禁得起這樣繞彎子的，兩個孩子一下轉不過來了，其中一個小的怯生生地看著他，還沒等說什麼呢，竟然嘴巴一撇，哇地一聲哭出來了。

沈世軒和幾個人都錯愕了。

另一個屋子內很快跑出一個婦人，看到站在那裡嚎啕大哭的孩子，抱在懷裡哄著。

那孩子還不斷指著沈世軒他們，小臉上滿是委屈。

「你們是什麼人？」婦人讓大一點的孩子牽著妹妹進屋子去，有些警覺地看著沈世軒他們，沈世軒無奈，他看起來這麼不像好人嗎？都能把孩子給嚇哭了。

「我想請問，你們這裡有沒有一個叫做江碌的人。」沈世軒總覺得那個婦人和江管事有幾分相像。

婦人搖頭。「我家沒有這個人，你們找錯了。」

被這麼乾脆地回絕了，沈世軒也不覺得意外，有心要躲怎麼可能這麼容易找，於是他對那婦人說：「若是妳見到這個叫江碌的人，麻煩妳和他說一聲，說一個叫沈世軒的人找他，有重要的事情，告訴他沈老爺子中風，如今都不能開口說話。」

婦人奇怪地看著他，沒有應答。

沈世軒也不多留，過了這個別院轉角處，命兩個人留在這裡繼續看著，其餘的都帶回了金陵。

回到家已是深夜。

楚亦瑤哄睡了玩鬧一天的康兒，見他進來，命孔雀去準備洗澡水。「怎麼不在附近鎮上留一個晚上？」

「留了也沒用，江管事沒這麼快回來。」沈世軒脫了外套。「我看那農婦和江管事肯定有些關係，也許是親戚，這江管事跟在祖父身邊這麼多年，我們竟不知道他還有家人，一直以為他是孤身一人。」

「祖父不說，江管事不說，你們怎麼知道，若江管事留意，他一定知道祖父生病的事情。」夫妻兩個分析到最後，覺得江管事離開和祖父多少也有關係。

上了床榻，沈世軒下了決定。「我後天再去一趟。」

沒等沈世軒出發，第二天沈世瑾便召集所有的管事前去沈家商行，等沈世軒到的時候，偌大的商行大堂內站滿了人，各個管事也是一頭霧水，召集這麼多人過來，究竟是為了何事？

沒多久，沈世瑾就從二樓下來了，身後還跟著幾個沈家的老管事，到了大堂內，沈世瑾示意大家安靜，開始說話。「今天叫大家來，是有幾件事想和大家商量。」

眾人安靜了下來，沈世瑾頓了頓，繼續說：「祖父病下多日，暫不能理事，把這些事都交給了我爹和我，前幾日我得知，祖父那裡的小金印不見了，因祖父如今不能開口說話也拿不了東西，我無從得知小金印下落，江管事又不在府中，所以今天找大家來，是要商議這重新打造小金印的事情。」

沈世瑾的話只提到一句江管事，沈世軒身旁兩個管事就猜測起小金印和江管事失蹤之間的聯繫，沈世軒看著滿臉笑意的沈世瑾，明白了他這些話的意思。

不管小金印在哪裡，如今都是要重新打造，為了避免之後出現意外狀況，就直接誤導眾人，讓大家猜測覺得是江管事拿走了小金印。

沈世瑾見眾人討論，徵求意見道：「大家意下如何？」

「大少爺，若是原來的小金印不在，這重新打造出來了可與之前的不同了。」其中一個管事說出了顧慮，這金印是大事情，沈老爺子不在場的情況下作這個決定，似乎是不太妥當。

沈世瑾搖搖頭。「這章印肯定是一樣的，只是樣子不一樣而已，諸位大可以放心。若是不重新打造一枚的話，這沈家的不少事情可是被拖著不能繼續了，祖父生病事大，這商行的事更是重要。」

眾人面面相覷不能作決定，部分人看向了沈世軒這邊，好歹是沈家的二少爺，怎麼都得說句話啊。

「金印重新打造可是從未有過的事情，大哥，這麼做是不是過於草率了？」這些事來得這麼蹊蹺，沈世軒開始懷疑大哥的動機。「再者，小金印一向是祖父貼身收藏的東西，不可能會遺失，如今祖父只是不能開口，又不是神志不清，怎麼會不能告訴小金印的下落？」

沈世軒唯一解釋得通的，那就是祖父不想讓大哥知道小金印在哪裡，換言之，就是不想讓他掌管這些事。

沈世瑾居高臨下地看著沈世軒，臉上的笑意尚未散去。「二弟，祖父如今什麼情況你又不是不清楚，若祖父一直不開口，這很多事可就得擱置了，半月前幾個茶商才來過，可沒有小金印，這明年新茶的事情就無法定奪。」

「就這幾件事也用不著小金印，他們又不是不明事理的人，和沈家也不是頭一回做生意了，非要糾結在金印上面，倒覺得他們奇怪得很，大哥你說是不是？」

沈世軒這話一出，幾個管事贊同地點點頭，又不是第一天做生意，特殊情況之下難道沒有例外？沈家也不是求著他們做生意。

沈世瑾眼神微瞇。「他們糾結也是有緣由的，畢竟過去一直以來的規矩，如今這情形之下，多一事不如少一事，等到祖父身體康復了，這另外做的金印就可以廢掉，大家以為如何？」

沈世瑾的聲線裡帶著一股淡淡的壓迫之意，同意的，就是站在他這邊，不同意的，那就是支持二弟的想法了。

大堂中沈默一片。

說到兩個少爺之間的爭執，大夥誰都不想要摻和進去，更沒有人願意做這個出頭鳥首先做選擇。

「既然你們都不說話，那就是同意我說的話了。」沈世瑾嘴角揚起一抹笑。

眾人繼續沈默。

「為何不是同意我說的話呢？」沈世軒緊接著打斷了他的話，向前走了兩步，迎頭對上他的視線。

沈世瑾看著這個一而再、再而三阻攔自己的弟弟，哼笑了一聲。「這沈家輪不到你來作主。」

沈世軒只是一笑，說得溫和。「我只是建議大哥，我也左右不了大哥的想法，更別說作主了。」

沈世瑾見他話鋒一轉，眼底閃過一抹不屑，壓低了聲音說：「既然你知道無法左右別人的想法，你就不該這麼多廢話。」

到了最後，沈世瑾以強硬的態度不顧部分人的反對，堅持要重新做小金印，沈世軒知道這麼爭執下去也不會有什麼結果，看事情已成定局便沒有再留，不等第二天，從沈家商行出來就直接趕往南鄉村去找江管事。

到南鄉村的時候已經天黑，下了馬車，沈世軒到了那家人門前，屋子裡透著光，有人影在窗內來回走動。

過了一會兒，那婦人開門出來倒水，看到院外的他，先是一怔，繼而朝著屋子內看了一眼，對沈世軒說：「你怎麼又來了？」

沈世軒也不繞彎子，亮聲道：「江管事，如今我大哥要另外做小金印，這個時候難道你還要躲藏在此？」

那婦人拿著滿盆子的水，作勢要趕人。

沈世軒直直地看著那透著光亮的門口，繼而說：「祖父病倒，江管事卻不在，必定是有緣由，你能躲得一時，躲得過一世嗎？」

這麼大的聲音都吸引旁邊的住戶開門出來看了，婦人端起那盆子要潑水，屋內傳來了江管事的聲音——

「阿英，開門讓他進來。」

那婦人放下了盆子給他開門，沈世軒走進屋子，江管事穿著一身普通的衣服，盤腿坐在桌子旁，上面放著一壺酒和幾個小菜，兩個小孩坐在江管事旁邊，手裡捏著個地瓜在那裡啃著吃。

江管事請沈世軒坐下後，對那婦人道：「還沒吃飯吧？阿英，再添一雙碗筷。」

「壞人！」

沈世軒剛端起碗想喝湯，對面的那個小姑娘抬起頭，張大著眼睛便瞪著他，一看他看過來了，急忙躲到哥哥身後，時不時偷偷看他一眼，嘴裡唸叨著壞人。

「我怎麼就是壞人了？」沈世軒失笑，喊冤。

「來找爺爺的都是壞人，是壞人！」小姑娘糯糯著哼了沈世軒一聲，躲在男孩子身後不肯出來了。

江管事伸手摸了摸女孩子的頭，對沈世軒解釋道：「阿英是我的養女，她的丈夫也是個孤兒，兩個人在這南鄉村住著，也算是我的一個家。」

沈家人從來都不知道江管事還有個養女，難怪大哥也找不到他，都以為他孤家寡人一個，沒什麼親人。

簡單地吃過了飯，沈世軒直接問道：「江管事，你為什麼會離開沈家到這裡來？」

江管事放下了碗，看著沈世軒嘆了一口氣。「在你們參加那宴會的前一天，我就離開沈家了，老爺命我找一個僻靜點的地方，躲藏一段日子。」

沈世軒微怔，祖父料到了大哥會不甘心。

「這送桑田地契的事情，老爺料到了大少爺會不甘心，以防萬一，老爺讓我離開沈家去辦點事，暫時不要回去，等這件事過去了，他會派人來找我。」江管事的話解釋了沈世軒心中的疑惑。

「那小金印，是不是在江管事你的手中？」

江管事笑了笑，不否認也不承認，沈世軒見他如此，大概猜到了小金印的下落。

「今日商行裡大哥召集所有管事說要重新做小金印，因為祖父沒有答應把金印拿出來，大哥就說這小金印不見了，不少人把金印遺失的事和江管事聯繫在一塊。」這個罪，恐怕是洗不清了。

「二少爺不必擔心。」江管事讓那婦人把孩子都帶出去，屋子裡就剩下他們二人，江管事在屋子裡找出了一個盒子，盒子裡放著一疊厚厚的銀票。「這是老爺讓我從錢莊裡取出來的銀票。」

沈世軒粗略地看了一下，竟然有二十萬兩之多。

江管事把盒子合上。「錢莊裡一共有二十五萬兩銀子，支取錢莊裡的銀子，都需要用到小金印。」沈老爺子吩咐他把絕大部分都兌成銀票拿出來了，只留下五萬兩銀子在那放著。

祖父料到的還真多，把大部分銀子都拿出來了，留下那一些，即便是大哥另外做了小金印去取，也沒多少了。

「但祖父的身子一天不如一天，他的病一時半會兒好不了，娘雖然留在沈家照顧，但這沈家上下還是大伯母作主的。」沈世軒擔心的是，大哥既然能氣病了祖父，也能讓祖父長病不起。

「那就讓大少爺去做他想做的。」江管事搖搖頭。「沒人阻攔他，他才不會去老爺身上動心思，哪天沈家被大少爺弄垮了，這些銀子也就派得上用場了。」

沈世軒詫異地看著江管事，祖父竟做了最壞的打算。

江管事也有些無奈。「二少爺，不管大少爺如何做，您手上那些和白家合作的事情，希望您能牢牢掌握在手中。」

沈世軒不能理解。「祖父既然知道，為何還……」

「大少爺是老爺一手教出來的人，老爺曾經說過，大少爺最像他，今後也一定能做出一番成績來……」江管事頓了頓，沒往下繼續道。

沈世軒明白了他的意思，恐怕在祖父心裡，還是有那麼一些期許，覺得大哥一定也能很成功。

說到這裡，沈世軒沒什麼好問、更沒什麼好說的了，祖父做了最壞的打算，也做了準備，唯獨沒有算到的，大概就是自己會病得這麼重，如今即便是後悔了，江管事現在也回不去。

「二少爺，我會依照老爺的決定，等他身體康復了就回去。」

沈世軒拿起桌子上的酒杯，一口飲下，自家酒釀火辣辣得很是刺激，他微眯了下眼。

「若一直康復不了呢？」

江管事一怔，半晌才開口道：「那就要勞煩二少爺了。」

沈世軒哈哈笑了起來，微紅的臉上帶著一抹酒意，他看著江管事一本正經的樣子，哼了一聲。「你倒是不迂腐了。」

第二天一早沈世軒離開了南鄉村，回到家把事給楚亦瑤一說，她激動得直接罵了一句——

「老糊塗！」

「別動氣。」沈世軒把一臉激動的楚亦瑤按回到了椅子上。

楚亦瑤撥開了他的手氣憤道：「我能不激動，我能不動氣嘛！敢情祖父心裡清楚大哥那點伎倆，那他還縱容他呢，竟還把這沈家交給他，他這是拿整個沈家在賭，拿你們沈家幾輩子人攢下的基業在賭，他這不是老糊塗是什麼！」

楚亦瑤越說越氣，當初楚家就為了那一、兩萬的銀子差點陷入破產的境地，如今沈老爺子倒好，好闊綽的沈家，還留了五萬兩銀子在錢莊裡。

「你們沈家倒是家大業大禁得起折騰，二十萬兩銀子拿過來怎麼了？我還不稀罕了，到時候你也別接這爛攤子，江管事那就是愚忠，難道看不出來他沈世瑾做這金印是為了什麼。」

「祖父一直是個固執的人。」沈世軒倒茶遞給她。「妳也別氣，沈家的東西我一直沒看在眼裡，守著那些總有坐吃山空的一天。」

楚亦瑤霍地站了起來。「咱們沒看在眼裡是一回事，既然這沈家早晚要敗光的，那就乾脆分家了得，咱們分了二房應得的，那家裡就任他折騰去。」

「說歸說，妳置什麼氣？」沈世軒拉著她坐下來。

楚亦瑤哼了一聲。「我沒你好脾氣，桑田的事我還覺得被老爺子坑了，那上萬兩銀子我就是用來買鋪子，都能買個十幾間了。」

最讓她生氣的是到現在還顛倒黑白，指望他一手培養起來的長孫，他都快被人家給弄死了，他還指望呢，難不成這上了年紀的人都要這麼糊塗一把，曹老夫人也是，如今老爺子也是。

「你明天就去沈家，金印的事老爺子不肯告訴他，這分家的事他早該列了單子，你把應得的那分給分回來，反正我們也搬出來了。」

沈世軒看她氣急敗壞的樣子，呵呵地笑著。「那我們和白家合作的可也就要交給大哥了。」

楚亦瑤睖子一瞪。

沈世軒把她抱到了懷裡，好聲安慰道：「我哪裡不生氣了，可這些事不是生氣能解決了，如今分家的話，我們能得的是除了沈家生意之外的東西，和白家合作的都得交到大哥手上，再者祖父現在也不會答應。」

「按你的意思，是今後分家也要交給他們了？」楚亦瑤緩了緩語氣，看著他臉上的認同，哼了一聲。「便宜了白家，也不會便宜他們，到時候你就把那些明面上都賣給白家，我再去買回來。」

「娘子真是好計謀！」沈世軒見她把自己的想法給說出來了，不忘誇獎她。

楚亦瑤推了他一把，有些彆扭地道：「別抱這麼緊，悶得慌。」

沈世軒一開始還沒聽明白，半晌才狐疑地看著她，平日裡都這麼抱的，怎麼沒見她說悶。

「妳身子不舒服？」他擔心地問道。

「沒有。」楚亦瑤即刻撇過臉去否認。

「到底怎麼了？」她越是如此，沈世軒越懷疑，抱著她不撒手了。

楚亦瑤推不動他，惱怒地回看他。「你還愣著做什麼，商行不用去了？工坊不用去了？大白天的你還不快撒手！」

沈世軒被吼得莫名其妙，看著臉色泛紅、滿眼慍怒的妻子，怎麼這脾氣，忽然變得這麼暴躁了……

第七十章

從南鄉村回來之後，沈世軒便沒再去管沈家商行裡的事情了，和白家合作的事也不少，如今工坊落成，就等那大的首飾坊開張了。

楚亦瑤又貼進了自己的銀子，在首飾坊旁邊開了一家布坊，背後給了白璟銘幾成的股，明面上都是楚亦瑤的身家。

等到了八月，楚亦瑤覺得不大對勁了。

連著她自己都察覺到了這喜怒無常的情緒，有時候對著沈世軒沒說兩句就開始發脾氣，莫名其妙不說，過後自己都覺得奇怪。

錢嬤嬤提醒她該找個大夫瞧瞧，楚亦瑤一時半會兒忙乎得反應不過來，半晌才意識到，自己的小日子遲了好幾天了。

「不應該啊。」楚亦瑤嘟囔了一聲，從沈世軒說要再生一個開始，頭幾個月她還是挺期待的，但一直沒懷上她也就沒在意，這幾個月家裡事情這麼多，兩個人對那事也都不大上心，怎麼就懷上了？

錢嬤嬤一聽笑了。「孩子是緣分，該來的時候還是會來的，也不能全隨了您的意啊，哪裡是能控制的。」

楚亦瑤臉上露出一抹赧然。「那就請個大夫吧。」這麼算起來，她心中也有數了。

請了大夫過來一看，果真是有身孕了，日子尚淺。

「夫人若是有情緒上的變動，實屬正常，儘量保持心情平穩，這樣有益於腹中胎兒。」大夫開了幾貼安胎藥，錢嬤嬤便送了他出去。

楚亦瑤半靠在床上，倒是一旁的孔雀開心得很。「太好了，小姐，大少爺也有伴了。」

楚亦瑤瞥了她一眼，忽然開口道：「孔雀，妳可都有十七、八了。」

孔雀掛在臉上的笑停滯在那裡，半晌有些糾結地看著楚亦瑤。「小姐，您提這個做什麼？」

「怎麼，妳還打算一輩子不許人了？」楚亦瑤好笑地看著她。

孔雀支支吾吾地說：「不許人也沒關係……我留在小姐身邊照顧著，不好嗎……」

「那妳就成老丫鬟了，有中意的人妳就直接告訴我。」楚亦瑤這麼一說，孔雀臉上就露出了一抹可疑的紅暈，楚亦瑤微瞇著眼看向她。

孔雀趕緊搖頭。「小姐，我看阿川對寶笙可殷勤了，前幾天還給寶笙帶了吃的。」

對她這顧左右而言他的樣子，楚亦瑤笑而不語，阿川中意寶笙她早就看出來了，至於這丫頭，瞞得再死，留意一下就清楚了……

下午沈世軒回來，見她懶懶地躺在床上，以為她身子不舒服，過來摸了摸她的額頭。

「是不是身子難受？」

楚亦瑤直接拿過他的手放在了她的肚子上，沈世軒不解，直到楚亦瑤的笑聲在耳邊綻放，他那疑惑的神情漸漸被驚喜替代。

「真的？」沈世軒有些不確定地看向她。

楚亦瑤傲嬌地抬了下頭。

「我們又有孩子了。」沈世軒一下把她攬在了懷裡，語氣是遮掩不去的開心。

楚亦瑤被他抱得難受，推了他一下。

「大夫怎麼說？」沈世軒趕緊鬆開手，寶貝似地看著她。

「你到底是在意孩子，還是在意我呢！」楚亦瑤不免有些吃味，嘴角微微上翹，頗有幾分吃醋的味道在裡面。

沈世軒樂了，這嬌俏的模樣可不常見，忙解釋道：「自然是在意妳了，在意妳，我才在意妳的孩子，別人的我看都不要看，妳才是最重要的！」

聽著他信誓旦旦的表白，楚亦瑤覺得心裡舒坦多了。

哼哼著掙脫了他的懷抱。「等會兒你和我一塊兒去爹娘那兒說，我還沒告訴他們呢。」

沈世軒還有什麼不能答應的，看著她那還未隆起的小腹，充滿了期待……

沈家那裡很快知道楚亦瑤有身孕的消息，不論是成親還是有身孕，二房就是領先這麼一籌，嚴氏如今置氣著想找個人擠兌都沒辦法，只能勸著水氏，如今還年輕，趕緊再多生兩個，孩子又不需要他們小倆口帶。

接連幾回去請安說的都是這個，水若芊聽著都覺得煩了，乾脆藉故身子抱恙，不去請安。

王嬤嬤看著躺在床上的小姐，想勸又不知道從何說起，夫人還期待小姐再有身孕，可自從上次小姐和姑爺吵架，這都快半年了，姑爺一直沒進過小姐的屋子，這樣下去如何是好。

王嬤嬤心裡想了一轉，開始決定說兩句，床上的人先開了口。「越兒呢？」

「少爺在夫人那兒請安還沒回來。」王嬤嬤給她在身後加了個靠墊。

水若芊眉頭一皺。「都去了這麼久了，怎麼還不回來？」

王嬤嬤一頓，每次少爺去夫人那兒請安都會留很久，小姐也不是不知道啊。

「派人去早點帶回來，他如今是認字的時候。」水若芊派人去嚴氏那裡領兒子。

王嬤嬤微嘆了一口氣，在一旁勸道：「少爺年紀還小，還是玩的時候。」

「那就把他帶到旭楓院來玩。」再這麼寵下去，她的話還怎麼聽得進去，這一回說什麼都得她自己來養。

「少爺身邊有奶娘，小姐，您的心思應當是在姑爺身上啊。」王嬤嬤忍不住開口道，這才成親幾年，姑爺也不去兩個開臉的通房那兒，這夫妻之間有什麼不能解開的矛盾，需要這樣半年都不進屋子，剛剛成親那會兒，小姐和姑爺的感情不是挺不錯的嘛！

王嬤嬤見她臉色有變，繼續勸道：「小姐，您性子倔也不能倔在這上頭，服個軟，撒個嬌，姑爺的心還不都在您身上嘛，將來這沈家上下也得是您作主的，如今您和姑爺鬧彆扭，難不成要鬧一輩子，夫妻哪有隔夜仇的。」

水若芊抬眼看她，那種要掐死她的感覺她永遠不會忘記。「他想過來誰會攔著他，我也沒有不讓他來，是他不想來罷了。」

「小姐，您萬萬不可這麼想啊。」王嬤嬤一聽她這無所謂的語氣，嚇得臉色都變了。「您和姑爺還置這氣，您們以後要走的路還長著呢。」

「奶娘，您的意思我明白，容我再想想。」水若芊眼底閃過一抹掙扎。

王嬤嬤知道她好歹是聽進去了一些，替她關上門走了出去。

水若芊靠在床上，心思飄遠。

而在旭楓院的另外一邊，書房內沈世瑾沈著臉聽著身旁管事的報備。

「還有五萬兩？」沈世瑾問道。

那管事點點頭。

沈世瑾捏緊手中的紙，五萬兩，就剩下五萬兩了，那其餘的銀子呢？

「金印還要多久才能拿到手？」沈世瑾深吸了一口氣。

管事繼而說：「還需三日。」

「去查，錢莊裡從年初開始有誰去支取過銀子。」

那管事猶豫了一下還是出去了，沈世瑾聽著那一聲關門，心中那壓抑的怒火狠狠地往上竄，近三十萬兩的銀子，居然只剩下五萬兩，真是好計策，好計策！

「來人吶！」沈世瑾朝著門外一喊，門口守著的兩個小廝渾身一震，互看了一看。

其中一個面色蒼白的看了一眼屋內，兩個人都沒有動作，屋子裡再度傳來沈世瑾不耐煩的聲音——

「還不快滾進來！」

那面色蒼白的想要推門進去，另外一個攔住了他，輕輕地搖了搖頭，用口型說著：「我去。」

面色蒼白的小廝臉上閃過一抹難過，看他堅持，一咬牙背過身去。

那稍年長一些的小廝推開門走了進去，此時臉上已掛滿了笑意。

門砰地一聲關緊，面色蒼白的小廝靠在門邊慢慢地蹲下身子，把頭埋在了膝蓋間，豆大的淚水一滴一滴往下掉，在青石板上滲入。

屋內傳來了沈世瑾的聲音。「十五呢？」

熟悉的聲音柔柔地傳來。「十五剛剛肚子不舒服，離開了一下。」

緊接著是東西落地的聲音，屋外的人甚至可以想像到那個情形，進去的人被推倒半趴在桌子上。

過了一會兒那淫媚的聲音傳了出來，夾帶著小廝痛苦的低喊聲，屋外的小廝緊緊地捂住了耳朵，臉上滿是痛苦，蒼白的臉上淚痕遍布，他抬起頭看著天空，什麼時候，什麼時候他們才能脫離這裡……

幾日後，沈世瑾拿到重新做好的小金印，除了表面的樣子不同外，底下的印章是和過去的一樣，沈甸甸的金印在手中，沈世瑾感到了滿足。

為此，他特地去了一趟沈老爺子的院子。

屋子內有些悶，透著一股藥味，沈世瑾走進去，沈老爺子坐著輪椅在窗邊，恰好能夠看到院子裡的情形。

腳步聲傳過去，沈老爺子也只是微動了一下頭，並沒有轉過來看。

沈世瑾將裝小金印的盒子放在沈老爺子旁邊的桌子上。「祖父，我來給您看看新做的小金印。」

沈老爺子低頭看了一眼，繼而抬起頭看向窗外的院子，並沒有多大的反應。

「這沈家今後可是由我作主了，也算了卻當初祖父您所期望的。」沈世瑾拿起那金印在手裡摸了摸，眼底閃過一抹狂瀾。「不過我想問問祖父，那些銀子，您究竟給誰保管了？」

沈老爺子眼底閃過一抹異動，他如今也不能開口說話，就是寫字，手也克制不住地抖，於是他看向沈世瑾，嘴角揚起一抹似有似無的笑。

「您不說也可以，錢莊那兒總能查到，您的底牌可用的差不多了。」沈世瑾也不生氣，拍了拍沈老爺子的肩膀，笑著走了出去。

屋子內安靜了下來，沈老爺子克制不住顫抖的雙手，慢慢地伸向了一旁的椅子，用力地抓在了椅背上，卻再也使不上力氣了。

他鬆開了手，低頭看著那雙一直在顫抖的手，臉上的神情隱晦。

屋外傳來了嬤嬤的稟報聲——

「老爺，二少奶奶來看您了。」

楚亦瑤走進這屋子的時候，眉頭微皺了一下，本該亮堂的屋子內，如今數扇窗戶只開了一扇，屋子裡充斥的藥味令人十分不適，如今又不是數九寒冬的日子，不通風、環境悶，病人的心情也不會好到哪裡去。

遂楚亦瑤對門口守著的嬤嬤道：「把窗子開了。」

那嬤嬤竟還有幾分猶豫，楚亦瑤哼了一聲。「是什麼人吩咐妳這麼做的？不知道要多通風讓屋子保持清爽，連這點事情都做不好，妳乾脆去外院掃地得了！」

那嬤嬤被楚亦瑤唬地唬住了，趕忙過去開了窗戶，屋子一下亮堂了許多。

楚亦瑤走到沈老爺子身後，握住輪椅的椅背往後一拉，語帶輕鬆地道：「祖父，外面的太陽不錯，我帶您出去走走。」

站在門口的嬤嬤想攔，但又畏懼於剛剛楚亦瑤說的話，搓了搓手出言道：「老爺身子不好，還是不要出去了。」

楚亦瑤沒理會她，直接推著輪椅往外走去，涼涼地提醒道：「我如今懷有身孕，妳可小心了，別碰著我。」

那嬤嬤伸出來的手縮了縮，這院子裡伺候的人本來就少，見楚亦瑤已經把輪椅推出去了，尋思了下從院子的後門匆匆出去了。

楚亦瑤推著輪椅下了走廊，九月初的午後，太陽已經沒有這麼烈了，楚亦瑤將輪椅推到樹下，剛好遮去了部分的陽光，孔雀早就替她搬來了椅子，和平兒一塊兒從屋子內抬出來一張桌子，把帶來的食盒放在桌子上。

沈老爺子顫抖著嘴唇轉頭過去看，食盒中拿出了兩盤水果，還有一盅湯。

楚亦瑤接過盛好湯的碗，拿起勺子舀了一些，在嘴邊吹涼，遞到了沈老爺子面前。「祖父，這是早上娘煲的湯，補元氣的。」

沈老爺子眼底閃過一抹複雜，半晌張開了嘴。

楚亦瑤舀得少，吃了幾勺就給沈老爺子擦一下嘴巴，極為貼心。

院子裡偶有幾聲鳥叫，除此之外就是那勺子碰觸碗的聲音。

許是在外心情好，沈老爺子把帶來的一整盅湯都給喝下去了，楚亦瑤放下碗，舀水給他漱了口。

楚亦瑤心中微嘆了口氣，她本來是不願意過來的，但剛剛在屋子裡看到老爺子這憔悴的樣子，心中也燒起了一股無名火。

老爺子偏心那是他的事，其實長子嫡孫繼承家業也沒什麼不對，可沈世瑾他們做了些什麼，這麼對一個老人家，先不說怎麼病下的，就是這照顧都這麼不上心，她要是沈老爺子，這心裡估計已經氣瘋了。

「本來想帶康兒過來陪陪祖父的，結果昨天他頑皮，在院子裡跑得快，跌了一跤，把手給磕破了，等這傷好了，我再帶他過來，越大越不好帶了。」楚亦瑤臉上帶著從容的笑意，也不介意他聽沒聽，笑著說康兒的一些瑣碎小事。

她繼而摸了摸自己的小腹。「今天來還有個好消息要告訴祖父，我又有身孕了，您的身子可是要快些好起來，這孩子還等著您起名字呢。」

沈老爺子神情一動，視線落在楚亦瑤的小腹上。

這平和的氣氛沒有持續多久，院子門口那兒急匆匆地走過來幾抹身影，嚴氏帶著幾個人趕了過來，看到楚亦瑤和沈老爺子坐在樹下，旁邊還放了桌子、椅子，好不愜意，頓時開炮似地朝著楚亦瑤凶道：「誰讓妳把老爺子帶出來的，妳這是不知道老爺子身子不好，不能隨意出來的。」

楚亦瑤慢慢地站了起來。「大伯母說的這些我都不知道，我只知道，這屋子裡悶得難受又不通風，是個人住在裡面沒病都能悶出病來，我倒是想問問，大伯母您是怎麼照顧祖父的？」

嚴氏看她面頰紅潤、氣色極好的樣子就覺得刺眼，再看桌子上那一盅喝光的湯，掃手就把盅子給拍在地上了，嘩啦碎成了一片。「妳還敢給老爺子亂吃東西，出了問題妳擔當得起?!」

楚亦瑤瞇著眼看著地上碎開的瓷片，吐露出三個字。「一百兩。」

嚴氏沒聽明白她的意思。

楚亦瑤指著被她摔碎的罐子。「大伯母弄碎了我的罐子，這是我花了一百兩銀子買回來的，大伯母可以把銀子給我，也可以再買一個還給我。」

「妳！」嚴氏沒想到她會這麼說。「一個破罐子值一百兩，誰教妳這麼說的，胡言亂語。」再說了，她摔碎又怎麼了，沒聽過還要賠的。

「它值不值大伯母買了就知道，麻煩您三天內把東西送回來，否則我就只能請李大人作主，這惡意損害別人的東西，不知道是怎麼判的。」楚亦瑤說得輕描淡寫，而嚴氏一聽官府這臉色就變了。

「妳這死丫頭，妳說什麼妳！」想起官府，嚴氏就想起那半年的日子，頓時對楚亦瑤的恨意就蹭蹭地往上漲，揮手就想給她一巴掌，輪椅上的沈老爺子重重地拍了一下扶手，瞪著她。

嚴氏眼神縮了縮，很快反應過來了，如今人都在輪椅上了，這整個家都是自己作主，她還怕這個？

沒等她做出什麼反應，楚亦瑤涼涼地道：「怎麼，大伯母還想對我動手呢，上次下手未成，這回親自來了？那大伯母可得掂量清楚了，這得看您還能不能承受住二十大板。」

楚亦瑤如今的脾氣也是衝得很，幾乎是半點委屈都不肯受，這一個多月，沈世軒是首當其衝的受害者，如今到了沈府面對嚴氏，她更是沒有收斂一詞。

嚴氏氣急了，口頭爭執上沒一次贏過她的，就是越說越氣死自己，乾脆不說了，直接要身後的人把沈老爺子推回去。

楚亦瑤來的目的已經達到了，也不阻攔，看著那嬤嬤把沈老爺子推回去，對著嚴氏好心提醒道：「大伯母，別忘了我的盅子，別買錯了，要瓷芳齋。」

嚴氏走進屋子的背影一僵，一旁的嬤嬤趕忙勸道：「夫人，她也就是口舌之爭，這家還是您作主的，您何必和她計較，氣壞了自己。」

楚亦瑤示意孔雀把其中一塊瓷片撿起來，裡面還殘留了一些湯汁，放入食盒子，楚亦瑤跟著進了屋子裡。

沈老爺子被兩個嬤嬤扶起來躺到了床上，嚴氏則在屋子裡走了一圈，順手關上了兩扇窗，看到楚亦瑤站在門口，冷哼了一聲。「妳可以走了，老爺子要休息了。」

楚亦瑤走到床邊和沈老爺子柔聲道：「祖父我先走了，改天再來看您，等忙過了這陣子，我和世軒一塊兒過來。」說完楚亦瑤才走出屋子，臉上的笑容斂去了一些。

嚴氏隨後也走了出來，看她還沒走，開口趕人。「你們既然搬出去了，就不用來得這麼勤快，老爺子我們會照顧。」

「那也得你們照顧好了，大伯母若是嫌煩，完全可以把祖父交給我們照顧，說不定這身子很快就好了呢。」楚亦瑤意有所指。

嚴氏臉色微變，瞪了她一眼。

楚亦瑤施施地下了臺階，回頭再度提醒。「哦，對了，東西可別忘了買。」

嚴氏恨恨地看著她走出去，對著身後的嬤嬤吩咐道：「把那些東西都給我扔了！」

回到家裡楚亦瑤的臉色就沒有這麼好了，老爺子在沈家的境況比她想像中要嚴重得多，這哪裡像是養病的人，身子骨消瘦得嚇人不說，精神也很差，楚亦瑤就是再生沈老爺子的氣，看到他這樣都覺得虐人得很。

「你當時還說他們不會把祖父怎麼樣，現在看來，只是不會弄死而已。」讓老爺子一直這麼不能說話、不能動手下去，這日子不是比死還難受？

沈世軒從南鄉村回來也沒去過沈家，如今聽楚亦瑤這麼一說，便道：「那二十萬兩銀子還沒到手，大哥就不會對祖父過分，恐怕這段日子還要麻煩妳了。」

沈世軒去沈家會引起沈世瑾極大的戒心，再者，他也不能和大伯母起那些爭執，娘又不善和大伯母爭論，唯一能帶這些補湯過去的，也只有楚亦瑤了。

楚亦瑤看他臉上的神情，跟著嘆了一口氣，換做是她，對別人再能狠心，也不會這樣薄待了自己的家人，更何況是年事已高的老人家，她能站在局外人的立場看這件事，若是站在沈世軒的角度去看，她也不忍心。

那是從小到大自己崇拜的長輩，曾經以他為自己努力奮鬥的榜樣。

「我會定時去沈家看祖父的，只是不知道這些湯藥能不能起作用。」楚亦瑤握了握他的手。

沈世軒苦笑了一下。「妳會不會覺得我這樣很優柔寡斷？」

楚亦瑤搖搖頭。「換做是我的祖父，即便是再偏心，也不能眼見著他這麼受苦下去，換一方面說，祖父的推動在一定程度上也達成了你不少心願，他沒有害你。」

沈世軒反握住她的手。「燉湯的藥材我會去找，等這陣子忙完，我和妳一起去一趟。」

第七十一章

接下來直到入冬，楚亦瑤都保持著四、五天去一趟沈府，代替關氏看望沈老爺子，每一次去都回帶去一盅煲好的湯。

十二月至，楚亦瑤的身子已經顯懷，沈世軒更是小心，讓孔雀和平兒隨身侍奉著，尤其是到了沈府，切莫離開楚亦瑤。

天越來越冷，屋子內都已經點起了暖盆子，楚亦瑤依舊覺得裡面悶得慌，但外頭風大，如今沈老爺子的身子禁不起半點受寒，所以窗子只開了屋後的一扇。

孔雀給她搬了椅子過來，楚亦瑤坐下，打開那盅正要盛出來，門口那兒傳來沈世瑾的聲音，楚亦瑤回看過去，沈世瑾帶著一個大夫走了進來。「弟妹且慢。」

楚亦瑤也沒打算站起來，抬頭看著他，等著他繼續說下去。

沈世瑾直接走向她那放著湯的桌子，對那大夫道：「賀大夫，麻煩你看看，這湯與我祖父平日裡吃的藥可有衝突。」

楚亦瑤神情微動，隱忍了三個多月，就是忍不住了嘛！

那賀大夫直接端起碗聞了聞，又拿起一旁乾淨的勺子舀了一些，嚐了下，半晌才道：「沒有大衝突，不過依照病人的身子，還是不要服用藥膳之外的東西好，以免和這些藥相斥。」

沈世瑾等的就是這句話，笑著對楚亦瑤說：「弟妹，以後妳來陪著祖父就成了，這湯還是別帶了，萬一喝岔，到時候也不好說。」

這把戲未免也太過差勁了，找個大夫隱晦地說她湯有問題，怎麼，前三個月喝下去的都成毒藥了不成？楚亦瑤站起來，身後的孔雀趕緊扶住了她。

楚亦瑤直接看向那個賀大夫。「這湯可是娘拜託人找到的方子，就是針對祖父這病症。賀大夫，你說有衝突，這祖父所服用的藥方是不是出自你手？」

那賀大夫點點頭。「沈老爺子所服用的藥都是我與還有一位大夫一同配製。」

「那好。」楚亦瑤從懷裡拿出一張方子。「這是我這湯的配方，麻煩賀大夫把你這些藥的配方拿出來，好好比對比對，是不是真的衝突了，也好還我這湯一個清白，免得有些人一天到晚覺得我想害祖父。」

賀大夫看了沈世瑾一眼，拿起楚亦瑤手中的方子，這其中用的都是性溫的好藥，對老爺子的病情還很有幫助，若強說其中有衝突，也有些說不過去。

於是賀大夫說：「二少奶奶，這配方我們是不外傳的。」

「笑話！」楚亦瑤哼笑了一聲。「難不成你們出診都是不開方子的？我只讓你比對，又不奪你方子，你為難什麼？你這作態，我倒要懷疑你這方子是不是有什麼問題，為何我祖父吃了大半年都不見好轉。」說到後來楚亦瑤幾乎是責問，她早就懷疑老爺子喝的藥有問題，奈何一直找不到藥渣藥方，沒辦法查。如今自己撞上門來了，還想阻止她送藥，這企圖心未免也太明顯了。

「弟妹，妳這話是什麼意思？」沈世瑾欣賞楚亦瑤這樣的性子，可換到對立面上，這樣的性子卻著實讓人頭疼。

楚亦瑤坐了下去。「沒什麼意思，大哥難道不好奇嗎？這麼貴的藥，效果卻只有這麼點，我懷疑這醫館裡偷工減料呢！這藥效少事小，若是吃出什麼問題來，那可就麻煩了。」楚亦瑤似笑非笑地看著他，本來相安無事地他做他的小動作，她餵她的藥，何必要捅破呢？

「弟妹，無憑無據這麼亂說，可不太好。」沈世瑾視線在她的小腹上瞥了一眼，語氣裡有些淡淡的篤定。

「大哥這句話說得好，無憑無據，可不能亂說，我這湯可沒什麼問題，我也無須遮掩，方子就在這兒了，賀大夫要是不放心，把湯都拿去驗驗，驗清楚些，下回可別再這麼糊塗，你可是個大夫，做岔了就成劊子手了，救人和殺人不就這一念之間？」楚亦瑤目光落在賀大夫身上，後者的臉一陣脹紅。

「弟妹，我這可是在提醒妳。」

「多謝大哥提醒。」楚亦瑤微一仰頭，壓低了聲音。「若是大哥真不想我送，乾脆，你下些藥，再誣賴給我，這樣一舉兩得，不僅這湯送不過來了，我這人可也進不來看祖父了呢。」

沈世瑾怔了怔，對她這直白的話有些錯愕。

楚亦瑤瞥了賀大夫一眼。「沒問題了吧？沒問題這湯都快涼了，我要端進去給祖父喝了。」

孔雀拿起那盅子，平兒扶著楚亦瑤過去，進了內屋，沈世瑾就聽到楚亦瑤滿是笑意的聲音——

「祖父，我扶您起來喝湯。」

沈世瑾沈著臉站在那兒，賀大夫猶豫地道：「這方子，要不要改？」

「看出她那方子什麼名堂沒？」

「裡面添了幾味重藥，對沈老爺子身子恢復有很大的幫助。」賀大夫對那湯藥的方子倒是來了些興趣。

「那你看著辦，別讓他好得太快就行了。」沈世瑾揮手讓他先行離開，站在了院子中。

楚亦瑤從屋子裡出來看到他，也沒打招呼，直接走下臺階要離開，沈世瑾轉過了身看著她。「弟妹做這麼多，到底是為了什麼，你們既然已經搬出去了，二弟又不摻和商行裡的事情，弟妹做這麼多是不是多此一舉？」

楚亦瑤停下了腳步，難怪上輩子世軒會輸給他，不是沒本事，而是不夠沒心沒肺，但凡有點良心的都不會這樣。

「不為什麼，我的孩子還等祖父起名字呢，可不等人。」

「那弟妹可有心了。」沈世瑾看她輕描淡寫的樣子，眼底閃過一抹異動。「弟妹又要來這裡，又要忙鋪子裡的事情，如今還有布坊，可別忙壞了身子。」

「多謝大哥關心。」楚亦瑤笑了笑。「那就不與大哥多聊了，回去還有好多事等著我處理呢。」說完，楚亦瑤轉過身朝著門口走去。

沈世瑾站在那兒只是看著她離開，本還笑著的神情逐漸凜了下來，既然忙不過來，他何不幫個忙……

十二月底，各種雜事多了起來，送禮收禮，還有年底看帳分紅，到楚亦瑤手中的事雖然已經不多了，但她就是這性子，要做就要做到最好，所以也閒不下來。

沈世軒可擔心得很，見她每天都這麼風風火火的，哪裡像個孕婦該有的樣子，若不是那日漸大起來的肚子，他都要懷疑她根本沒懷孕，這精神比他都要好。

十二月二十七這日，關氏找她過去了一趟，如今沈老爺子也病著，沈家那裡也沒派人來通知，今年年夜飯肯定是不會去沈家吃了。

「娘，那咱們自己在家吃一些。」楚亦瑤倒是覺得在家吃和樂一些，每年沈家這年夜飯，都是充滿了煙硝味，說什麼都帶著擠兌，吃得讓人消化不良。

關氏嘆了一口氣。「這麼多年都是一塊兒吃的，今年分開了，妳祖父的心裡都不是滋味。」

楚亦瑤默了聲，就算祖父那兒不是滋味又能如何，如今這情形，要是一塊兒吃，吃到一半吵起來也不是不可能的。

關氏嘆氣後注意力就到了她身上，看她隆起的肚子勸道：「妳如今身子重，有什麼事交給世軒去做就行了，都這麼大的人了，一點都不注意。」

楚亦瑤呵呵地笑著。「我會注意的，娘。如今月分不是還早嘛，我已經把事情都交給世軒了，年初就不忙了。」

關氏嗔怪地看了她一眼。「妳啊，就嘴皮子哄著。」都相處好幾年了，這媳婦什麼性子她也算是瞭解，就是個閒不下來的。

楚亦瑤趕忙保證。「娘，這回是真的，康兒到了學字的年紀，我也分不開神。」

「妳心裡有數就成。」關氏這才有些放心。

大年三十這晚，一家人坐在廳堂中，和和樂樂地吃著團圓飯，吃了一半的康兒早就坐不住了，纏著沈世軒出去放煙火給他看，楚亦瑤聽著院子裡傳來的笑聲，抬頭看向屋外，這一年又過去了……

還是和往年一樣，大年初一開始拜年走親戚，楚亦瑤和沈世軒是小輩，大年初一去過了沈家之後，他們就帶著康兒去過關家，再去楚家，等著這一圈都走遍了，已是大年初六。

過了初十，各個集市的鋪子也都開張了起來，開始籌辦十五元宵的燈會，楚亦瑤尋思著等十五燈會過去之後，再把事交給沈世軒。

燈會前一天，幾個管事來了府上，說是有人搶生意，壓低了價搶元宵燈會的生意不說，還趁著過年的期間做手腳，把鋪子裡的人都給挖走了。

如今好多家鋪子既缺人又賣不出東西，一開年生意就吹了，也太不吉利了。

楚亦瑤數了一下遭打壓的鋪子，一共加起來竟有十來家，這其中有五家是自己的鋪子，其餘的都是租用來的店鋪，生意不好的話就直接虧本了。

「少了多少人？」楚亦瑤首先想到的就是曹家，只是這想法很快就被她被撇去了，都多少時間過去了，曹晉榮如今已經成親，沒理由忽然又找她麻煩。

「這，如今就剩一個掌櫃了，有兩家鋪子，一個人都沒了。」

就算是價錢上低下去，沒人在鋪子裡，這生意還怎麼做？而且這鋪子裡的人，差的不是一、兩個。

楚亦瑤翻出了那些鋪子的帳本，過了一會兒，對一旁的管事吩咐道：「既然如此，那這些鋪子就都關了，你帶幾個人把貨都清到別的鋪子裡，剩下的幾年租約，把鋪子轉租出去。」

管事不解楚亦瑤這樣的決定。「夫人，等過段日子再招人就成了，為何要把鋪子都關了？」

楚亦瑤提筆在紙上勾了勾。「再招人就能保證不被人暗地裡挖人了嗎？再說這老的人都能被挖走，新請的能有多待得住。」

管事一頓。「若是其他的鋪子也這樣可怎麼辦？」

「他在暗，我們在明，他收容得了這麼多的夥計，我們也無須操那份心，這些鋪子還有租期的就轉租出去，咱們自己的也清貨租出去，月牙河集市當初拆的那一批正愁沒去處，再高點的價他們都會租。」楚亦瑤拿過算盤打了一通，這麼算下來除了賺得少一點，虧是絕對不可能的。

楚亦瑤以迅雷不及掩耳之勢，把被挖角夥計掌櫃的鋪子通通都給清理了，繼而在十五燈會前全部貼了出租的告示，這麼清算下來，楚亦瑤一下少打理了十來家鋪子。

她正愁如今有著身孕沒法顧及這麼多，有人想打壓她，讓她投入更多進去，她偏不如意，乾脆都租出去，生意好壞不論，她拿個租金就不怕誰來打壓了，順道著她還能看看，究竟是哪個人出手如此闊綽，能回養這麼大一批人。

楚亦瑤的這舉動對十五燈會是沒有絲毫的影響，熱熱鬧鬧的燈會過去後，楚亦瑤那些鋪子就被租走了，那些商戶根本不介意高了兩成的租金，這地段的鋪子都是很多人搶著要的，誰捨不得出那銀子，後邊多的是人跟上。

似乎是沒有預料到楚亦瑤這麼乾脆就把鋪子都關門了，接連三個月都沒有挖人的動靜，其餘的鋪子安安穩穩地做著生意，也沒人再來打壓搗亂。

時入四月，楚亦瑤八個月的身孕，桑田那兒的行宮也建了一年了，白王爺在金陵的這日子，金陵是出奇安靜，除了二嬸那案子之外，上衙門的人都少了很多。

楚亦瑤身子不便，不能再去沈家，但給沈老爺子送去的湯藥不能斷，和沈世軒商量過後，暫由娘送一段日子，等楚亦瑤生產完再由沈世軒代去。

屋子內，沈世軒正給她捏著腿，這一胎比懷康兒的時候肚子大了許多，到了七個多月的時候，楚亦瑤走路就有些累了，如今這腿更是經常浮腫。

「差不多了，等會兒我去院子裡散散步。」楚亦瑤讓他別按了，把手上的書攤給他看。「我記得這建行宮得用到不少木材。」

「妳現在想到是不是太晚了？」沈世軒好笑地輕捏了一下她的臉頰。

楚亦瑤癟了癟嘴。「那天晚宴，沈家可算是出盡風頭了，難不成沒拿下來？」

沈世軒搖搖頭。「這行宮的木料，都是白家提供的。」

楚亦瑤一怔，都姓白，難不成這裡面還有別人不知道的關係？

「桑田和徽州也算是近的了，難道分行那兒連這肥肉也吃不到，說什麼木材生意也白當擺設了。」楚亦瑤嗤笑了一聲，兩家人合作本來就不齊心，如今看著好處又各自想謀利，難怪出盡了風頭都撈不著好處。

「那木料可不是徽州那種的就可以了，好多都是從域北那兒運過來的。」沈世軒看出了她的想法。「白家多年來走這條道比其餘三家熟悉多了，這也是當之無愧。」

楚亦瑤一把抓住了他的手臂，興奮道：「這麼說來，白璟銘也有分了？」

沈世軒刮了一下她的鼻子笑道：「那是白家的生意，怎麼可能分給咱們做，想多了。」

楚亦瑤嘟囔了一聲。「我們也能弄到好的木材，那麼多地都給他了，難道一點好處都沒有，也太摳了。」

這性子再變也改變不了貪財的小心計，沈世軒無奈地看著她。「都是快生了，妳還想折騰呢。」

楚亦瑤伸腿輕踢了他一下。「那也有生下來的一天，既然徽州的生意這麼差，大哥還不關了分行，沈家也不是家財萬貫到任他隨意往那無底洞裡填的。」到最後說不定全便宜水家了。

「若是關了，怎麼和我們的比？」同樣是拿了差不多的銀兩，同樣是和別人合作，沈世軒這邊是風生水起，而那邊確實時運不佳，怎麼都扶持不起來，這一比較結果就出來了，沈世瑾哪裡會甘心。

「能屈能伸才是大丈夫。」楚亦瑤振振有詞地評斷。「一點小虧都不肯吃，他將來肯定是要吃大虧的！」

楚亦瑤這話說出來，過了一個月就靈驗了。

徽州分行生意下滑之後就沒再扶起來，水老爺一看勢頭不對，直接把人都從徽州撤回來了，撤回了人之後，他就想把銀子也撤回來。

但如今徽州分行只有虧本的分，哪裡有銀子撤回，水老爺就想法子揣使沈世瑾把他手上有的一半股權給買回去，這樣就能一家獨大啦，什麼事都可以自己作主。

沈世瑾又不是傻子，怎麼會看不出水老爺的意圖，他沒答應水老爺撤回銀子的事，見他把人都撤走了，直接自己派人去徽州。

但那已經是個大漏洞了，去幾個不熟悉的人怎麼補得上。

於是，沈世瑾為了保住徽州的分行，從錢莊中把那五萬兩的銀子給取出來了。

這種非要頭撞南牆的行為沈大爺十分反對，失敗就失敗，徽州那兒本就是試試的，過去這麼多人沒成功，如今這個也不意外。

但沈世瑾不甘心啊，明明一開始很不錯的，他若是把分行關了，豈不是等於灰溜溜地回來，完全輸給二弟了。

最後沈世瑾還是把那五萬兩銀子給砸進去了，這確實是很大一筆錢，徽州分行有了這一大筆銀子，底下的事就都能運作起來了，也不怕鋪子給打壓。

沈世瑾的情緒一下高漲了很多。

楚亦瑤這邊雖是知道了這消息，可卻顧不到這些了，六月十六這天，她的肚子開始疼了。

楚亦瑤怕生的時候不順利，在屋子裡走動了好一會兒，這肚子也只是隱隱痛著，直到後半夜，那一陣一陣的垂脹感才襲來。

請的還是那個許嬤嬤，見羊水還未破，讓楚亦瑤吃了些東西蓄力氣，直到她疼得實在是走不動了才躺到床上，才剛躺上去呢，那羊水就破了。

屋子裡一股腥味飄散，屋外燈火通明，沈世軒在院子裡來回踱步著，這一回時間可比上一回長了許多。

屋子裡時不時傳來一聲悶哼，糾著他的心都跟著懸起來了，沈世軒抬頭看天空，漆黑一片的夜色裡，那一輪月安靜地掛在那兒，似乎是想給予他平寧。

楚亦瑤的痛喊聲漸漸大了起來，頭一胎康兒也不算小了，這一胎肚子更大，穩婆在她身下不斷地指導她，楚亦瑤覺得下半身已經麻木得沒了知覺。

「來，把這含上。」許嬤嬤拿過一片人蔘在溫水裡一沾濕，放在她的舌底。

濃濃的藥味在口腔中四溢開來，楚亦瑤似乎感覺到了一股氣力。

東方漸漸泛起了魚肚白，偏房裡的關氏待不住了，走出來瞧著產房，又是半個時辰過去，天微亮。

楚亦瑤終於一聲喊叫，沒多久，裡面傳來了嬰兒的啼哭聲。

關氏臉上一抹喜色，連連地說著阿彌陀佛。「平安生了就好，平安生了就好。」

沈世軒扶著她到了門口，穩婆抱著孩子走了出來，輕輕掀開被子給他們看。「恭喜夫人，是個小小姐。」

「喲，是個胖丫頭。」關氏看著那肉乎乎的身子笑了。

穩婆看著她的臉色補充道：「有七斤八兩。」

關氏聽著更樂了，從穩婆手裡抱了下孩子，給沈世軒看。「比康兒都重，還真是個胖丫頭。你快去看看亦瑤，生這麼個寶貝，可累壞她了。」

沈世軒趕緊進了屋子，那血腥味還很濃重，許嬤嬤正替楚亦瑤擦著汗。

「辛苦妳了。」沈世軒握住了她還抓著被單的手，在嘴邊親了親。

楚亦瑤搖了搖頭，如今生下來了她倒不覺得辛苦，她就是覺得睏，折騰了一晚上。

「妳好好睡一覺，醒了再看孩子。」沈世軒摸了摸她的臉，楚亦瑤也沒回他，直接瞇上眼睡去了……

再度醒過來的時候已是下午，屋子裡清爽了很多，許嬤嬤見她醒了，給她餵了些米酒，叫了奶娘把孩子抱過來。

楚亦瑤這才是第一次看到這小丫頭，起初沈世軒說的她還將信將疑，如今自己親眼看到了，呵，還真是個胖丫頭。

比康兒出生的時候喜人多了，沒有剛出生孩子皺巴巴的樣子，小東西窩在襁褓中，臉蛋都圓潤圓潤的，還泛著紅呢。

楚亦瑤就是伸手在她嘴邊碰了一下，她就下意識地張開嘴想吃。

楚亦瑤笑了。「敢情是個小吃貨，這可怎麼辦，長胖了將來可沒人要嘍！」

小丫頭還咂巴咂巴了兩下嘴巴，見沒東西到嘴裡呢，眉頭一皺，竟是要哭起來的樣子，奶娘把她抱了起來，似乎是聞到那股奶香味，她安靜了一些，只是那嘴巴還一動一動，討要吃的。

第七十二章

甭管沈家那裡聽到這消息是不是鬆了一口氣，這邊關氏和沈二爺都很開心，洗三之後楚亦瑤每日就是躺在床上養身子，每隔幾日奶娘把孩子抱過來，楚亦瑤都覺得她長大了不少。用許嬤嬤的話來說，能吃，能睡，而且能鬧騰。

楚亦瑤在她出生第二天就見識過她鬧騰的本事了，這孩子吃完精力就很旺盛了，非要人抱著，除了睡覺的時候都不能放床上，一放她就哭，哭了還不帶停的。

「她哪來這麼好的精神？」楚亦瑤看著沈世軒懷裡哭得委屈的孩子。

沈世軒把孩子交給奶娘，好笑地看著她。「就這麼點大，妳還想訓練她躺在床上不哭。」

「我這哪裡是訓練，如今我不能久抱她，就讓她在我身邊待一會兒還不肯，放下一會兒就鬧了。」楚亦瑤才覺得委屈呢！

沈世軒可頭一回看到她在孩子身上吃癟。「妳懷康兒的時候嗜睡，康兒出生的時候就好帶，妳懷樂兒的時候精神比我還好，如今妳看，孩子出生了精神也這麼好。」

楚亦瑤白了他一眼，精神好能是她的錯嗎？按他這麼說起來，她懷孕的時候脾氣還差了很多，古古怪怪，難道女兒也會？

才剛一想完，耳旁就是女兒樂兒的大哭聲。

奶娘耐心地搖著懷裡的人，對楚亦瑤道：「少奶奶，小小姐是餓了。」

楚亦瑤已經無力去研究女兒的特別，揮了揮手，奶娘抱著孩子去了隔壁的廂房。

沈世軒坐下來陪她，看她一臉的糾結。「瞎擔心什麼呢？」

「很快就滿月了，祖父可能開口說話了？」

沈世軒搖搖頭，提到沈老爺子，這心情就有些沈悶。「孩子的滿月酒也不可能回沈府辦，也不能把孩子抱去給他看看。」

「明天你帶康兒過去看看祖父。」兒子如今已經三歲多了，陪著老爺子童言童語一下，老人家心情好了，這病自然也就好得快。

「妳且安安心心地坐月子，別去想那些了。」沈世軒給她掖好了被角。

楚亦瑤都休息了大半個月了，哪裡悶得住，纏著他問起鋪子裡的事。

沈世軒拿她沒辦法，就把查到的和她說了一下。

楚亦瑤哼了一聲。「我還以為誰呢，他倒是有那個經歷，竟然會花心思在我這邊。」就她手上那些鋪子都值得沈世瑾花心思挖角，她這是該覺得榮幸。

「他怎麼不繼續了？」就動了她十來家鋪子，接下來什麼動靜都沒了。

沈世軒笑了笑。「妳以為他不想，只不過徽州那兒的事夠他焦頭爛額的，錢莊裡的銀子空了，過了八月，這支付茶商的最後期限，看他從哪裡去湊。」

「你確定他不會去找江管事？」沈世瑾不會猜不到，江管事的離開和這二十萬兩銀子有關係，到時候黔驢技窮，肯定是找人來得要緊。

沈世軒對此倒是有些信心。「他找不到，不過我想他壓根兒沒打算仔細找。」見楚亦瑤疑惑，他解釋道：「以大哥的性子，如今好不容易把沈家掌握在手中了，江管事找回來，很多東西都會出乎他的預料，且不說別的，單這金印的事就不是他樂見的，再者，他自負得很。」

沈世瑾覺得自己都能解決這些事，根本不會希望別人來插手。

楚亦瑤收起眼底那一抹詫異。「沈家若是這樣都能好起來，那才奇怪。」

一年多過去了，沈老爺子的病情一直是時好時壞，其實就是拖在那兒，沈世軒帶著康兒去沈家，康兒在屋子裡走來走去，看著坐在輪椅上的沈老爺子，小腦袋歪在那裡，十足好奇。「太祖父您為什麼不站起來？」

沈老爺子想伸手摸摸他，顫抖著抬起來。

康兒拉住了他的手，又問道：「太祖父您的手怎麼這麼涼？」接著回頭看沈世軒。

「爹，太祖父冷。」

沈世軒拿毯子蓋在沈老爺子的腿上，康兒又盯著沈老爺子看。「太祖父您為什麼不說話？」

沈老爺子微張了下口，說了聲啊，正巧門口那兒水若芊帶著兒子過來，這一聲只被康兒聽見，沈世軒並沒聽到。

康兒疑惑地仰起頭看沈老爺子，太祖父究竟是想說什麼呢？

小孩子心裡沒這麼多繞的，康兒趴在沈老爺子膝蓋上說起了小妹妹的事情，小妹妹就知道哭，小妹妹餓了哭，臭臭了也哭，不開心哭，還不好好睡覺，實在是太不聽話了！

沈老爺子看到康兒一副愁眉苦臉的樣子，想笑，臉上的神情只是微微牽動了一下。

水若芊牽著兒子進來，沈卓越一眼就看到在沈老爺子旁邊唸叨的康兒，看他趴著，自己也跑過去不甘示弱地趴在沈老爺子的膝蓋上，倒也沒要吵起來，只是兩個人都嘰嘰喳喳地搶著和沈老爺子說話，都聽不清說了什麼。

水若芊走到沈世軒面前，看著他已然成熟的面容，竟生出幾分哽咽來。

這是她心中一輩子都沒有辦法放下的，對於她的不甘心，對於他的狠心。

半晌，水若芊望著他開口道：「還沒恭喜你呢，兒女成雙。」

「謝謝。」沈世軒微一頷首。

水若芊臉上露出一抹受傷，幾乎是脫口而出。「世軒，我們什麼時候變得這麼陌生？」

沈世軒後退了一步，笑道：「大嫂。」

一聲「大嫂」如雷貫耳，徹底打醒了水若芊，她臉上的深情忽悲忽喜，看著他臉上那淡淡的疏遠，心底那深藏的一處地方徹底崩裂。

她長久以來給自己營造的夢一樣的幻想，就被他這麼輕而易舉地擊碎了。

「你們，幸福嗎？」水若芊喃喃了一聲，內心隨之泛起的狂瀾裡席捲了太多的東西，她一時間分不清楚。

沈世軒瞥見她臉上的茫然，淡聲回道：「我過得很幸福。」

水若芊猛然抬起頭，眼底那一抹希冀藏得很深，腦海中轉瞬閃過很多東西，羨慕，妒忌，悔恨，還有數不清的不甘。

沈世軒不是沒有察覺她的異樣，微嘆了一口氣，上輩子恨的是她的背叛和不忠，一碗毒藥送他重生，這輩子成全了她和大哥能光明正大地在一起了，她反而覺得不夠。

他該說她這是貪心，還是犯賤？

水若芊還想說什麼，屏風後傳來了響聲，沈世軒先一步反應過來去看，發現沈老爺子一手拉著康兒，一手撐著那輪椅，身子已經脫離了輪椅，隱隱有要站直的趨勢。

地上碎著兩個杯子，沈卓越則有些負氣地瞪著康兒，好像他搶了自己的東西似的。

沈世軒的注意力都在沈老爺子撐起一些的身子，剛剛應該是康兒險些摔倒，沈老爺子情急之下直接拉住了他。

沈世軒趕緊扶住沈老爺子，緩緩地坐了下去。「祖父，您有沒有覺得哪裡不舒服？」沈老爺子鬆開了抓著康兒的手，顫抖著擺擺手，雙手撐著輪椅想要再站起來試試的時候卻使不上勁了。

沈老爺子努力了兩回就放棄了，剛剛也是情急之下才能站一會兒的。

「祖父，這急不得，我看還是找大夫看一下。」沈世軒擔心剛剛站得急會對身子有影響，吩咐外面的嬤嬤去請大夫。

水若芊拉過兒子輕輕問道：「怎麼回事？」

沈卓越扭動著身子從她懷裡掙扎出來，氣呼呼地看著康兒。「他老是搶我說話。」

寵大的孩子眼裡哪有讓這個詞，康兒比沈卓越開口要早，說話也伶俐些，相比之下沈卓越自然是說不過他，說不過就推了他一把，康兒沒站穩就要摔倒，沈老爺子這才伸手拉了他。

「不可以推哥哥，知道嗎？」水若芊教育道。

沈卓越不滿地推了她一把，朝著她嚷道：「我哪有哥哥，祖母說我就是最大的！」說完就往屋子外面跑。

水若芊尷尬地看了沈世軒一眼，對沈老爺子道：「祖父，我改天再過來。」忙出去追兒子了。

大夫很快請過來了。把脈之後，大夫說：「這麼一站，老爺子的腿看來是能提前恢復，還需針灸疏通脈絡，我看再過個一、兩月，是能站起來。」說完，那大夫有些猶豫地道：「只是，這針灸可不能斷。」

沈世軒明白他的意思，若是有人阻攔，隔個三、五天才扎上一針，那這成效就很低了，別說一、兩個月，三、五個月恐怕都站不起來。

「麻煩李大夫了。」沈世軒笑著送李大夫到門口，走回屋子裡，看著輪椅上的沈老爺子。「祖父，大哥若是阻攔，我就去請白王爺。」

沈老爺子坐在那裡，抬起頭看著他，良久，點了點頭。

根本無須沈世軒多猜測，沈世瑾知道沈老爺子的腿可以很快恢復的時候，直接拒絕了沈世軒請的大夫，說給沈老爺子開藥的大夫熟悉老爺子病情，由他們給老爺子針灸再合適不過了。

沈世軒沒再說什麼，離開沈府後第二天就直接去了衙門找白王爺。

白王爺人在桑田，沈世軒又輾轉去了桑田，找到白王爺說明了一下沈老爺子的病情，希望能借白王爺帶來的隨行御醫給老爺子看一下病。

白王爺對沈世軒的印象還是比較深刻的，一來是因為他送的桑田地契，二來是因為他姓沈，如今皇貴妃還活著，自己奉命來監工的這座行宮也是為皇貴妃造的，皇貴妃家人有求，他何樂而不為？

不僅把御醫借給沈世軒了，還跟著沈世軒一塊兒去沈家，他要去探望一下這個病了一年多、在他初到金陵時都沒出現過的老人家。

而白王爺的主動探望出乎了沈家人的預料，對沈世瑾來說更是毫無準備，白王爺帶著隨行的御醫到沈家的時候，沈世瑾還在商行裡忙，等他接到訊趕回來時，那御醫已經在給沈老爺子看病了。

院子裡嚴氏有些著急，這可是王爺帶人過來的，她哪能攔。

沈大爺則在外屋招待白王爺，對他的到來感到意外。

沈世瑾朝著白王爺行禮，恭敬地道：「王爺大駕光臨，有失遠迎。」

白王爺擺了擺手，顯得隨意。「本王聽聞沈老爺子身子抱恙，久病不癒，就前來看看，正好有宮中御醫相隨，也就一併帶過來給沈老爺子瞧瞧，年紀大的人，病久了對身子損傷可不小。」

沈世瑾還有什麼話好說的，王爺讓御醫來給祖父看病，這乃是恩賜，有什麼理由拒絕。

御醫還在內屋看，外屋的氣氛也不能沈悶在那兒尷尬著，白王爺先開了口，說起了這行宮的事情，從進度說到材料，又從材料說到了花銷，最後聽在耳中，不就是缺錢二字。

白王爺說得意味深長，沈世瑾的理解也很透澈。「王爺，前兩天還聽人唸叨起，若是去年那樣的宴會能再舉行就好了，也能讓我們感受感受皇恩浩蕩。」

聰明人說聰明話，白王爺笑咪咪地看著他。「本王正有此意，正和李大人商量此事。」

「王爺，六月關城荷花開，不知您去瞧過沒有？」沈世瑾斂去眼底那一抹喜色，十分正色地進言。

「哦？」白王爺被勾起了些興趣。

「只可惜如今已七月初，等到來年六月，王爺可以在關城舉辦宴會，那湖上荷花盛開，卻是一番美景。」

「那可真是不巧。」白王爺聽著有些惋惜。

沈世瑾繼而進言道：「若是今年王爺想舉辦，那湖中亭也是個好去處。」那裡雖是為皇貴妃後來修繕的，但每年到那兒遊玩的人也不少，只要坐船過去，在湖中亭照樣可以舉行宴會。

這沈家還真是有意思，白王爺聽他說著，和宮中那一位比起來可相差甚遠，一個話裡盡透露著想邀功，宮中那一位可是萬事都看得極為淡呢！

不過籌錢這事，對白王爺來說自然是越多越好的，到了後期建造行宮的花銷只會越來越多，這些人願意給，他也拿得心安理得，反正都是貢獻給朝廷的。

外面說著，裡面也看得差不多了，御醫出來在白王爺耳邊輕輕說了幾句，白王爺的神情微動，朝著沈世瑾那兒看了一眼。有趣，這沈家還真是有趣。

「我祖父的身子如何？」沈世瑾被這一瞥看得有些怪異，開口問那御醫。

御醫得了白王爺的指示，開口道：「按理來說，這一年多沈老爺子的身體應當是可以恢復得不錯，如今這樣子著實有些奇怪，還請沈大少爺把那藥方拿出來給老夫瞧瞧。」

沈世瑾派人把藥方拿了過來，那御醫看了看，皺了眉頭。「方子沒問題，可有藥渣讓老夫瞧一瞧？」

「煎藥完之後，那藥渣都處理掉了，恐怕是沒了。」沈世瑾笑著解釋。

那御醫看著藥方搖了搖頭。「初看這方子是沒問題，沒有藥渣，也不清楚這問題究竟出在哪裡。」

「錢大人你就另外開一副方子，讓他們按照著去抓。」別人家的家事白王爺是沒興趣摻和的，直接吩咐御醫。

「也好。」那御醫坐了下來，執筆寫下了一個方子交給沈世瑾。「按照這方子去抓藥，再每日配以針灸，兩個月內必能好轉。按目前情形來看，兩個月內，沈老爺子應當是能站起來了。」

這方子到了沈世瑾手中猶如燙手山芋，御醫的話聽起來簡單，往深處想，就是他們不盡心老爺子的病才好得慢。

如今這方子到手，若兩個月好轉，那不就是承認了他沒照顧好祖父，若沒好轉，就是打白王爺的臉。後者得罪不起，前者他自己名聲受損。

送走了白王爺，沈世瑾在院子裡和沈世軒打了個照面，沈世瑾森冷著神情看著他。「二弟，你真的是好本事，連白王爺都能請過來。」

「祖父的病拖了這麼久，我想是這金陵的大夫都不行，聽聞白王爺有隨行的御醫，我也是碰碰運氣。」沈世軒笑著，瞥見他手中的方子。「大哥這回可別抓錯藥了，那錢大人的醫術可是很不錯的。」

白王爺回衙門的馬車上，那御醫一五一十地把沈老爺子的病和白王爺彙報了一遍，白王爺臉上維持著那笑。

「看來這沈家也撐不住多久了。」長孫想拖著祖父的病，還有一個孫子想著祖父的病趕緊好起來，這人都搬出去了，兩房人暗地裡還這麼鬧，家宅不寧，生意能做的好嗎？

御醫在一旁不說話，白王爺看了一眼窗外。「錢大人，你看我推他一把如何，這湖中亭的事，就交給他去辦，畢竟咱們對這金陵是人生地不熟啊。」

「王爺英明。」

白王爺這一趟過來，在金陵也掀起不小風波，親自前去沈家看望病中的沈老爺子，那是多大的榮耀，沈家這是搭上白王爺了？

許多人羨慕之餘更多的就是妒忌，沈家前一年宴會上已經出盡風頭了，又是地契又是鎮宅玉劍的，如今還能讓白王爺親自上門去探望。

第七十三章

到了七月底，又放出了一個重大消息，白王爺邀請了沈家長孫辦湖中亭宴會的諸項事宜。

一時間上沈家打探消息的人多了起來，沈家究竟是給白王爺灌了什麼湯，讓他這麼青睞？

沈家一下子熱鬧了起來。

嚴氏是高興極了，兒子不僅掌管了沈家，還讓白王爺如此看重，今後在金陵大家都要以他們沈家馬首是瞻了，光是這幾天，她就收到了很多位夫人送來的東西，所以當沈世瑾向嚴氏支取宴會用的銀子時，嚴氏二話不說，直接給了他一萬兩銀子。

沈世瑾也是信心十足地去辦這件事了，從碼頭去湖心亭的船隻安排，加上湖中亭的宴會現場布置，沈世瑾誓要以這次宴會來為自己、為沈家造勢，這沈家，不僅在宮中有人，還有白王爺的支持。

可這宴會剛剛安排了一半，沈世瑾發現，銀子不夠用了。

他力求做到最好，就是這遊船都是重新布置過的，底下的管事把帳目交上來一看，別說一萬兩，就是再多砸上一萬兩也是不夠的。

去年宴會白王爺一次就籌集了近百萬的銀子，這一次說什麼都不能比上回少，沈世瑾回了一趟商行，和沈大爺商量著，把九月底商船出航用的銀子先頂上去。

沈大爺不同意，銀子拿出去了就拿不回來了，出航怎麼辦，難道不進貨了？

「爹，這次我們沈家得了這麼大榮耀，別人羨慕都來不及，只要宴會舉辦成功，我們又能多很多的訂單，到時候訂金有了，不就可以用作進貨，等貨款全收回來，咱們還是賺的。」沈世瑾的計劃很完美，藉著這次宴會，起碼可以再吸引不少商戶，對沈家的長遠來說，這可是百利而無一害。

沈大爺擔心兒子的急功近利，錢莊內用來備用的銀子也砸在徽州，如今手頭上並沒有很多閒餘的銀兩，這麼抽空，萬一回不了，麻煩可就大了。

沈大爺還是不同意，不能因為這個，把家裡的後路斷了，沈世瑾沒能從沈大爺這裡得到銀子，一狠心，把他自己私下置辦的多家商鋪都給轉手出去了，這才堪堪湊齊了銀子，把宴會順利地舉辦了起來。

八月十六這日，即是中秋佳節，又是白王爺舉辦的宴會，月牙河中熱鬧非凡，天暗了之後各家遊船都點起了燈，河道中燈火通明，映著那河水十分漂亮。

為首的是一艘最大的遊船，船上的正是白王爺他們，沈世瑾也上了這艘船，站在白王爺和李大人的身後，臉上滿是笑意。

遊船開得很慢，意在觀賞中秋佳節河岸的美景，白王爺和李大人聊著天，快下船的時候感謝沈世瑾道：「多費心了，這是本王在外過得最好的中秋啊。」

白王爺說這話的時候滿是感慨。「往年都是在宮中參加宴會的，來到金陵還有這樣一番收穫，真是意想不到。」

「王爺喜歡就好。」沈世瑾眼底閃過一抹得意，低垂著頭很是恭敬。

白王爺看了一下四周，問他道：「怎麼不見你父親和你弟弟？」

「父親和弟弟都在另外一艘船上，怕驚擾了王爺。」沈世瑾怎麼可能讓二弟到這艘船上來。

白王爺若有所思地看向了後面的船隻，笑了。「李大人，這金陵還真是個富庶之地啊，就是洛陽也少見這麼壯觀的遊船。」

「下官可是沾了王爺的光，在這裡任官多年，下官可沒見過這樣的盛況。」李大人略帶自嘲的話語惹得白王爺哈哈大笑了起來。

白王爺拍了拍李大人的肩膀。「李大人無須謙虛，這朝中上下誰不知道金陵是個寶地。」

那幾下卻拍得李大人背後起了一陣冷汗，他可不認為這是什麼誇獎，這些年聖上主張一切從簡，切莫鋪張浪費，可王爺卻沒阻止沈家大少爺這麼鋪張浪費，這究竟是何意思？

白王爺的心思李大人揣摩不到，遊船卻已經靠岸了，沈世瑾先下了遊船為白王爺領路，布置過的湖中亭很漂亮，靠岸的小碼頭到閣樓處的小徑都掛上了燈籠，遠遠地還傳來一陣悠揚的琴聲，白王爺饒有興致地望向遠處的閣樓，似乎能看到紗幔隨風飄動。

走到閣樓處，在小閣樓紗幔中扭動的曼妙身姿，還有亭臺間傳來的琴聲，隨著空氣裡飄散的淡淡果酒香氣，在每個人的心中蕩漾了開來。

好一幅奢華美景！

走在後面的沈世軒看著這酒醉燈紅的樣子，眉頭深皺。這個信心滿滿的大哥，就不怕把沈家往絕路上推嗎？這般大肆舉辦宴會，若是籌集不到白王爺心中滿意的銀兩，難道沈家來補嗎？

越是這樣的關頭，金陵這麼多人看著，其中不服的人有多少，說句不好聽的，別說籌到滿意的銀兩了，若是要給沈家難堪直接不出銀子，白王爺又能拿他們如何？既不能打壓也不能硬取。

沈世軒看著前方笑盈盈坐下的白王爺，初始他以為白王爺就算和姑姑關係不好，至少還是中立的，畢竟皇上對皇貴妃疼愛有加，如今看來，這白王爺似乎也不樂見沈家安安穩穩下去。

等到所有人都入席之後，晚宴正式開始，剛是入秋的季節，晚風帶著微涼，比起白天依舊熱的天來說，這樣的安排對眾人來說是一種很不錯的享受，白王爺看過去，眾人都望著紗幔遮蓋的小閣樓，臉上浮現一抹了然，這美酒佳人，紗幔內若隱若現的，不就是男人們最好的那一口。

一切看起來是這麼的順利，沈世瑾心中隱隱著一股自豪感，誰能像他這般舉辦出一個如此出色的宴會，他沒有辜負白王爺的器重，更是在金陵這麼多大家面前一展身手，這沈家就是只有交給他這個嫡長孫才能有未來。

沈世瑾看向旁邊坐著的沈世軒，見他臉上沒什麼動容，嘴角揚起一抹嘲諷，地契又能怎麼樣？

宴會過半，白王爺說了一些話，意在感謝沈世瑾今晚的安排，也感謝眾人在這團圓佳節前來參加宴會，舉杯暢飲的那一刻，氣氛達到了高潮。

但這一次，曹家沒有主動站出來送東西，沒有人帶這個頭，底下的人更是不會搶這個先，沈世軒看向了白璟銘處，作為行宮建造最大的木材提供家，白璟銘代表的白家依舊是淡然地坐在那裡，不準備站出來做些什麼。

氣氛有那麼一刻停滯在那兒，沈世瑾很快環視了一下四周，只能先站了起來，拿起杯子朝著白王爺敬了一杯酒，從身後拿出了一個盒子。

中秋宴會這個名目還是不錯的，起碼比起尋常的宴會，大家要準備的東西要貴重一些，再者白王爺還是遠道而來，就算是盡地主之誼，這東西也不能少，沈世瑾送上去了一對羊脂白玉的獅身雕塑，還有雕塑下壓著的銀票。

有了第一個上前的，眾人也就紛紛送上了東西，身在白王爺身後收禮的侍衛俯低身子在白王爺耳邊輕輕說了一句，白王爺不動聲色地笑著，拿著酒杯指腹輕輕地擦著杯沿。

沈世軒自然也準備了，但不是銀票，這一回沒有要出什麼風頭。

大家自然是猜不透這麼多東西裡究竟有哪些，總之看上去是收穫頗豐，沈世瑾也很滿意，整場宴會下來，不比洛陽城的要差。

宴會快結束的時候，沈世軒暫且離席了一下，他朝著那個隱僻的閣樓走去，當年他和亦瑤見的第一面就是在這裡。

此時天色全黑，這邊又沒怎麼布置，四周黑漆漆地瞧不太清楚人影。

沈世軒藉著月光走到了閣樓後面，想去水上亭子待一會兒去去酒氣，耳邊忽然傳來了一陣交談聲——

沈世軒站在了那兒，聲音的來源似乎是閣樓側邊的樹林裡，沈世軒往閣樓上靠了靠，貼在了牆邊遮掩，那聲音清晰地傳了過來。

似乎是在交談今夜宴會的事，沈世軒隱隱覺得其中一個聲音挺熟悉的——

「沈家小子這一回可出盡風頭了，整這麼大，我看他怎麼收得回去。」

「我們幾家早前都商量過了，不送銀票，就是給白王爺準備厚禮，那也足夠意思了，這銀子籌不夠，我看那小子這風頭還盛不盛。」

「這人啊，就是別太狂妄了，我看這沈家，老爺子病重在床都一年多了，形勢就差了這麼大，等老爺子一去，今後這四大家之一是要被擠下來了。」

繼而一陣笑聲，沈世軒也沒那心情去吹風了，慢慢地從另外一邊繞回了宴會現場，過了沒多久，他看到曹老爺和兩個人一塊回來，有說有笑地坐了下來。

原來是他們。

沈世軒覺得那聲音熟悉，竟然是曹老爺，聽那意思，是不少人聯合起來給沈家難堪。

沈世軒看了沈世瑾一眼，後者還在和旁邊的人相聊甚歡，並沒有察覺到宴會中那一抹怪異氣氛……

直到宴會結束，白王爺都沒有再說什麼，除了開始的時候感謝了一下沈世瑾，沈世瑾自認為一定會有好處，也不急，隨著上了遊船，離開了湖中亭。

伴隨著遊船漸漸遠去，湖中亭還閃耀的燈光越來越暗，直到看不清楚。

沈世軒收回了視線，對他來說，祖父的病能快點好起來才是最重要的，其餘的，他都不會插手……

直到九月，沈世瑾也沒等來他預想中的好處，沒有新的商戶來沈家，白王爺那兒也絲毫沒有動靜，似乎白王爺真是為了過一個中秋佳節而已，別的什麼都沒打算。

商船出航的時候，沈世瑾坐不住了，沒有新的商戶不要緊，可他投下去的銀子沒有回本了啊！

他原本以為白王爺看在他這麼盡心的分上，好歹會把行宮建造的事勻給他一些，至少他在徽州的分行可以獲取大量的木材，可從宴會結束到現在過去了一個月，什麼消息都沒有。

沈世瑾覺得自己是被蒙了，又或者說，是他高高興興地被利用了。

白王爺就是想一分錢不花地舉辦宴會，從而達到籌款的目的，所以宴會結束之後，他也沒想過要給什麼好處。

沈世瑾翻著手上的一本本帳，越看越火大，一掃手，硯臺和筆架都砸在地上，發出一聲重響。

屋外的兩個小廝對望了一眼，皆從對方眼裡看到了擔憂。

每次大少爺心情不好，遭難的肯定就是他們了。

沒等沈世瑾出聲，門口那兒匆匆地跑進來一個管事，進了書房交給沈世瑾一封信。

沈世瑾打開一看，眉宇間舒展了幾分，捏著信，直接離開了書房……

這邊的沈家，楚亦瑤坐在那兒翻看著書，一旁的康兒半趴在床上，低頭看著仰躺在那裡的妹妹，不時朝著楚亦瑤這邊看一眼，又偷偷伸手捏了一下她的臉。

「娘，妹妹怎麼就知道吃和睡？」康兒的臉上已經數不清第幾回被樂兒擼一掌了，小丫頭手勁不是一般大。

楚亦瑤合上書，笑道：「你這麼大的時候也就知道吃和睡啊。」

康兒的臉上再中一掌，看著妹妹無害的神情，他否認道：「怎麼可能，我怎麼可能和她一樣。」

楚亦瑤一看女兒躺得不耐煩了，趕緊把她抱了起來，才三個多月大的孩子，居然已經有十四斤了，奶娘說是養得好，楚亦瑤看著圓潤圓潤的閨女發愁，兒子一歲多會走路的時候也才二十來斤，女兒可才三個月啊。

樂兒趴在她懷裡就安靜過了，嘴裡吐著泡泡，視線定格在哥哥身上，沒多久，直接在楚亦瑤懷裡睡著了。

楚亦瑤把她交給奶娘帶下去睡覺，康兒目送著她離開，和楚亦瑤強調，自己這麼大的時候一定不是這樣的。

楚亦瑤摸了摸他的臉。「你小時候啊，比你妹妹乖多了。」

聽娘親這麼說，康兒滿足了，他就說，自己怎麼可能像妹妹一樣這麼愛哭。

孔雀端著一盤子的水果走進來，楚亦瑤讓兒子洗過手自己拿著吃，再把孔雀和寶笙一塊兒叫到了外室。

楚亦瑤拿出兩個一模一樣的盒子放在桌子上，道：「這是給妳們的嫁妝。」

孔雀和寶笙面面相覷了一下。「小姐，您這是？」

「挑個好日子，把妳們的婚事辦了，我也算了卻一樁心事。」楚亦瑤笑看著她們，寶笙的神情還好，孔雀的眼底卻是閃過一抹慌亂，楚亦瑤看在眼裡也不說破，指著那盒子道：「妳們兩個在我身邊算起來也有十幾年了，這些妳們拿去，也不為過。」

「小姐，我……」孔雀見楚亦瑤也沒說把自己說給誰，一下有些著急了，急匆匆地脫口而出，又趕忙閉了口，生怕說漏嘴了什麼，那模樣好笑極了。

楚亦瑤清了清嗓子。「現在人手也夠，等妳們回來剛好替我照顧著樂兒，妳們兩個算是府裡的老人了，底下姊妹這麼多，少不得熱鬧一下，就放妳們些日子休息，準備準備。」

繞來繞去，楚亦瑤就是不說誰來說親的，孔雀這雙眸都快眨出淚水了。

寶笙替她解圍道：「小姐，為何忽然提起我們的婚事？」

楚亦瑤也覺得好笑，平日裡伶牙俐齒的，一說到終身大事，這丫頭就呆了，也不再逗她。「阿川和王寶他娘來和我說親了。」

寶笙臉上倒是露出一抹了然，孔雀那小臉卻脹紅了起來。

楚亦瑤莞爾，揶揄她道：「那妳嫁還是不嫁？」

孔雀雙手捏著，抬起頭看了她一眼。「小姐讓我嫁，我就嫁唄。」

楚亦瑤笑出了聲。「妳這丫頭，我讓妳嫁個傻子妳嫁不嫁？」

如今心裡是篤定說親的是王寶家，孔雀恢復了一些俏皮，反著回楚亦瑤道：「小姐就是孔雀的主，小姐讓孔雀嫁誰，孔雀就嫁給誰，我去看看錢嬤嬤那兒有什麼要幫忙的。」說完，就急忙開溜了。

楚亦瑤哭笑不得，瞧她那腳步輕快的。

楚亦瑤轉而看向寶笙。「妳和阿川這些年我也是看在眼裡的，我不知道你們怎麼商量，就替妳作了這個主，阿川跟在姑爺身邊，雖是個馬夫，沒有那些年輕的管事來得有出息，但他對妳的用心我和世軒都看到了，世軒不會虧待他，我也不會虧待妳，這日子，還是得你們自己過。」

「多謝小姐賞賜。」寶笙眼底有感激，有動容，她服侍小姐這一切都是應該的，小姐對她的恩情她才無以為報。

「這妳都拿去，替她也拿去吧！」楚亦瑤讓她帶走兩個盒子。

寶笙不善言詞，若是說得煽情些，只怕是她都要落淚了。

府裡底下那些人很快都熱鬧了起來，少奶奶身邊兩個貼身丫鬟要出嫁了，除了喜慶之外，還有人瞅著缺出來的位置眼紅呢，尤其是楚亦瑤這院子裡，錢嬤嬤底下幾個丫鬟做事更是勤快。

不過楚亦瑤沒鬆口，孔雀和寶笙出嫁休息去了，身邊還是平兒服侍著，又提拔了一個叫珠兒的丫鬟，平日裡還有錢嬤嬤照看，也不缺人。

十月初，首飾鋪變得很忙碌，第二批玉石到了之後，經由工坊加工，再擺到這首飾鋪的時候，客人一批接著一批，別人對南疆玉石也眼饞，可不是誰都能去那裡開採，畢竟不是大梁國境內，出了事說不清，沒出事的，人家也不讓你進去。

首飾鋪子生意好了，隔壁的布坊生意也跟著好起來了，楚亦瑤賺了個滿盤缽，外頭的事有沈世軒，她在家裡帶著孩子，也十分愜意。

到了十月底，樂兒四個多月的時候，楚亦瑤抽空去了一趟沈家，沈老爺子已經能夠站起來了，人扶著還能走上兩步，恢復得很不錯，楚亦瑤走進屋子的時候，沈老爺子也才剛剛坐下，臉色也好了不少。

楚亦瑤推著他到了屋外，正午的太陽曬得暖洋洋的，楚亦瑤把輪椅放在走廊上，笑著道：「祖父，若再施以針灸，過不了多久，您就能開口說話了。」

沈老爺子的心情不錯，伸手指了指院子裡開始掉葉子的樹。

楚亦瑤感嘆道：「是啊，又是一年過去了。」

四周安靜了些，侍奉的嬤嬤離得挺遠，沈老爺子哆嗦著在懷裡摸索了一下，地上掉下了一把金鑰匙，他示意楚亦瑤撿起來。

「祖父，這鑰匙是？」

沈老爺子擺擺手，伸手指了指屋後的方向。

楚亦瑤猜測。「您說這是庫房鑰匙？」

沈老爺子點點頭。

楚亦瑤不解他的意思，沈老爺子推了一下她的手往她懷裡，又推了一下，楚亦瑤往懷裡一藏，沈老爺子點了點頭。

「您是要我把這個替您收起來？」楚亦瑤把金鑰匙收好。

沈老爺子臉上露出一抹滿意，回過頭去繼續看著院子，這是他和沈老夫人的庫房鑰匙，裡面還剩一些沈老夫人的嫁妝，其餘的都是沈老爺子自己的私當，楚亦瑤不明白祖父為何把這麼重要的東西交給她，但沈老爺子不能解釋得更多。

楚亦瑤陪了他一會兒，推著他進了屋子。

回到家裡，楚亦瑤把這金鑰匙給沈世軒看，饒是他也想不出來祖父為何會把這麼重要的東西交給妻子來保管。「這和金印一樣是祖父的貼身之物。」

「這金印怕被大哥拿走，庫房裡的東西都是登記在冊的，少了什麼一查就知道，鑰匙也不必交給我保管啊。」楚亦瑤著實想不明白，總不至於祖父把整個庫房都送給她了。

沈世軒想了一下，還是只能想到一個點上。「莫非是大哥向祖父要過這庫房鑰匙？」

夫妻倆對視了一眼，都覺得不太可能，可沈世瑾的種種行徑已經超出了他們對他底線的認識。

「你說的也不是沒有可能。」沈世瑾中秋晚宴那一回是血本無歸，白王爺那兒絲毫沒有動靜，這其中的空缺總該補上，楚亦瑤翻看了一下這金鑰匙。「祖父這麼多年來，庫房裡肯定有不少值錢的東西，若是拿其中的東西出去變賣，應該有不少銀子？」說罷，楚亦瑤抬頭看沈世軒。

沈世軒輕輕點了點頭，不知道該怎麼表達這心情，祖父這一回是失望透了吧！否則，怎麼會把這個交給妻子。

楚亦瑤看了他一眼，從他手中奪過那金鑰匙，秀眉一挑。「與其留守這個沈家，你不如自己再建一個沈家出來。」

「妳可知道祖輩們花了多少時間才有這樣一個沈家？」沈世軒失笑。

楚亦瑤不以為然。「那就看看咱們能不能撿現成的，姊夫外任三年時間已經滿了，明年開春就回洛陽覆命。」再過兩年就是張子陵得聖寵的時候，她可沒打算讓沈家繼皇貴妃之後還有靠山，要也該是自家這一房的靠山……

第七十四章

讓他們沒意料到的是，楚亦瑤拿到這金鑰匙才三天，沈家宅院走水了。

熊熊的烈火在深夜沖天燃起，照亮了半邊的夜空，沈家宅院內濃煙陣陣，丫鬟婆子們拎水桶的拎水桶，部分人搶著把屋子裡的東西都拿出來，場面混亂一片。

楚亦瑤他們是快天亮的時候知道這事情，等他們趕到時，著火的地方已經燒成了一片廢墟，剩下燒成焦黑的懸樑幾根還掛在那兒搖搖欲墜，冒著煙，四周一片熱氣。

楚亦瑤看著這詭異的著火地點，這是沈老爺子庫房的院子，除了那庫房，旁邊幾間屋子也都燒著了，只剩下最靠邊上的，由於風向緣故還剩下一半的屋子。

「無緣無故，庫房這裡怎麼會著火？」這問題不僅在楚亦瑤心中，就是在場的沈二爺和關氏都奇怪得很。

過了一會兒沈大爺和沈世瑾過來了，大半夜起來救火，兩個人都有些狼狽，沈大爺手中拿著一份冊子，一行人到了前廳，說起了這著火的事情。

「爹的庫房一直是有兩個人輪班看守的，前幾天一個人請了假回家去了幾天，就只剩一個人，估摸著是在外頭打了瞌睡，屋子裡的燭檯吹倒了也不知道，火勢從他們住的屋子蔓延到了庫房都還沒察覺。」那住的屋子是在庫房正門後面，若是在正門口打瞌睡，後面開始著火，確實很難察覺。

「可問清楚了那人？」沈二爺還是有些不敢置信，這麼多年庫房守下來，怎麼會犯這種錯？

沈世瑾點點頭。「二叔，救火後第一時間就問了那管事，他說自己也記不清到底有無點燭火，已經守了一夜，人睏得厲害，糊裡糊塗的。」

「胡鬧，怎麼可以讓一個人接連幾日都守著那庫房！」沈二爺不禁沈了臉，這不是燒了一間廚房，這是老爺子的庫房啊，有人告假離開，應該要及時把人補上。

沈世瑾即刻又說：「娘這幾天剛好回了一趟嚴家，底下人疏忽。」

坐在沈世軒旁邊的楚亦瑤不禁翻了個白眼，這個太巧了吧，所有的事就湊在一塊，大伯母不在，這庫房缺人的事沒及時安排好，也就差這麼幾天的工夫，庫房就走水了，那管事還不確定自己到底有無點燭檯。

「這東西可都搬出來了？」關氏問道，沈大爺拍了拍手中的那冊子。「這是爹庫房裡的冊子，東西搬出來了一些，等清理完了才知道損了多少東西。」

沈世軒見大家都安靜下來了，提議道：「既然那管事記不清楚什麼原因著火的，我看不如找官府來查一下，不清不楚的，心裡也不安穩。」

沈世瑾哼笑了一聲。「二弟你如今左一口官府，右一口官府，都燒成這樣還能查出什麼來？報了官惹得人盡皆知，到時候引別人笑話咱們家。」

「大哥，這官府辦案自然有他的辦法，我們尋常人肯定是想不到的，這火來得突然，那管事又說不清楚，若是府裡進了賊，偷了東西又放火，那你們可住不安穩了。」

「笑話，進了賊這麼大的東西怎麼會沒人知道！」沈世瑾不屑道。

沈世軒笑了。「那可不，走水這麼大的動靜都沒人及時發現，進賊可不比它小多了。」

沈世軒轉而和沈大爺正色道：「大伯，我們自然是不願意和官府多打交道，但這件事事關重大，庫房中又有這麼多值錢的東西，還是慎重些好。」

沈大爺想了想，遂點頭。「世軒說得也有道理，還是查清楚些好。」

官府查得很快，查案的同時還在著火的現場把還留著的一些東西一併都搜出來了，在庫房後面那個屋子內，官差找到了一個燒得只剩下一個底檯的燭檯，庫房內半點有線索的東西都沒找到，燒得太乾淨了。

庫房內所有的字畫、易燃的東西都燒光了，剩下的就是一些寶石和金器，整整清掃了五、六日才清掃乾淨。

沈大爺叫了沈二爺和沈世軒一同前去清點餘下的東西，金器和寶石大致數額沒有錯，少的也只是幾件而已，可一些最值錢的字畫、貴重的木材皮毛都被燒光了，更別說庫房內放著的幾萬兩銀票。

「這件事得告訴爹。」沈二爺嘆了一口氣，天災人禍，沈家可都遇上了。

「如今爹的身子才剛剛恢復一些，現在告訴他，恐怕……」沈大爺搖頭，這件事還是要從長計議。

「那天這麼大的動靜，大哥難道以為爹不會有感覺，早晚都是要知道的，如今庫房已經燒毀了，總該讓爹心裡有數這到底損了多少。」沈二爺不建議瞞著沈老爺子。

「二叔，祖父如今身子才好一些，我看還是不要告訴他這個消息了，即便是有猜測，沒人證實，祖父也不會知道是庫房著了火，最多以為是廚房走水。」沈世瑾打斷了沈二爺的話，朝著沈世軒那若有所指地說了一句。「只要是大家都瞞著，祖父肯定是不會知道這個事情的。」

沈世軒笑了笑。「大哥，你也別看我，即便是我們都不說，你以為祖父就不會想到那兒去嗎？到時候他問起來了，我們也瞞不了。」

「只要二弟不說，祖父即便是想到那兒也不能肯定，等他身體好些了再知道這消息也不遲，否則祖父身子出了什麼問題，二弟你可擔當得起？」沈世瑾同樣笑著駁回了他的話，和沈大爺說：「爹，這裡的東西我們清點清楚就好了，等祖父身體好一些再說也不遲，如今也不是時候，讓外人知道了，又不知道會惹出什麼話來，避免節外生枝。」

沈大爺是建議先不說的，沈二爺見他們都這麼覺得，也就沒再說什麼，如今他們搬出去了，也沒能強行作這個主。

回去的馬車上，沈二爺對這庫房起火的原因還抱有疑惑，事情雖過去了五、六日，東西也都收拾乾淨了，但他總隱隱覺得不對。

「世軒，那管事守了這麼多年，怎麼會在這個節骨眼上打瞌睡，他如何會心裡沒數，你大伯母不在，他也會找人替。」

沈世軒壓根兒就不覺得那火是由燭檯引起的，這幾日沒什麼大風，怎麼能把這燭檯吹倒，又恰好燒著牆上的畫，又能竄上房樑蔓延去庫房，巧合多了，不顯得刻意？

「爹，官府也來人查了，那官差不是說了嗎，沒有證據顯示是進了賊，您只要清楚庫房裡究竟損了多少東西。」說不定將來有一天，還能找回來。

「我也沒仔細算。」沈二爺搖了搖頭。「要我說是疏忽的，家裡進賊了。」

沈世軒微瞇起來，靠在了墊子上，雙手交叉著放在胸前，真要進賊，那也只能是進了內賊……

事情過去了半個月，沈家那兒卻又出事了，沈老爺子在院子外頭暈倒了！

沈世軒他們趕過去，聽照看的嬤嬤說，午後的時候沈老爺子趁人不注意，偷偷從輪椅上站起來，拄著柺杖扶著牆出去了，等人發現他的時候，人已經暈倒在庫房院外的門邊。

沈世軒不問也明白了，祖父肯定是看到庫房被燒而氣暈過去的，抬眼看了一眼內屋，和楚亦瑤一起等在外面。

沈世瑾是而後才趕過來的，神色匆匆，像是有急事，見大家都在，和嚴氏低聲說了幾句話，繼而看向了內屋，神情複雜。

兩個大夫在裡面待了很久，直到天色漸暗下，其中一個才走了出來，是這段日子一直給沈老爺子看病的賀大夫。

賀大夫看了沈世瑾一眼，對沈大爺道：「老爺子醒了，讓在的人都進去。」

沈世瑾先是一怔，很快反應過來。「老爺子能開口說話了？」

賀大夫點點頭，沈大爺為首，帶著大家走了進去。

本是關著的窗戶都打開了，屋子裡亮堂了一些，沈老爺子躺在床上，看起來精神還不差，視線落在眾人身上，環顧了一圈，用嘶啞的聲音道：「都到齊了？」

「還有世瑾媳婦沒來。」沈大爺臉上一抹欣喜。「爹，您能開口說話了？」

沈老爺子擺了擺手。「沒來就算了，扶我坐起來。」

一旁的嬤嬤扶了他起來，在他後背墊好了墊子。

沈老爺子瞥了一眼楚亦瑤。「丫頭，鑰匙帶著沒？」

頭一個被點名，楚亦瑤怔了怔，隨即看了一眼沈世軒，沈世軒從懷裡拿出了錦布包裹的金鑰匙。

「不用給我，把這金鑰匙給你大哥。」沈老爺子搖頭，讓沈世軒把鑰匙直接給沈世瑾，沒等沈世瑾發問，沈老爺子繼而語氣平淡地說：「把庫房重新建起來，打一把以前的鎖，把庫房裡的東西都給我放回去。」

在場的人神情微變，老爺子這話，算是什麼意思？

「祖父，庫房意外著火的事情沒和您及時說，是怕您聽了受刺激。」沈世瑾沒有接那金鑰匙，和顏地解釋道：「庫房正在造，好了就把拿出來的東西都放回去。」

「把那些燒掉的，也給我放回去。」沈老爺子看著他，滿是了然，沈世瑾那笑臉當場僵在那兒了。

一旁的沈大爺剛剛沒聽明白，此刻也全清楚了，爹這是懷疑世瑾放的火，拿走了那些易燃的東西，裝作是燒光了。

沈世瑾斂去那些神情，鎮定地回道：「祖父，燒掉的東西怎麼放回去？」

「混帳東西！」

幾乎是一剎那，沈世瑾話音剛落，沈老爺子抄起一旁凳子上放著的藥碗直接砸向了他，偏了位置在嚴氏的腳底下摔碎，還引得嚴氏一聲驚叫。

一年多沒開口了，沈老爺子這一吼，胸口起伏得厲害，楚亦瑤趕忙去旁邊倒了一杯茶，端著給他餵了一些。「祖父，您別動氣，身子要緊。」

沈老爺子喝了幾口，推開了楚亦瑤的手，脹紅著臉指著沈世瑾罵道：「你還嫌這混帳事做得不夠多是不是，我有教過你這些？你爹有教過你這些？」

「心術不正，你是不是覺得我死了這沈家就是你的了！」憋了這麼久，沈老爺子一開腔說出來的話都能震撼到大家。「你以為我什麼都不知道是不是，你以為瞞天過海做得天衣無縫了，你都敢燒了庫房，你還有什麼事做不出來的！」

沈老爺子顫抖著手猛拍著床沿，這一年多來，讓他多少心寒，自己一手培養起來的孫子，到最後竟然是這麼對自己的，他就是養條狗都比養了他好。

「爹，庫房的事是管事疏忽，燭檯倒了才著火的，世瑾他不可能會拿走庫房裡的東西啊。」沈大爺還是開口辯駁。

沈老爺子靠在那兒深吸了幾口氣。「也就你還信你這兒子，李管事是老糊塗了，還是喝醉了？這點事都記不住，他是被這個混帳東西給收買了，前腳從我這裡沒有要到庫房鑰匙，後腳庫房就著火了，我還有個好兒媳婦一塊兒幫著她的好兒子，把我給折騰死了就如願了！」

沈大爺臉上滿滿的難以置信，他知道自己妻子眼裡容不下二房，做了那些糊塗事，可他怎麼都不會想到，妻子和兒子會對老爺子下手。

「世瑾，你祖父說的可是真的？」沈大爺看向兒子和妻子。

嚴氏眼底閃過一抹驚慌，沈世瑾卻鎮定得很，彷彿這說的根本不是他，和他無關。

「爹，祖父剛剛能開口說話，又剛知道庫房走水的事，情緒激動，把這事和我向他要庫房鑰匙聯繫在一塊兒也在所難免，我怎麼可能會進去偷庫房的東西呢，當初我只是想向祖父借些銀兩周轉一下，祖父沒答應，我也絕不可能動那樣的歹念。」

沈世軒聽他說的這麼從容，估計從庫房裡拿出來的東西，都已經不在沈府了，說不定已經變賣了其中一部分。

「是啊！爹，世瑾他怎麼可能做那樣的事。」嚴氏趕緊替兒子說話。

沈老爺子看著他們，一字一句道：「把那些東西都給我放回去，否則，這沈家就不認你這個孫子。」

「祖父！」

「爹！」

幾個人齊聲喊道，尤其是沈世瑾，他直接跪了下來，看著沈老爺子，臉上一抹毅然。「祖父，您懷疑我可以，這就算是死也得死個明白，您這麼直接往我身上壓了這罪，要我認，可我沒有做過如何認。」

楚亦瑤快被這戲劇化的一幕給驚呆了，看著沈世瑾在那兒說著自己的無辜，楚亦瑤微撇了下臉，真的是看不下去了，不去做戲子實在是浪費。

沈老爺子不怒反笑。「我家不缺孫子，少了你還有世軒在，沈家也沒有你這樣的不肖子孫，把庫房裡的東西都放回去！」

沈世瑾緊握著袖子底下的拳頭，耳後血脈膨脹突兀，他幾乎是發誓地說：「祖父，我沒有偷庫房裡的東西，您不能這樣冤枉我！」

無憑無據如何能斷定他沈世瑾偷了庫房中的東西，放火燒了庫房，就因為他要了庫房鑰匙？這如何能成為憑據？沈世瑾心中不斷為自己造勢，抬眼看著沈老爺子，滿是堅韌。

「好，好，好！」沈老爺子連說三聲好字，看著沈世瑾。「既然你不肯承認，那就讓官府來查一查，我們沈家，究竟是遭了什麼賊！」

官府這兩個字對沈家來說已不陌生，沈世瑾聽著卻沒有露出什麼驚慌的神情，反而說：「好，那祖父就請官府的人再過來查查這原因，也好還我一個清白。」

沈大爺見兒子堅持成這樣，對沈老爺子和兒子之間的對話產生了疑惑，同樣是讓他沒有懷疑過的兩個人，他應該相信誰？

報官之後，很快官府就派人過來了，幾乎是搜遍了整個沈家，都沒有發現沈老爺子口中被燒毀的那些東西，事情過去了半個月，庫房能清理的都清理乾淨，當時都沒能找到什麼證據，如今更是沒有更多的發現。

官差搜了兩天，盤問了沈家上下不少人，在金陵城也搜過，仍舊沒什麼消息，最終官差給予的答覆還是之前那個。

楚亦瑤早就料到了結果會是這樣，從大哥這麼篤定地答應要報官，他肯定就做好了萬全的準備，且不說府裡那些安排好的人，那些帶出去的東西恐怕早就不在金陵了，金陵各城門口每日進進出出的馬車這麼多，誰知道是什麼時候運出去的。

至於下毒二字更是沒說服力，那些藥渣處理得乾乾淨淨，沈老爺子如今身子漸漸恢復，只會說御醫醫術好，醫館裡的人醫術不精，怎麼也不會說到要害死沈老爺子上面。

沈世瑾對這一切，勝券在握。

沈家前廳內，沈世瑾是一臉的受傷，沈老爺子旁邊桌子上，放著的是庫房裡餘下沒被燒毀的東西清單，廳中寂靜無聲。

沈老爺子氣憤之外，心中苦悶得更是沒法說，二十幾年養了個白眼狼，到最後還一門心思算計著沈家。

「爹。」沈二爺喊了他一聲。

沈老爺子顫微著手，拿住一旁枴杖，道：「開祠堂。」

眾人抬起頭看他，這個時候開祠堂？

第七十五章

沈二爺上前扶住沈老爺子，沈大爺出去差人開祠堂，一行人往沈家的祠堂走去，楚亦瑤抱著樂兒，一旁的錢嬤嬤牽著康兒。

到了祠堂的院子裡，兩個守祠堂的管事開了門，入眼的就是祠堂內沈家歷代祖輩的牌位。

沈老爺子站在門口停了一下，邁腳走了進去，其餘人留在院子裡沒有動作。

楚亦瑤看向沈世軒，後者眼中也有疑惑，今日祖父把所有人都叫過來，到底是為了什麼事？

沈老爺子走到沈老夫人的牌位前，伸手摸了摸那刻上的字跡，用只有自己能聽見的聲音說：「夫人啊，我對不起妳。」他沒有照顧好這一家子，如今這個家亂成了這樣，弟兄不和睦，甚至還想著謀命。

沈老爺子望著這一眾牌位，沈家的列祖列宗，他對不住的豈是夫人一人？他對不住沈家，對不住祖輩們辛苦打拚下來的基業。可再這麼下去，這個家也不會如他所願好起來……

沈老爺子在祠堂裡待了許久，繼而慢慢地走了出來，看著院子裡的這一家子，沈老爺子開口道：「當著沈家列祖列宗的面，分家。」

像是在平靜的湖面墜入了一塊大石頭，泛起巨大的波瀾，沈老爺子就像是說一件普通尋常的事，看著眾人各異的反應，叫沈大爺去把商行裡的帳本拿過來。

「我還沒有死，這庫房裡的東西也是我和老夫人的，就不在你們兩房分家之內，其餘的東西，不分長幼，兩房平分，至於將來好與壞，就看你們自己造化。」

平分這回事，嚴氏第一個不同意，她站出來反對道：「爹，這沈家是交給我們的，怎麼可以平分，振南可是長子。」

沈老爺子看了她一眼。「誰告訴妳這沈家將來是交給大房的？」

嚴氏臉色乍變，不交給他們，難不成都交給二房？那怎麼可能！

沈老爺子把她的神情盡收眼底，看沈大爺走回來了，悠悠道：「這沈家，包括沈家的商行，沈家的生意，都平分。」

沈二爺和沈世軒一聲不吭，身後的闞氏和楚亦瑤更是不會說什麼，沈世瑾的臉色比嚴氏難看多了，沈老爺子的話就是在生生抽他的臉，庫房的事證據不足，但祖父就是認定了他拿走那些東西，怎麼辯解都沒有用。

沈老爺子接過那帳本，只是大致翻看了一下。「振南，你執筆墨，我說你記。」

管事為沈老爺子和沈大爺抬來了桌椅，沈老爺子坐下之後看著帳本開口道：「徽州那間分行留給大房，和白家合作的留給二房。」說罷，沈老爺子看了一眼沈世瑾。「當初給你們的銀子都是一樣的，做得好壞各憑本事，至於世瑾從錢莊裡拿的五萬兩銀子放進分行去的，等會兒從別的地方扣。」
「沈家的地契，振北住的那宅院就給你們了，這邊的沈家留給振南，至於其他地方的地契，我這邊留四成，其餘的六成你們兩兄弟對半分。」
「沈家的生意，沈家商行包括幾艘商船算一份，沈家名下的茶莊等產業算一份，振南和世瑾一直在商行裡的，這商行就分給你們，至於茶莊和酒樓，世軒一直在打理，這就交給二房，你們可有意見？」
沈老爺子這平分幾乎是挑不出錯，因為帳面上的東西都顯示著商行裡的生意順風順水，甚至比茶莊和酒樓這些加起來還要高上一籌，最重要的事，皇貢也是從商行裡出去，所以這有意見的也只可能是二房。
「爹，那首飾坊的生意這麼好，您說這怎麼算是平分？」嚴氏略微知道一些兒子分行的事情，自然也看得清楚哪個才是真賺錢的，既然現在說到分家了，沒有自己吃虧的道理。
「做得好壞各憑本事，徽州分行的生意可是不錯，這帳上都寫著，難不成我眼花了不成？」沈老爺子揚起手中的帳本，這看帳分家，還有哪裡不公允的，難不成要一張桌子一把椅子這麼分？
總不能說那帳就是拿來糊弄自己老爺的，嚴氏鐵青著臉沒有繼續說下去。
沈老爺子看沈大爺寫著。「帳上也沒多少現銀子，將來都是要用在商行裡的，就別去算它了，就這麼分吧！」

沈家這麼家大業大，被沈老爺子這麼幾句話就給分完了，楚亦瑤倒是愣了愣，適才聽祖父說一半她還不信呢，如今聽下來，茶莊和酒樓這些算起來，她怎麼覺得還是自己賺了。

一直沈默著的沈世瑾忽然開口。「祖父這麼分世瑾沒有意見，不過那錢莊裡可不止這些，和帳上比起來，整整少了二十萬兩，這二十萬兩銀子，究竟所在何處？」

這麼大一筆數目怎麼可能隨意糊弄過去了，沈世瑾查到就是江管事拿著小金印去錢莊裡取的銀票，這銀票肯定還是在的。

沈老爺子料到了他會問這個。「那二十萬兩銀子，我讓江管事去洛陽送進宮給皇貴妃了，這些年皇貴妃對我們沈家照顧有加，將來沈家還是得靠她在皇上面前多多進言，這些銀子就送進宮給皇貴妃做打點之用了。」

沈老爺子詳細地說了這二十萬兩銀子的去向，由不得沈世瑾不信，他也不能進宮去向皇貴妃求證是不是真收到了那二十萬兩銀子。

「江管事可是一年多都沒回來了。」沈世瑾沒有找到江管事，他更是不信祖父說的話，幾乎每隔兩年都會送進宮打點用的銀兩，怎麼需要一次給這麼多？

「送完了銀子，我讓他回他養女那兒休息一段日子，享受一下天倫之樂，過些日子他也該回來了。」

沈老爺子把江管事帶著金印離開的事直接這麼順了過去，看著大家，聲音清朗。「今天當著沈家列祖列宗的面，不肖子孫沈闊，兩子沈振南、沈振北，正式分家，家產平分。」

一夜之間，沈家一分為二，金陵各家得到這個消息的時候也是驚訝不已，這沈家老爺子都還健在，怎麼就提前分家了？不過沒人解釋給他們聽原因是什麼，沈家這裡忙著把所有分好的東西列入到兩房的名下。

本是四家之一的沈家，分家之後家產銳減，一下就跌出了四家之外，成功躋升上去的，就是沈世瑾過去的岳丈家，田家。

田家憑藉著無數的田地和鋪子，加上田老爺一群兒子的努力，這家業雖趕不上曹家和白家，但足以把如今的沈家擠兌下去，為此，田老爺很是得意。

對沈二爺來說，這個家分得突然，也是沒有什麼準備的，本來是追究這庫房的著火原因，誰都沒有預料到老爺子一下會提到分家的事，並且直接去了祠堂把分家的事給辦了，十分乾脆。

直到茶莊和酒樓的所有帳目契約都拿到了手，沈二爺還覺得有些恍惚呢，也難怪他和妻子會覺得納悶，他們從來沒想過分家的那天會得到這麼多。

關氏看著桌子上厚厚的帳本，嘆了一聲。「今後算是真正的兩家人了。」

沈二爺拍了拍她的肩膀，沒有說話……

而那邊的沈世軒和楚亦瑤，卻意外地收到了沈老爺子的一份禮，不知道何時回來的江管事，差人把一個包裹送進來給他們之後，人都沒露面就回沈家去了，楚亦瑤打開包裹才知道，裡面放著兩個錦盒，其中一個是兩張房契，另外一個盒子裡，竟是那失蹤多時的二十萬兩銀子。

楚亦瑤愣了愣，除了這兩個錦盒之外，包裹中沒別的，江管事會把這個送過來，肯定是老爺子授意的，她抬頭看沈世軒。「祖父是把這些銀票給我們了？」

沒有任何的解釋，沈老爺子直接把這所謂送進宮的銀子給了他們，大房那兒肯定是不知道的，爹和娘更是不知曉。

沈世軒把那兩份房契拿起來一看，微嘆了一口氣。「祖父瞭解大哥，恐怕是對交到大哥手中的商行不抱什麼希望了，這二十萬兩銀子，不知能把這個家推到什麼位置。」

楚亦瑤明白了他的意思，這才是沈老爺子主張平分的理由，對長孫再失望，祖輩們打拚下來的基業還是不能就此湮滅，如今他們分到的東西雖看上去不足以和別人一搏，但茶莊和酒樓的生意一直都是不錯的，加上這二十萬兩的助力，新的沈家一定能夠穩健地發展起來。

「那祖父是不是打算搬過來和我們一塊兒住？」不苟同的地方有很多，但在做生意上沈老爺子的經驗遠遠高於他們，家有一老如有一寶，如今的沈老爺子，楚亦瑤還是樂意照顧他的。

沈世軒搖搖頭。「那邊是沈家的祖宅，由長子繼承也是一直以來的規矩，祖父生在那兒長在那兒，不會搬出來的。」沈老爺子手中的四成地契對嚴氏來說還是一個誘惑。「江管事回去之後，祖父的日常起居有了照應，大伯很孝順祖父，大伯母不會加以為難。」

「嗯。」楚亦瑤點點頭。

門口那兒，康兒走了進來見他們都在，先是走到沈世軒面前，規規矩矩地喊了一聲爹，又向楚亦瑤喊了一聲娘。

「先生回去了？」沈世軒把他抱上了軟榻。

康兒點點頭，還維持著正經的小模樣呢。

楚亦瑤失笑，摸了摸他的頭。「去祖母那兒請安，你祖母昨天受了些風寒，記得問安。」

康兒點點頭，下了軟榻自己離開了。

楚亦瑤看著兒子走得穩當的背影，忽然有種悵然若失的感覺。

「一眨眼就這麼大了。」半晌，楚亦瑤語帶失落地說，先生來教導才三個月的時間，她就感覺兒子一下不太黏著自己了，他四歲都還不到啊。

「哪裡是一眨眼，我看是樂兒出生的時候，他就懂事多了。」沈世軒對她的反應有些好笑，坐到了她旁邊攬住了她。

楚亦瑤也是有感覺的，但這總歸和心裡想的不太一樣，孩子大了漸漸地不太黏著自己，她預期這起碼也得等到五、六歲吧，可如今才多大，應竹三歲多的時候還奶聲奶氣著呢！

她推了沈世軒一把。「以後的日子還長呢，如今該天真的就天真。」

楚亦瑤說這話的時候微嘟了下嘴，沈世軒眼神一黯，飛快地低頭在她嘴上親了一下。

楚亦瑤反應過來掐了他一把，惱羞道：「你做什麼！」

沈世軒笑得可無恥，抱著她不撒手。「老夫老妻了，妳還害羞不成。」

楚亦瑤忙看了一下屋子內，孔雀和寶笙不在，平兒她們都在外屋侍奉，幸虧沒別人，否則她這老臉都不知道往哪裡放了！

楚亦瑤瞪他一眼。「我看你是越老越不要臉了。」

沈世軒全盤接受，一面還熱切地建議道：「兒子大了不黏著妳了，女兒也有長大的一天，妳若是覺得不適應，咱們就多生幾個，這樣一個接著一個，妳也不會覺得失落了對不？」

話音剛落，沈世軒就痛喊了一聲，楚亦瑤微瞇著眼，手下的力道又加了幾分。「嗯？你當我是母豬呢？」

臨近年關各家都忙碌紛紛，到了十二月中，沈二爺和沈世軒都是趕早出門，天黑了才回來，楚亦瑤這邊一年下來各個鋪子，包括酒樓的帳都不少，這樣一忙碌，很快就大年三十了。

沈老爺子身子康復了，這個除夕夜的年夜飯，沈二爺帶著一家老小回了沈家，分家之後一年也就幾個日子的團圓飯，除去那熱鬧氛圍中摻雜著的詭異，年夜飯還是很豐盛的。

沈老爺子笑呵呵地給了三個孩子紅包，樂兒還小，對掛在脖子上的紅包十分好奇，伸手在那兒使勁地扯，扯了半天扯不過了，很乾脆地放聲大哭來宣洩心中的不滿。

沈老爺子倒是想抱抱她，但如今他手還有些抖，怕抱不住，楚亦瑤就把樂兒放在沈老爺子膝蓋上，一旁還有奶娘看著。

沈老爺子剛伸手扶她，小傢伙小手一揮，直接一把抓在沈老爺子的鬍子上，彷彿覺得這比抓紅包繩子有趣多了，捏緊著拉扯了一下，手中多了幾根白色的鬍鬚，眼角還掛著淚珠呢，竟格格地笑了起來。

這一揪把沈老爺子弄疼了，楚亦瑤趕緊把她抱了起來，輕斥了一聲，樂兒還炫耀地朝她揚手，楚亦瑤有些窘促地看著沈老爺子。「祖父，樂兒她太調皮了。」

「力氣倒是不小，比那兩小子都長得好啊。」沈老爺子擺擺手。「入席吧。」

年夜飯吃到了一半，一個管事走了進來，在沈世瑾的耳邊說了些什麼，沈世軒看到沈世瑾抓著筷子的手猛地一緊，繼而他站了起來對沈老爺子道：「祖父，商行裡有些急事，我先過去處理一下。」

沈老爺子揮了揮手，沈世瑾跟著那管事匆匆離去。

楚亦瑤那桌，水若芊只是抬眼看了那方向一下，繼而低頭自顧著吃飯。

年夜飯結束的時候，沈世瑾還沒回來，楚亦瑤抱著睡著了的樂兒上了馬車，一旁的兒子靠著她也昏昏欲睡，沈世軒擠了進來，把康兒抱到了自己懷裡。

楚亦瑤拿過一旁的一條小被子給他蓋上，輕聲道：「祖父今日心情不錯呢。」

「家都分了，祖父如今沒什麼事。」心裡的事情少了，人自然也就愉悅起來了。

楚亦瑤輕笑。「樂兒揪了他的鬍子還樂呵呵的，脾氣也好了許多，換做是三年前，康兒這麼揪他的鬍子，他還會訓斥。」

「祖父如今是想通透了。」

已是深夜，臨近子時，金陵城裡煙火四起，黑暗的天空不斷地被照亮，沈家商行內，緊閉的大門裡透出了一些燭光，二樓的屋子裡，沈世瑾癱坐在椅子上，桌子上是一堆的紙。半晌，空氣裡傳來他不可置信的聲音——

「怎麼會這樣？」沈世瑾看著一桌子的紙，他所有的心血、所有的銀兩都押在這個上面，怎麼可能會失敗。

一旁站立多時的管事不敢出聲，他早已經嚇得背後一身汗，原本只是傳遞一個消息給大少爺，沒想到其中的繞彎這麼多，大少爺還真是夠膽大的，竟然做這種私活。

「立刻替我安排馬車！」沈世瑾一把抓起桌子上所有的紙，捏緊在手中，眼底閃過一抹陰狠，起身朝著門口大步地走去。

深夜的路上，馬車的轆轆聲都被煙火聲掩蓋，到了一個巷子口，沈世瑾下了馬車直接讓車夫回去，自己在巷子口徘徊了一下，很快進入了巷子內，他的身影隱在黑暗中，不久，巷子中一個不起眼的院落內傳來一陣輕微的開門聲。

院落裡安靜得很，沈世瑾抬眼看那屋內，走上前去一把推開了屋子的門。

屋內坐著三個人，皆抬頭看他，中間的那個臉上掛著從容的笑，溫和地望著他。「世瑾，你怎麼來了？」

沈世瑾也不管還有人在，質問他道：「關隴是怎麼回事！」

曹晉安揮了揮手，坐著的兩個人走了出去，屋子裡就剩下他們兩個人。

曹晉安慢慢地起身，走到他的身邊，一手搭在他的肩膀上。「沈兄，我可是給過你提醒的。」

沈世瑾避開他的手。「你說那幾乎是不可能發生的事情，所以我才把銀子都投進去的，現在出事了，你要怎麼解釋！」

曹晉安低頭看了一下自己的手。「幾乎不可能，不代表完全不可能。」

沈世瑾凜起了神色。「你別和我咬文嚼字，你當初的意思，那就是不可能會出意外。」

「我需要解釋什麼，你不是還有從你祖父那兒拿來的那些東西嗎？變賣之後，可值不少銀子，你若想翻盤，可以再試一試。」曹晉安臉上的笑意越發燦爛，這沈家大少爺的脾氣，和晉榮倒是有幾分相像啊！可惜了，晉榮如今都不在金陵。

「曹晉安，你以為我真傻？」沈世瑾一個轉身伸手揪住了他的衣領。

「莫激動。」曹晉安笑著用手中的扇柄輕敲了下他的手。

「曹晉安，你別把人當傻子，你信誓旦旦不會出事的，我才把這銀子投進去，才不過兩回就出意外了，看來也不過如此。」沈世瑾哼笑了一聲，甩開了手。

曹晉安看著他氣急敗壞的樣子，依舊是優雅從容。「該說的我也都說了，之前我勸過你，不要一次下這麼大的注，你不信，如今出了岔子，我也沒辦法，再說了，天底下有這麼合算的事情嗎？要想賺大錢，這背後承擔的風險也不低，販賣私鹽這種事，查到了可是死罪，沈兄僅僅是丟了一筆錢財，比起丟性命，這可划算多了。」

沈世瑾把自己的身當全部砸進去了，還趁著沈大爺不注意，在沈家商行裡抽了一筆，這是他第三次參股，前兩次的收益讓他嚐到了甜頭，但遠遠還不滿足，他需要更多。

哪裡會料到，這一次就出問題了，關隴那兒傳回來的消息，在中間交易的時候出了意外，銀子和私鹽全被清剿了，相關人員全部抓獲關了起來，他這樣是透過第三方出銀子不露面的才沒有被查到，但他那些銀子是再也拿不回來了。

除卻性命這件事，沈世瑾哪裡甘心這麼多銀子就這麼付諸東流，他還要面對商行裡就快要出航的事。

曹晉安看著他臉上多變的神情，站在他身邊建議道：「其實你不用太擔心，這次只能算運氣背，這種萬分之一的機會，也不是誰都輪得到，更不是誰都有這機會輪得到兩回的，你不是還有沈家商行這個大籌碼嗎？」

沈世瑾眼神微縮，瞪向了他。

曹晉安斯文的臉上綻放出一抹笑。「也還有一個辦法。」說著，曹晉安靠近了他的耳朵，壓低了聲音說了一句話。

沈世瑾緊握的拳頭直接揮向了他，曹晉安欺身閃過，伸手阻擋住了他的攻擊。「做這生意的，沒有一個膽小的。行有行規，被清剿的銀子，誰都不會替你補上，你可以選擇不再繼續，也可以再嘗試看看，沈兄你慢慢考慮。」

曹晉安的笑聲裡帶著一抹促狹，彷彿是在挑釁沈世瑾一般，擺在臉上的笑意像極了那個形容詞——斯文敗類……

沈世瑾從來沒有受過這樣的侮辱，什麼叫做銀子不能補的，那就身子補，他堂堂七尺男兒，竟被曹晉安這麼戲言！

「你！」沈世瑾轉過身怒瞪著他。「曹家大公子竟然如此作風！」

曹晉安退後一步靠在門背上，雙手交叉放在胸前，看著他惱怒的樣子，神情裡滿是笑意。「不過是彼此而已，沈兄豢養的那幾個小廝，可還不錯？」

沈世瑾只覺得渾身汗毛一豎，內院之事，他怎麼會知道！

「這些小廝出生不好，簽的都是死契，五、六歲看著相貌不錯，招納進來，養個兩、三年，身嬌肉貴了，再賣給有需要的主，讓我替沈大少爺算算，這些年，沈大少爺買回去的，可是有十五、六個了？」

曹晉安的話猶如是當頭一棍，把沈世瑾最隱秘的東西直接暴露了出來，他以為多不為人知的事情，原來有人在背後一清二楚，就連數目都知道。

這種孌童之事放到明面上了，不少人都有豢養，買一個價錢也不低，尤其是長得好的，只是沈世瑾沒想到，曹家竟然做這生意。

「你到底想說什麼？」沈世瑾想到此就放鬆了許多，他做他的買賣，他買他的人，都是見不得人的，就沒誰威脅誰的說法了。

曹晉安搖搖頭。「不想說什麼，就是想告訴沈兄，咱們作風都一樣，誰也不用擠兌誰，若是沈兄喜歡，我可以專門給你挑幾個。」

此時曹晉安的眼神才是赤裸裸的，沈世瑾從腳底升起一股寒顫，那是一種被人覬覦的感覺。

原來剛剛那句話，他不是玩笑話。

想到此，沈世瑾越發覺得心中毛毛然地不舒坦，這種反被別人盯上的感覺，讓他很不喜。

「不早了，沈兄該回去了，這銀兩的事，你再考慮考慮，等那風頭過去了，我再通知你。」曹晉安越發覺得他的神情有趣，臉上帶著溫和的笑意，輕拍了一下沈世瑾的肩膀，轉身走出屋子。

被這一拍，沈世瑾整個人都不好了，直到那開門聲傳來，他僵直的身子才有了動作，緩慢地轉過身去，望著半空那依舊綻放的煙火，他怎麼可能就此失敗……

第七十六章

過完年，熱鬧完了元宵，接下來就是出航的日子，不過今年就沒沈世軒什麼事了，商行都留給大房，他要忙的是清明前後茶莊採茶的事情。

而在沈家商行內，沈大爺看著隨身管事報上來的銀兩餘存，再看帳本上的數目，臉色大變。他明明記得年前這個帳是清楚的，出航用的銀兩也準備妥當，怎麼過了一個年銀子就不夠了？

「大少爺人呢？」沈大爺很快反應過來這其中究竟出了什麼問題，沈著臉問一旁的管事。

「大少爺他還沒回來。」

「趕緊派人去給我找回來！」饒是脾氣再好，沈大爺也怒拍著桌子讓管事去找人，距離出航不過幾日的時間，如今這銀兩又不能從酒樓和茶莊內周轉，一時間哪裡去找這上萬兩銀子。

沈世瑾回到商行裡已是半天後了，沈大爺一看他回來，劈頭就是一頓罵。「在這上頭你都做假帳騙我，你到底把這些銀子拿到哪裡去了？」

「爹，我只是拿這些先去救急而已，在出航前這些銀子一定可以拿回來的，您放心。」

沈世瑾開口安撫他，說得是一臉輕鬆。

沈大爺不吃他這一套。「我和你說過多少遍了，出航的銀子動不得，你以為現在還是分家前那個沈家嗎？你到底把那些銀子拿去做什麼了！」

這麼一爭執，沈世瑾的臉色也有些難看，他被祖父否定了，如今連自己的爹都要否定自己嗎？「爹您不相信我？」

沈大爺拍了一下桌子，斥責道：「我就是太相信你了，才讓你有機會在這帳上動手腳。」

「我只是拿銀子付了一下徽州那兒的貨款，那都是年底的事情了，這兩天就把銀子收回來了，您還懷疑我做別的用處？」沈世瑾的脾氣就是容不得別人對他有半點懷疑，面對沈大爺的質疑，他越發不耐煩。

「你這是東牆拆，西牆補，我讓你把那分行給撤了你不聽，之前砸了五萬兩銀子還不夠是不是？」

沈世瑾對沈大爺的教誨充耳不聞。「這個您別管，這兩天我會把銀子收回來的，我還有事，先走了。」說完，沈世瑾就直接走出了商行。

上了馬車，沈世瑾的臉色就陰沈了下來，那筆從商行裡拿的銀子是肯定收不回來了，他手頭上現在沒有多餘的銀子，這筆漏洞要怎麼補……

也就是隔了兩天的時間，楚亦瑤那兒收到二舅捎來的消息，鋪子的事有著落了，有人急著脫手數家店鋪，位子都不錯，價格也合理。

打聽之後才知道，竟然是大哥的鋪子在脫手。

楚亦瑤算了算他賣的鋪子數量和價格，近六千兩的銀子，他是要做什麼這麼急？

楚亦瑤讓二舅分別託人，把沈世瑾賣掉的數十家鋪子中的六家買了下來，她正要把布莊擴張去別的街市，算上那胭脂首飾的，正愁沒地方。

鋪子契約拿到手之後，沈世瑾那邊也收到了足夠的銀兩，他把銀兩交給沈大爺，兩天之後，商船出航了。

沈世瑾名下本來不少的鋪子，兩次脫手已經所剩無幾，從庫房裡拿出來的東西並不能一次性賣掉，加上私鹽被清剿的，沈世瑾如今怎麼周轉都彌補不過來，這還沒算上徽州那兒說不準什麼時候會出事的分行。

沈大爺隨著商船出航去了，商行裡的事都交給他一個人，二月初這幾天，沈世瑾都是忙到深夜才回去。

旭楓院裡靜悄悄的，沈世瑾喝了點酒，醉醺醺地推開了屋子。

巨大的動靜聲吵醒了睡夢中的水若芊，她剛起身，迎面就是一股沖鼻的酒味，她推開眼前湊上來的臉，語氣不善地道：「發什麼酒瘋！」

屋內的丫鬟趕緊點了燈，沈世瑾紅著臉看著床上滿臉不耐的女人，哼了一聲，指著水若芊的鼻子說：「妳說說，妳有什麼用。」

這睡夢中被吵醒不說，還被人這麼指著鼻子罵，水若芊的脾氣也好不到哪裡去，一手拍開了他的手。「沈世瑾你是什麼意思？」

「妳這個女人，什麼用都沒有，除了給我生了個兒子，妳連田宛都不如，你們水家什麼都沒給過我，妳說我娶妳有什麼用！」藉著那酒意，沈世瑾滿嘴的不滿和宣洩，他不滿水若芊，不滿水家，更不滿沈老爺子的所作所為。

「沈世瑾你好笑不好笑，你還要不要臉，你一個大男人，是要靠岳丈家的幫助才能混得下去，你這算什麼本事，你還看不起我了，田宛在的時候也沒見你有多出息。」水若芊笑了，眼底是掩蓋不去的厭惡，從頭到尾這個男人都是在算計，算計田家能給他什麼，算計水家能給他什麼。

「妳，妳連沈世軒的妻子都不如，她一個小門小戶的，嫁入沈家都能幫沈世軒這麼多忙，妳呢？還水家大小姐，什麼用都沒有，什麼用都沒有。」沈世瑾說到後來，幾乎是哀嘆著的，末了嘴巴裡唸叨著「沒有用」三個字，推開了一旁的丫鬟，轉轉悠悠地出了水若芊的屋子。

「少……少奶奶。」侍奉的丫鬟小心地喊了一聲。

水若芊半坐在床上，雙手緊抓著那被子，都快揪破了它。

「滅燈，給我找兩個婆子看緊門口，不准那瘋子再進來。」水若芊直接拉起被子躺下，氣得胸口直起伏。

一旁的丫鬟嚇了一跳，少奶奶說少爺是瘋子。

「還不快去！」耳邊傳來水若芊的怒斥聲，那丫鬟一個激靈，趕緊往門口那兒走去找人看著……

那邊的沈世瑾蹣跚的往書房那走去，一看門口沒什麼人，皺了皺眉，站在原地一會兒，朝著書房後的屋子繞過去，看準了一個門，沈世瑾走過去，毫無徵兆地直接踹門進去。

「十五，十五人呢？十五你還不快給我滾出來！」沈世瑾口中喊著，在漆黑的屋子裡找人。

屋子裡睡著的四、五個人很快被吵醒了，透過微弱的亮光看到眼前的人是大少爺的時候，其中一個眼底閃過一抹恐慌，剛要出聲，一旁的人忙捂住了他的嘴。

「我看到你了，十五，看你往哪裡逃！」沈世瑾很快發現了靠在床角的十五，嘿嘿地笑了一聲，朝著他走過去，他們發現了他的異樣，空氣裡散開的酒氣和那蹣跚的步履，無不顯示沈世瑾如今是喝醉的。

一陣凳子聲，十五旁邊的十一提腳踹了一下床邊的凳子，那凳子被踢到了沈世瑾面前，醉醺醺的沈世瑾壓根兒沒注意前面是什麼，急著朝十五走過來，被那凳子一絆，整個人摔倒在地上，頭重重地撞在青石板上，發出一陣悶哼。

「慘了！」一旁的十四捂嘴驚呼了一聲。「十一，你害大少爺摔倒了。」說著想去看看沈世瑾的傷勢。

留在另一頭比較年長的阿九點了燈，屋子裡亮了起來，沈世瑾以詭異的姿勢趴在地上，額頭正中青石板，人還沒暈過去，嘴巴裡喃喃地說著話。

十一跳下了床，看了一眼沈世瑾，極為鎮定地對他們道：「我沒有害大少爺暈倒，是大少爺在書房門口不小心摔倒的。」

「可……可是……」膽小的十四怕沈世瑾怪罪，拉著十五不敢去看，倒是阿九和十二，幫著十一一起，三個人合力把沈世瑾抬了出去，扔在書房門口，細心的十一在磕到的地方搽了點血上去，又趕緊回屋子裡把凳子和地都清理乾淨，警告眾人。「今晚的事誰都不許說出去，若是讓大少爺知道了，他可不會只處罰一個人。」

幾個人面面相覷，都重重地點了點頭……

快天亮的時候水若芊又被吵醒了，說是輪崗經過的婆子發現大少爺躺在書房門口不省人事，趕過去的時候，人已經被扶進書房隔壁的屋子，額頭磕破了，四周圍烏青一片，王嬤嬤捂了一下他的額頭，擔憂地對水若芊道：「似乎是發熱了。」

沒等大夫請過來，嚴氏就過來了，看到躺在那兒的兒子，轉頭就斥責水若芊沒有照顧好他，水若芊也不想解釋什麼，吩咐下人先去煮了醒酒湯，繼而回屋替他拿一身洗換的衣服。

沈世瑾這一病來得突然，醒來之後，連他自己也記不得是如何摔倒在書房門口的，他只記得下了馬車回到沈家，和水若芊起了些爭執，之後離開做了些什麼，腦海中是一片空白。

因為在地上躺了兩個時辰受了寒，沈世瑾發了一場高燒，隔了四、五天身子才好一些，額頭上的傷口過去了半個月，那疤痕都還沒褪完全。

而這些養傷的日子裡，沈世瑾覺得妻子的態度變得很奇怪，過去兩個人相處總是會有些磨擦，起爭執也是常有的事，可這幾天，她對自己很冷淡，冷淡到懶得多說一句話，有求必應，卻沒給過他除了冷淡之外的任何一個神情。

可是他記不起來那些爭執的內容，更拉不下臉去問她，兩個人就這樣疏遠地處著……

屋漏偏逢連夜雨，像是一個徵兆，越是擔心什麼，擔心的就越容易發生。

不過是他摔倒才一個多月的時間，額頭上的傷勢剛剛恢復，徽州的分行出事了。

那五萬兩銀子頂了一年多的時間終於撐不住了，沒有銀子做後力，徽州幾大家憑藉仰仗到了白家，在木材生意上有了些發展，聯合起來對徽州分行進行了打壓。

本來就是強勢侵佔了那裡的市場，沒有徽州本地大家的支持，分行的生意進展不易，如今遭到打壓，更是寸步難行。

一個分行在徽州要倒閉很容易，過去那些年，金陵不少人嘗試想在徽州有一席之地都失敗了，沈世瑾這四年多的時間，還算是撐得久的。

水家成心不想繼續合作下去，巴不得能夠早點抽身出來，把損失降到最少，所以如今眼看著這分行要倒閉也不打算出手挽救。

單憑如今的沈家，沈世瑾只能放棄徽州分行。

對水家來說，前期有投入也有回報，總地來說損失不大，但對沈世瑾來說，他前前後後砸進去的銀子，到如今倒閉之後收回來的最後那點銀子，塞牙縫都不夠，這麼大一個漏洞，幾乎掏空了他這些年來所有的積蓄。

這就是在天上盤旋多時，忽然掉下來所產生的巨大落差，他難以接受，卻不得不去面對……

徽州分行關門，沈世瑾私底下三分之二的產業販賣，只剩下一個沈家商行支撐在那兒，嚴氏擅長理庶務卻不擅長生意上的事，她對兒子的要求幾乎是有求必應，沈世瑾說缺銀子，嚴氏二話不說，又給了沈世瑾一萬兩銀子。

這還是嚴氏這些年來掌管沈家私下漏的銀子，若說她的嫁妝，哪裡有這麼多，而把這些銀子給兒子，就意味著沈家很長一段日子生活水平要下降許多。

這一切的一切發生，沈老爺子的院子裡卻是一點動靜都沒有，他依舊養他的花草，逗他的鳥，偶爾沈世軒過來陪他下一盤棋子，絕大多數的時間，都是由江管事陪著，對外頭發生的事充耳不聞，過得好不愜意。

時間過得很快，轉眼三月底，商船回來了，沈大爺這一回帶來的是好消息，在出航的這兩個月裡，他又給沈家商行開闢了一條新的生意路徑，增添了好幾個貨物，希望以此能夠讓商行裡的東西別出心裁一些。

得知徽州分行倒閉的消息，沈大爺反倒是鬆了一口氣，雖然是心疼當初投下去的這麼多銀子，可一想到不需要再繼續扔了，沈大爺覺得還是倒閉得好。

沈世瑾看著桌子上擺放出來的數樣東西，皺了皺眉。「爹，您是說要我們去向別人推這些東西？」

沈大爺把冊子交給一旁的管事，點頭。「沒有錯，這兩樣金陵還出現過，這些早年金陵也有過，後來就沒了，這些東西都是需要我們向他們介紹的。」

沈世瑾拿起那個雕工精緻的罐子，打開來，裡面飄出來一陣花香，聞著倒是沁人。「沈家從來沒有要親自向他們介紹的東西，過去都是我們一有新的，他們就會前來下單，何須我們親自介紹？」

沈大爺看了他一眼，拿起一個比較大的罐子，打開來，這是一股果香味，很濃郁，卻不膩人。「那你現在就學著怎麼告訴他們這些東西的價值，還要告訴他們，這些東西一定會在金陵賣得很好。」

「我不去。」沈世瑾直截了當地回絕。這多丟臉，沈家什麼時候這麼過，他還要這麼低聲下氣地去求別人來下單。

「你不去也得去！」沈大爺比沈老爺子看得明白多了。「你以為現在這沈家還是以前那個不成？做生意的哪能擺出這高高在上的姿態，別人欠你的嗎？一定要在你這裡下單，過去這些生意剛剛起步的時候，就是要一家一家求著別人從我們這裡進貨，你不去，你不去將來這商行也交不到你手裡。」

沈世瑾笑了。「不交給我，您還想交給二弟不成？」

沈大爺看著他如今這不成器的樣子，放了狠話。「交給他，交給他起碼我不用擔心這商行保不住，你自己看看你現在這個樣子，有半點心思在這上面沒有，整日好高騖遠地在想什麼也不知道，你就一雙手，別什麼都想抓著不放，你抓不住，最終只會傷了手。」

「我還是不是你兒子！」沈世瑾忽然朝著沈大爺大吼道，這些日子來連番的打擊已經讓他沒了耐心，他急於求成的，做爹的卻一件都不幫著他。

「你要不是我兒子，今天你還能這麼安然無恙地站在這裡說話不成！」

兩父子就這麼吵了起來，平日裡溫和的沈大爺，發起脾氣來也是有著沈老爺子的遺傳在裡面，屋子裡硝煙四起，屋外幾個管事誰都不敢進去打攪。

半晌，那門砰地一聲開了，沈世瑾滿臉陰霾地衝了出來，屋子內的沈大爺亦是鐵青的臉，沒等管事們作何反應，沈大爺忽然手捂著胸口，滿臉痛色地坐在椅子上，暈了過去……

沈世軒他們知道這事情的時候已經過去一天了，沈二爺先去了一趟沈家瞭解情況，隔了一天楚亦瑤才跟著沈世軒去沈家看沈大爺，看到躺在床上已經醒來的沈大爺，楚亦瑤現在已經不驚訝了，對於大伯被氣暈過去這件事，楚亦瑤甚至覺得，這就是沈世瑾會做出來的事情。

沈大爺這一動氣，有些傷了身，大夫的建議是休養些日子，保持心平氣和的，才是至上關鍵，沈大爺哪裡放心得下，這還是沈二爺強壓著他的，商行裡的事再重要，能比得上命重要？

沈老爺子也過來看過他，別的沒說，就勸了他一句。「該歇著就歇著，折騰的總會有停的一天。」

這話聽到耳朵裡的另一層意思就成了讓他敗，總會有敗完的一天，敗完了，他就消停了。

第七十七章

沈大爺的休息給了沈世瑾很好的機會，商行裡成了他一人獨大的形勢，沈大爺吩咐去別的商戶那裡介紹新貨的事情沈世瑾沒有理會，反而是按照往年的慣例，直接把每樣東西拿出一件、兩件放在商行裡，等著前來的商戶主動提出下單。

可四月初到五月底，一直沒有人注意到這東西，更沒有人下單，沈世瑾覺得是新的東西不夠有特色，卻沒有往商行的本身去想過問題。

如今商行裡前來的人比過去要少了一些，最關鍵的是，過去有鼎悅酒樓給部分東西做宣傳，如今沒了酒樓，宣傳力度不到位，東西不為人知，自然就沒人上門來下單了。

倒還是楚亦瑤注意到了這東西，她對這特殊調製的花蜜和果醬都很有興趣，雖然想讓楚家去試試，但基於這是大伯辛苦找來的貨源，楚亦瑤決定在自己賺錢的基礎上，幫它們宣傳一把，楚亦瑤以月牙河集市百豐酒樓的名義向沈家商行下了訂單，成了那一批囤貨的第一個買家。

百豐酒樓的幾位廚子都很有創意，幾個人研究之下就知道了怎麼用這兩種東西，不過十來天的時間，百豐酒樓就推出了五道用這東西調製的新菜，在得到不錯的迴響之後，楚亦瑤當機立斷，把沈家商行裡剩餘的那些貨都給買了回來。

沈世瑾知道的時候東西已經賣出去有三、四天了，他這段日子忙著處理那些沒來得及脫手的字畫，等看過管事給的帳簿才知道，東西竟然都是百豐酒樓買走的。

沈世瑾再想阻攔已經來不及了，所有的貨都讓楚亦瑤一車拉回去，如今沈家商行裡就剩下擺在貨櫃上的一瓶。

「以後凡是那邊來下的單子，一律不准接！」讓他們賺錢的事，沈世瑾是一件都不想看到。

「大少爺，這下單賺錢，可是不分彼此的。」一旁的管事小心翼翼地提醒，私人恩怨也不能耽誤了賺錢啊，這些東西放久了也是要壞掉的，難道白白浪費著也不肯賣？

「我做事還用得著和你交代什麼理由嗎？」沈世瑾瞥了他一眼。

那管事即刻不再說話，老爺不在的這些日子裡，大少爺這作態，可是折損了不少生意，再這樣下去，商行會入不敷出的。

「爹留下的帳本拿出來給我看看。」沈世瑾問那管事討要沈大爺留下的帳本。

管事動了動嘴想說什麼，最終還是把沈大爺當時交代的東西拿了出去，自己走出了屋子。

管事納悶得很，老爺這麼放縱大少爺，真的好嗎……

沈世瑾這個時候倒沒有辜負大家的期望，敗得也乾脆，到了九月初，沈家商行接到的訂單比年初的時候整整少了一半。

如今的沈家商行也厲害，比起金陵不少人家開的商行，沈家還是能位列前三，不是沈家的東西差，也不是別家的東西比他們好了，而是沈世瑾那不可一世的態度讓商家們不服氣了。

又不是一家壟斷的，東西再好，有別的選擇餘地，商家們就直接去別的商行下單了，沈世瑾卻依舊孤傲著覺得他們一定會後悔的。

沈老爺子和沈大爺都沒說什麼，商行裡幾個元老級管事心疼了，當初沈老爺子看他們為沈家盡心盡力，分了一些小紅利給他們，有錢大家一起賺，還能籠絡人心，如今沈世瑾這也不要，那也不接的，他們的腰包就直接受到影響了，於是幾個管事琢磨著去沈家和沈老爺子說一下這個事。

看沈老爺子說商行裡的事他不管了，他們又輾轉去了沈大爺那兒，沈大爺看了他們交給他的帳本，卻是沈默不語，過了良久才看著他們說：「這些年，辛苦大家了。」

幾個老管事被沈大爺這話說得一頭霧水，離開沈家之後回到了商行，迎接他們的卻是沈世瑾滿是陰沈的臉。

沈世瑾坐在那兒一手端著茶，看這幾個年紀比沈大爺還要大的管事，嘴角揚起一抹嗤笑。「各位管事有什麼不滿意的，直接和世瑾說便是了，何須親自去沈家？不知祖父和我爹給了你們什麼答覆。」

老管事面面相覷了一下，其中一個開口說：「大少爺，今年下半年，這訂單忽然減少了這麼多，是不是應該商量一下這緣故，長此以往下去，可對商行不利。」

沈世瑾看了他們一眼。「那你們說說，到底是什麼緣故？」

這一次幾個人都不開口了，這緣故也不需要討論，不就是大少爺的態度問題。

沈世瑾等了一會兒都不見他們回答，放下了茶盞，說得倒是有幾分誠意。「你們不說，我如何知道這問題究竟是出在哪裡？你們這麼急匆匆地去找祖父和我爹，想必這問題也不小。」

半晌，之前那個管事狠了狠心說：「大少爺，這外頭都在說咱們商行裡生意難做，多少是因為訂單的事和大少爺鬧了些不愉快，做生意都是以和為貴，我們是不是該……」

「是不是該讓我出去給他們道個歉？」沈世瑾直接搶過了那管事的說話權，本還帶著些笑意的臉瞬間冷了下來。「陳管事，你的意思，這都是我的緣故了？」

都說到這個分上了，也沒什麼好避的，陳管事乾脆都說了清楚。「大少爺，當初老爺子和老爺在商行裡可不是這麼對這些商戶們的，我們要做他們的生意，他們卻有好些選擇，少了他們，我們卻是要少很多客人。」

「陳管事倒是挺會管教人的，那是祖父和爹的管理方法，和我的不一樣，既然他們有這麼多的選擇，我們的姿態自然要高一些，否則如何讓別人感覺到我們的東西才是最好的？」

沈世瑾說的幾個管事自然明白，這就是飯館和酒樓的差別，格調越好的，價錢自然就高，但這些前提條件是得人家願意去，如今大少爺這姿態，就是再好的人家也不願意來了啊。

另一個管事開口提醒道：「大少爺，我們姿態高了，可這訂單足足少了一半。」

沈世瑾冷眼看著他們。「那只是現在，這一回出航後，我們必能拿出和別人不一樣的東西，到時候，是他們巴結著要前來下單，而不是你們現在說的，求著他們過來。」

陳管事嘆了一口氣，推陳出新是好事，可也得根基牢固啊！保本的東西都沒做好，怎麼繼續往上走？「大少爺，訂單少，來的客人就少，屆時沒人來看，就是再新再好的東西，別人也不知道。」

沈世瑾最不願意聽的，這幾個管事都說了，他微瞇著眼看著他們，最終哼笑著。「你們便是不服我了，也對，你們好歹是跟在祖父身邊的人，怎麼會甘心聽我使喚？我看你們年紀也大了，也是時候回家養老，這些事還是交給年輕人去做，你們要是磕著碰著，也是我對不住你們。」

陳管事他們怎麼都沒料到這勸誡的結果會是這樣，大少爺過去可不是這樣的啊。

「大少爺您這話……」

「我的意思是，你們可以不必在商行裡待著了，收拾收拾回家去吧，如今商行什麼形勢你們也看見了，給不了你們多少撫恤金，一人五十兩銀子，問帳房領了之後就走吧，至於那分紅，你們也沒投銀子進去，也不必退什麼銀子給你們！」

陳管事臉色頓變，一旁一直沒開口的那個管事沈著臉直接往那帳房處走去，陳管事看了他一眼，又看向沈世瑾，還想說什麼，但沈世瑾卻指了指那走過去的。「陳管事，你還不跟去？」

商船出航前三天，沈世瑾就是以這樣的理由把商行內部分管事給換了，包括先離開的那四個老管事，按照沈世瑾的話來說，凡是不服他的，可以直接走人。

等商船出航的時候，沈世瑾把商行交給了信得過的兩個管事，自己親自出航，要去找他口中那些不一樣的東西。

而在沈世軒這邊，收到了江管事的信之後，他就去把沈世瑾趕走的那些個管事統統請了回來，茶莊、酒樓裡都需要這樣經驗老道的管事，沈世瑾趕得高興，沈世軒這邊請得也開心，本來挖本家那兒的人是不對的，如今沈世瑾自己不要了，他有什麼理由不接收？

楚亦瑤聽著沈世軒說了沈家商行裡的事，又被驚到了一回，她頗有不理解。「你大哥以前不是這樣的吧！前世祖父這麼重視他，若是像現在這般，祖父怎麼可能還會把沈家交給他？」

「也許是因為我。」沈世軒的人生有了這麼大的改變，他們之間牽連這麼大，沈世瑾的這輩子自然順暢不到哪裡去。「大哥一直以來都是這麼沒有阻礙地成長，萬事有祖父和大伯從旁協助，就是上輩子，沈家交給他之後祖父也有時時提點，不會讓大哥走了極端。」

祖父對他的重視讓大哥覺得受到了威脅，一而再、再而三他都略勝一籌的表現，讓大哥的心性起了很大的變化。「他如今的心思都放錯了地方，如何能做好事情？」

楚亦瑤呿了一聲。「那他也太不能面對現實了，怎麼會是你的原因？前世你走了之後，等祖父去世，沈家一樣會被他給敗光。」

一旁的樂兒開始不滿了，朝著楚亦瑤響亮地喊了一聲。「涼！」一手扶著小欄杆站著，另一隻手拳頭緊握瞪著他們。

「乖女兒，想不想爹爹？」沈世軒討好地抱起了女兒，剛開始學說話的樂兒口齒還不是很清楚，但有一個字，她說得極為準確，樂兒站在沈世軒懷裡，小手指著放在桌子上的碟子，對沈世軒喊了一聲──

「吃！」

楚亦瑤捏住了她的拳頭。「才剛吃過奶，不許再吃了。」

樂兒伸出另外一隻手，努力地掰開楚亦瑤的手指，小臉氣鼓鼓地喊著。「吃，吃！」

「好，咱去吃，爹養得起妳！」沈世軒樂呵呵地抱著她，站了起來朝那桌子走去，拿起一塊綠豆糕遞給她。

樂兒抓在手中很快往嘴巴裡塞去，楚亦瑤怕她噎著，倒了杯溫水要給她喝，小傢伙這邊一塊已經只剩下一點點，沾了滿嘴的粉末……

夜裡沈世軒聽了楚亦瑤對女兒未來的堪憂經，不住哈哈大笑了起來，輕輕捏了捏她的鼻子。「她才這麼小，妳就想這麼遠了。」

楚亦瑤不滿地推開他的手。「一轉眼就長大了，能不想得遠嗎？」她倒一點都不擔心兒子，康兒的早熟和懂事讓楚亦瑤放心多了，可這寶貝女兒，若將來還這般能吃，加上她這脾氣，當娘的能不愁嗎？

「那也是她欺負別人，我看妳不如替未來女婿多擔心些好。」沈世軒把她抱在懷裡，繼續笑著說。

「我怎麼覺得你有些幸災樂禍。」楚亦瑤狐疑地抬頭看他，捉到了他眼底一抹促狹，轉瞬她就明白過來了，反笑話他道：「還說我呢！」

沈世軒低頭在她髮絲間嗅了嗅，嘟囔了一句。「我擔心什麼，誰若敢欺負我們家寶貝，自然有他吃不了兜著走。」

楚亦瑤本是笑意的神情微凜了幾分，這一輩子她兒女雙全，能和沈世軒一起將他們好好保護起來，她的薇兒，是不是也能有人保護她？

「怎麼了？」沈世軒發覺了她的異樣，抱緊了她幾分。

楚亦瑤搖搖頭，臉在他懷裡埋得更深。「沒什麼，想起了一些以前的事。」

沈世軒瞭解她，這樣情況下能讓她想起來的就只有前世那個可憐的孩子，沈世軒並不吃醋，而是輕輕地摸著她的頭安慰道：「後來嚴城志再娶了，我想那孩子在嚴老夫人的照顧下，一定會過得很好。」

心底還是湧起了一股酸楚，那也是她十月懷胎生下的孩子。

「嚴家如今少了沈家這個大仰仗，也出息不到哪裡去，那個嚴城志，如今的心思可都放在他那個外室上面。」楚亦瑤被他這話吸引了，側了個身眼眶還有些微紅。

沈世軒伸手拭了拭她的眼角。「妳猜他那個外室是誰？」

「楚妙藍？」楚亦瑤脫口而出，看沈世軒眼底的認同，不免有些詫異。「她沒回徽州？」她記得楚妙藍向楚翰勤要了嫁妝之後，說要回徽州嫁人的。

「回去了，回了一半又偷偷跑回來了，做了嚴城志的外室。」沈世軒也是意外得知，男人之間除了喜歡高談闊論，還喜歡吹噓的那點事，就是女人了。

楚亦瑤輕哼了一聲，斜了他一眼問道：「多久了？」

沈世軒笑著伸手在她胳肢窩撓了一下。「我沒和他們一塊兒說這些，聽別人轉述的。」

「你急什麼，我可沒說你和他們一塊兒說。說正事！」楚亦瑤掐了他一把，瞪了他一眼。「先回答我的問題。」

「楚妙藍成為嚴城志的外室有一年多的時間了，我是前兩個月才聽說的。」

楚亦瑤忽然笑了，躺回到沈世軒的懷裡，這兜兜轉轉，沒有她，楚妙藍還是搭上了嚴城志，只不過如今只能做個外室，進不去嚴家的大門。

「嚴家少奶奶不知道嗎？」楚亦瑤抬頭問他。

沈世軒搖頭。「連名字都改了，大概就是不想讓別人知道她就是楚妙藍，嚴少奶奶應該不清楚。」

楚亦瑤眼底閃過一抹狡黠。「都一年多過去了，若有孩子也該生了，哪能一直讓她們流落在外，她畢竟還是我的好堂妹啊，怎麼都得讓嚴家人知道有這麼個人的存在。」

楚亦瑤這邊確認了嚴城志的外室就是楚妙藍之後，她就派人去嚴家給嚴少奶奶送了一封信，上面寫明了嚴城志金屋藏嬌的地方，並派人守在楚妙藍的小院附近，等著嚴少奶奶上門去。

不出五日，就有消息傳回來了，嚴少奶奶收到信的第二天，嚴城志徹夜未歸，臨了大清早，天都沒全亮，嚴少奶奶就帶人去了楚妙藍的小院，人都還在睡夢中，就這麼闖了進去。

那場面一片混亂，嚴少奶奶不親自動手，自有婆子去抓床上的楚妙藍，嚴城志起初還護著，可抵不過三、五個人一塊兒來，受了幾下暗傷，也不曉得是誰踹的。

等人帶到了嚴府，楚妙藍身上被揪出了好多傷，衣衫不整，頭髮凌亂。

嚴老夫人都被驚動了，有這麼恬不知恥的女人勾搭了自己的孫子，嚴老夫人氣得沒說話，怎麼都不肯答應嚴城志要把楚妙藍納進來。

結果爭吵到了一半，楚妙藍直接給暈過去了。

嚴城志堅持要請大夫，請來了大夫給楚妙藍一把脈，楚妙藍有喜了。

「運氣不錯。」楚亦瑤聽完了孔雀說的。「嚴少奶奶如今就得了一女，不過剛三歲，她肯定能夠如願進入嚴府。」

孔雀對小姐這麼篤定的語氣有些懷疑。「可那嚴少奶奶娘家也來人了，說若是納了個丫鬟作妾他們都沒有二話，找一個這樣的女子，還沒嫁人就敢和別人住一起，把身子交給他，還懷了孩子，這麼敗壞門風的人怎麼可以進門，他們要求嚴家把那孩子拿掉，再把妙藍小姐趕走。」

「那也得拿得掉那個孩子。」楚妙藍的本事若是就止步於此了，那她花這麼多心思在嚴城志身上，豈不是都白費了……

楚亦瑤預料的一點都沒錯，也就是十月底的事情，嚴家整整折騰了十來天，楚妙藍還是進門了，改了名、換了姓，從此和楚家沒有關係，和她那殺人犯的娘也沒有任何的關係。

其中離不開嚴城志的堅持，也因為楚妙藍肚子裡的孩子，嚴老夫人再不喜，也不能眼見著嚴家的子孫流落在外。

楚亦瑤猜想楚妙藍早就知道自己有身孕的事情，只是一直沒找到合適的時機，她的野心這麼大，一個外室豈能滿足得了她？

只不過如今，她的宏圖大業恐怕得止步於妾了，這樣的身分怎麼可能在嚴家有立足之地，她這麼想作妾，那就讓她作一輩子妾。

楚亦瑤心中一陣暢快，儘管楚妙藍再也影響不到自己什麼，可上輩子加諸的那些痛，她還是要在這輩子都還給他們，程家也好，楚妙藍也好，嚴家也好，她楚亦瑤不會專門花心思去對付，但絕對是願意看著時機補上一刀。

沈世軒拍了拍她的肩膀。「如今心裡可舒坦了？」

楚亦瑤臉上一抹笑靨，大聲道：「舒坦，怎麼不舒坦，不過我也不介意更舒坦一些。」

看著她這麼坦誠的樣子，沈世軒笑了。「妳又打什麼鬼主意？」

楚亦瑤眨了眨眼。「嚴家瞞著楚妙藍的身分，不就是芥蒂她有一個死刑犯的娘，對嚴家造成影響，這嚴老夫人歷來是最重名聲的人，他們想瞞，我們就偏不讓他們瞞。」

楚亦瑤這邊放話完，到了十一月初，金陵城裡就有了數個關於嚴家新納小妾的流言，嚴家怎麼堵都堵不住。

幾個版本的流言情節都不大一樣，但唯一的共通點，說的都是嚴家大少爺對這小妾極為深情，不顧家裡反對，甚至以死相逼要帶她進嚴家。

嚴家就嚴城志這麼一個繼承人，嚴老太爺和嚴老爺都去世了，嚴老夫人好不容易撐到孫子長大接手嚴家，又遇上這樣的事，就直接給氣病下了。

如今正值商船回來之際，因為這件事，嚴家的生意多少也受了些影響，但這流言壓也壓不下去，在嚴府的楚妙藍，日子自然就不好過了。

她雖懷著嚴城志的骨肉，但她進門的時候，嚴家上下沒有一個人給她好臉色，如今外頭就把這些事傳得如此不堪，楚妙藍又氣又急，再這麼下去，就算是生下孩子，她在嚴府的日子也不好過，這和她當初預計的完全是背道而馳。

楚妙藍左思右想，能知道她這麼多事情的人只有兩個，一個是她的好爹爹，楚翰勤；另一個就是楚妙珞。

她進嚴家對爹來說只有好處沒有壞處，他不可能這麼做，那麼只有大姊了。

楚妙藍自己想著，就這麼想通了一種緣由，當初娘留給她的嫁妝，她沒有把說好的全給大姊，只給了她一部分，大姊一定是懷恨在心，見不得自己過得好，所以才會讓人到處傳她的是非。

想到這裡，楚妙藍恨得有些咬牙切齒，為了那點銀子她這樣反過來倒打一耙，這是做姊姊的該有的行為嗎？既然大姊不讓她好過，她也不會讓大姊在程府好過，這些還沒給她的銀子，不如就拿去以其人之道還治其人之身……

沒過多久，這流言的風向又轉了，也就是一夜之間的事情，眾人口中關於嚴家那點事又變成了關於程家那點事，楚亦瑤倒是意外地看了場好戲，她只是花了點小錢，沒想到還能有這麼大的效果，一石二鳥呢……

第七十八章

十一月底，離開兩個多月的商船回來了，楚亦瑤收到了託白璟銘帶回來的東西，送去了酒樓，解決了花蜜和果醬暫缺的現狀，而沈世瑾那邊，果真是沒有再進回來沈大爺找到的這兩樣東西。

沈世瑾這回跑了兩個地方，隔著這麼遠的距離把那些字畫都給賣了，手頭上銀子充沛了，他自然就要在這些貨上面動些腦筋，沈世瑾帶回來了數十樣新貨，品質還不低，剛在沈家商行放出來的時候倒是吸引了不少人的注意。

但也僅僅是吸引人的主意而已，從十一月底到十二月中，來看的人不少，下單的卻僅僅只有幾個，那還是看在沈老爺子和沈大爺的面子上才買的。

這和沈世瑾預期當中的差了很多，金陵多得是有錢人，對於這些有品質又稀奇的東西按理來說是很多人喜歡的，怎麼這一次不奏效了？

商行裡有經驗的管事都讓他趕跑了，沒有人告訴他，這些有品質又稀奇的東西要賣得好，前提是金陵的人會喜歡，不喜歡的，再稀罕也賣不出去……

一個商行要持續經營下去，不僅僅要靠經營它本家的財力，更重要的是源源不斷的訂單來維繫商行運作下去，一、兩次出現空缺可以支撐過去，但是次數多了，入不敷出，就是有再大的財力，也會有被掏空的一天。

如今的沈家商行就是這樣的情形，經歷過分家，經歷過人員的大變動，錢莊內銀子無所剩餘，這一次只收到一半的訂單不說，沈世瑾所謂的好東西又得不到眾商戶的肯定，到了十二月底，碼頭上囤積下了不少沒能賣出去的貨物。

看著那高高疊起來的貨物，沈世瑾好像一點都不擔心似的，指揮著碼頭上的夥計仔細看好那些東西避免被水沾濕，很快回了沈家去看沈大爺。

沈大爺聽著兒子的宏圖大略，已經沒有最初會有的激動和反對，這大半年的時間，兒子的所作所為他都看在眼裡，趕走德高望重的老管事，任性地撤掉數張訂單，和那些商戶們言語不合就轉身走人，就是他好不容易找到的東西都這麼不屑一顧。

爹說得沒有錯，敗光的一天他就不會折騰了，在這之前，他永遠都不會知道自己錯在哪裡。

「爹，如今就是還缺些錢周轉。」沈世瑾說完了計劃，總覺得是銀子投入得不夠，推動不起來。

「缺多少？」沈大爺坐在椅子上，養了大半年，心中有所牽掛的，人依舊消瘦，並不見養好很多。

「缺五萬兩。」沈世瑾想了下，把數額報給他聽。

沈大爺看著他沒說話，半晌，指了指這屋子。「把沈家這府邸賣了，也湊不夠五萬兩銀子。」

沈世瑾臉色微變。「爹，您這是什麼意思？」

沈大爺站了起來。「我的意思，我的意思就是你還想要銀子，就只能把這沈家拿去賣了，商行的帳本都在你那兒，還剩下多少銀子你心裡不清楚嗎？上哪兒去找五萬兩銀子來。」

沈大爺說得極為平淡，聽在沈世瑾耳中又是另外一番感受，沈家商行沒銀子了，那這沈家不會沒有啊，分家的時候不是還分了別的東西嗎？

沈大爺彷彿是看穿了他的心思。「這些地契都是用來養活這沈家、養活你妻兒的，怎麼？想讓全家人走出這沈家去大街上乞討不成？」

「爹，您這話嚴重了。」沈世瑾搖頭。「那些地契自然是留著養活我們的。」

沈大爺懶懶地看了他一眼。「你知道就好，如今商行都交給你了，銀子的事你自己去解決。」說罷，沈大爺躺到了躺椅上休息。

一旁的嚴氏終於忍不住開口了。「老爺，商行裡的事就是大事，怎麼能不幫著世瑾？」

沈大爺原本瞇著的眼猛地睜開看著嚴氏，聲線裡多了一抹怒意。「幫？拿什麼去幫，不如拿妳的嫁妝都給他貼進去，妳知道什麼！」

嚴氏被他這麼一說，有些下不來面子，剛一提氣想反駁，忽然想起了什麼，拉起兒子直接朝著門口走去。

沈大爺懶得理會他們，閉上眼休息。

嚴氏拉著沈世瑾到了門外，低聲問道：「你沒和若芊商量這事啊？」

沈世瑾眉頭一皺。「娘，和她商量這個做什麼！」

「水家給她的陪嫁這麼多，如今夫家有難，難道她不拿出來？她就是沒有也得去向水家要，做咱們家的媳婦怎麼能連這點忙都不幫。」嚴氏說得振振有詞，沈世瑾不願意，嚴氏瞪了他一眼。「你不去，我去！」

嚴氏急急地去了旭楓院，向水若芊開口就要銀子貼去這商行裡，水若芊卻是一口拒絕了她的要求。「娘，別說五萬兩，就是一千兩銀子我也拿不出來，我的嫁妝又不是現銀。」

「那妳趕緊把它們都給賣了啊。」嚴氏自己都給兒子貼補了有兩、三萬兩銀子了，若不是當家多年，她也拿不出來，這些年兒媳婦吃沈家的、用沈家的，當初那麼大的嫁妝陣仗，怎麼會沒點底子？

「娘，商行裡出事，什麼時候需要我拿嫁妝出來貼補了，這些東西我不會變賣的，讓人家知道了，這沈家都需要靠變賣兒媳婦嫁妝過活，多丟人。」水若芊拒絕得徹底，她的嫁妝那是她的事，就算全部拿出來也不夠填補那個無底洞的，她何必。

「妳！妳還是不是世瑾的妻子，還是不是我們沈家的長孫媳婦。」嚴氏覺得忒沒面子，婆婆的話一點威懾力都沒了，當初還覺得這媳婦娶到手好了，現在看看，還真是沒做過一點貢獻，除了生個孫子。

「照這麼說，娘您是爹的妻子，又是沈家的長媳，是不是該把您豐厚的嫁妝都拿出來貼補給商行？」水若芊直接駁了回去，母子倆原來都是一個德行，她還真是看得不夠清楚。

「妳怎麼就這麼不懂事，這沈家好了、世瑾好了，妳和越兒才會好。」硬的不行嚴氏開始來軟的，諄諄教誨水若芊一個合格的媳婦應該要做些什麼，而不是像現在這樣。

「娘，您不用再說了，拿嫁妝貼補的事我是不會答應的，我相信沈家也不需要靠我一個弱女子拿嫁妝來養活的吧。」水若芊抬起頭看著她。

嚴氏頓了頓，什麼時候這丫頭也這麼會說話了？

嚴氏的主意落空了，這沈家如今進帳不大，也扣不到多少銀子了，她竟把主意打到了當初分家時那三成的地契。

可找來找去都找不到那地契，嚴氏猜到是被沈大爺藏起來了，於是想偷偷地趁著沈大爺睡著的時候，進他休息那屋子給偷出來。

結果被沈大爺逮了個正著。

也就是年底那幾天，人家是歡歡喜喜迎接新年，親朋好友相聚，嚴氏卻因為想偷地契，被沈大爺直接派兩個婆子看著，送莊子裡去思過了。

過去還有嚴家會插一手不讓沈大爺這麼做，如今嚴家自己都頭疼得無暇顧及，嚴氏這一趟離開，沒一個人前來阻攔，就是沈世瑾，他如今也是沒空接這茬……

又一年過去，楚亦瑤還在感慨時間過得真快，她和沈世軒成親快六年了，她二十二了。

楚亦瑤看著漫天的煙火，心裡沒來由地慌了一下。二十二，前世她就是死在二十二歲，重生一遭，她把自己的人生軌跡改寫了一遍，走上了一條不一樣的道路，如今那個時間快到了，老天是不是會收回給她的機會？

「娘。」

耳旁響起兒子的聲音，快五歲的康兒已經脫去了小時候的嬰兒肥，臉龐上初顯出和沈世軒一樣的溫軟神情，他一手牽著蹣跚學步的樂兒，站在一旁喊她。

樂兒有樣學樣，跟著哥哥也喊娘，可是她喊出來的就變成了「涼」。

「是娘。」康兒板著一張夫子的臉，認真地糾正她。

「涼。」樂兒咧嘴笑著。

「是娘，跟著哥哥喊，娘。」

「涼——」

「是娘！」

「是涼！」

楚亦瑤見兄妹倆這麼友愛的畫面，滿足地笑了，背後忽然伸出一雙手環抱住她的腰，耳畔傳來沈世軒的嘟囔聲——

「想什麼呢！」

楚亦瑤抬頭看天上絢爛的煙火，感慨道：「我在想，能走這樣的十一年，認識你，有了兩個孩子，我這一生也算是圓滿了，若是有一天，老天覺得我太幸福，要讓我在實現那些願望之後讓我離開，我也不會遺憾。」

身子猛地被沈世軒翻了過去，他幾乎是瞪著雙眼，看著她。

「妳胡說什麼？什麼離開，老天怎麼會覺得妳太幸福，老天給妳的幸福還不夠多，還沒給夠，怎麼會帶妳走？」

楚亦瑤看他這神情，伸手捧著他的臉，微笑著，眉宇間都噙著淡淡舒然。「已經很幸福了，做人怎麼可以這麼貪心，我已經覺得很幸福了。」

沈世軒哪裡肯，將她抱在懷裡，不肯鬆手。「妳在胡說些什麼，誰會嫌幸福太多，老天爺都覺得妳還不夠幸福，妳在這瞎滿足什麼，妳不是很貪心嗎？」

那一種害怕失去的感覺，從沈世軒的語言中濃濃地傳開來，楚亦瑤知道自己嚇到了他，掙扎了一下從他懷裡出來，嘴角勾起一抹笑意。「我是在感謝老天，感謝你，世軒，我從來都沒對你說過一聲謝謝，真的很謝謝你。」

楚亦瑤手捧著他的臉，微踮起腳，緩緩地將臉靠向他，他的臉清晰地展露在她的眼前，楚亦瑤看清楚他眼底忽然閃過的一抹局促，看清楚了他因為緊張輕輕顫抖的眉宇，看清楚了他眼角不知什麼時候爬起來的兩條細紋，最終視線落在了他的嘴唇，慢慢地親了上去。

沈世軒整個人顫抖了一下，很快從她手中奪過了主動權，沒等楚亦瑤閃避開來，雙手環抱住她的腰身，將她緊緊地禁錮在自己懷裡，逃脫不去。

四周煙火聲四起，看見娘親和爹爹親親，康兒急忙捂住了雙眼，一想還有妹妹呢！看過去樂兒早就學著他，伸出小肉手也捂住了眼睛，末了兩個小傢伙還偷偷張開五指去偷看，樂兒笑嘻嘻地喊著——

「羞羞，爹爹羞羞，娘親羞羞。」

楚亦瑤的那一番話嚇到了沈世軒，她說這些話之後的十幾天裡，沈世軒每天都注意著她的情緒，沒發現什麼不同的，但總覺得她心裡藏著些事情。

日子還是照樣地過著，沈世軒更忙了，那些老管事的加入和茶莊生意蒸蒸日上，讓沈世軒想著不能再止步於此，沈家商行是還在，但這並不影響他創造自己的事業。

和沈二爺商量之下，沈世軒決定籌備開商行的事情，首先要做的，就是預定商船。有沈老爺子私下給的二十萬兩銀子，再加上沈世軒手頭上的，他們並不缺錢，算這時間，從洛陽回來，五年過去了，如今的張子陵，可正是皇上跟前的大紅人。

時入三月，又是商船即將歸來的日子，沈世軒託人把商船打造的事情定了下來，要等年底才能交船，若是商行規模起來了，楚亦瑤手中那些鋪子也都可以統一管理起來，包括這茶莊和鼎悅酒樓，還能省下不少人力。

楚亦瑤看完了二月底的帳，院子裡傳來樂兒的一陣嬉鬧聲，小孩子總是這麼容易滿足，就是撿到一根樹杈她都能開心上半天，拿在手中玩得不亦樂乎。

楚亦瑤伸了個懶腰，走到了門口，樂兒朝著她扭動著身子跑來，後面跟著奶娘。

「都出汗了。」楚亦瑤蹲下身子，拿起帕子給她擦了擦汗。

樂兒瞇眼笑著，肉鼓鼓的，一張小嘴不斷地吐著奶聲奶氣的字眼，一會兒說這手中剛剛撿到的小青果子，一會兒指了指圍牆上爬滿的藤蔓。

小孩子的話其實大人們聽不太懂，若不是每天相處看著她長大的，楚亦瑤也不好理解她這嘰哩咕嚕的意思。

楚亦瑤伸手從她手中把青果子拿下來，以防她往嘴巴裡塞，牽著她的手朝著圍牆那兒走去。

樂兒戳了戳剛剛冒出來的小綠尖，扯了兩下，直接抓起一把嫩芽從藤蔓上扯了下來，示意要給楚亦瑤。

楚亦瑤鬆開了手，樂兒又往院子中央跑去，有奶娘跟著，楚亦瑤也放心，帶著寶笙離開家去了一趟香閨。

本來開在隔壁的鋪子早就已經換成了楚翰勤自己的生意，也不需要刻意打聽，楚亦瑤每過去一回，李掌櫃都會提到一、兩句關於這隔壁的事，肖氏的死好似對他沒有多少影響，人去茶涼啊。

「李掌櫃，你在這裡也有不少年了，一直幫著我打理香閨上下，若是有一天讓你去商行裡做事，你可願意？」楚亦瑤開始為即將開起來的商行籠絡人才。

李掌櫃受寵若驚，他當初只是個不起眼的小鋪子掌櫃，這夫人竟要提拔他做管事，他高興還來不及呢，怎麼會不願意。

李管事忙點頭。「願意，願意，夫人對我肯定有加，這是李某的福氣！」

楚亦瑤笑著。「那也是李管事有才幹，你好好考慮，畢竟做了管事沒有在這裡如此自由了，少說也得簽個十年的時間，你可走不開。」

李管事搖搖頭，說得誠懇。「別說十年了，就是這輩子我還做得動，夫人還願意用小的，小的就願意給夫人做事。」

傍晚，沈世軒回來，楚亦瑤談及了這件事，她把當初沈世軒交給她的鋪子都併入商行，包括婚後置辦的東西，但是婚前她那些嫁妝底下的一些鋪子，她還是決定交給二舅幫著打理。

「妳二舅不去商行做管事？」

「我那幾家鋪子也夠二舅忙的了，再說，二舅是我娘家人，這怎麼說都是沈家的商行，還是不要牽扯到太多親戚得好。」楚亦瑤有她的考量，若是商行裡都是自己人，那做事未必會這麼盡心盡力，也不好管。

「商行的名字我和爹商量好了，就叫做盛豐。」妻子都為他考慮到這個分上了，沈世軒還有什麼好說的，轉口說起了正在籌備中的事。

「這倒是一個好的區分，畢竟沈家商行這個名號，還是大伯他們那邊的。」楚亦瑤點點頭。「我看，還是得先把這碼頭上夥計的事先找起來。」

沈世軒把一張單子遞給她看。「我給祖父看了妳說的設想，他誇妳的想法很不錯，這是我和爹商量之後打算進的貨，我們自己有這麼多的店鋪，不怕沒地方宣傳，爹的意思是第一回進得多一些，這樣就能夠辨別出哪些好賣，哪些不好賣，第二回去的時候就有針對性了。」

楚亦瑤看這三十來種貨，贊同道：「薑還是老的辣，爹的計劃不錯呢！進的數量少種類多，這些價格也不算太高，中間檔次的比較好賣。」說著，楚亦瑤想到了沈世瑾去年進的那批貨。「這一次，大哥不會又想進一些奇怪的東西回來吧？去年那些東西，我看都沒幾家下單的，我也去買回來賣的鋪子裡看過，賣得不好。」

「碼頭上貨都還囤著呢，這些東西看起來品質是很高，成本也不低，也足夠獨特，只不過大家都是尋常人的欣賞力，喜歡收藏這些的又嫌棄它收藏價值不夠，低不成、高不就的，怎麼能賣得出去？」沈世軒也不知道這一回大哥又會帶回什麼，不過按照他的性子，指不定帶更奇怪的。

楚亦瑤語帶嘲諷。「所以說，這世上還是正常人多，東西是要特別才有賣點，但也得特別得招人喜歡，我看從祖父庫房裡拿出來的那些東西，也快被他給敗光了吧。」

楚亦瑤的話還是具有一定的判斷力，三月底商船回來，沈世瑾果真是又換了一批新的東西帶回來，這一次他學乖了，帶的數量不多，種類倒不少，選擇餘地大了，也容易賣出去。

他滿懷期待地等著那些訂單紛沓而來，到了四月中，他再一次失望了。

楚亦瑤聽到沈家商行裡幾天不見一個客人的情形，真心不明白沈世瑾為何非要特殊化，非要和別人不一樣，他就是什麼都不作為，若保守地進過沈家進的這些東西，那些賺的銀子都足夠維持沈家了，畢竟沈家商行過去這麼多年的名聲在著，長久合作的客人也這麼多。

他現在這樣不是把商行往死路上推嗎？確切地說，已經把商行推到死路上了。

到了五月初，沈家商行發不出工錢了。

這可是沈家這幾輩人來第一次出現這樣的情況，沈家商行窮到發不出工錢了！管事們一、兩月領不到工錢不要緊，但是底下那些夥計們卻指望每個月一回的工錢過活，少發一個月，人家都揭不開鍋了。

到了五月底，等不住的夥計們前來商行討說法了。

幾十個人圍堵在沈家商行門口，場面極其壯觀，那都是做粗活苦力活出來的人，商行再窮，沈世瑾還是穿金戴銀、吃好喝好，他們若是沒這些銀子，就得等著餓死。

幾個力氣大的，直接開始撞商行的門，裡面的管事根本頂不住，一炷香的時間，門口的人都湧進商行裡面去了。

沈世瑾沈著臉看著這一群人，掩飾不去眼底的厭惡，他們髒、亂、臭，無理又粗俗。

沈世瑾一旁的管事示意眾人安靜，出言勸道：「我已經說過了，下個月一定把你們的工錢發給你們，如今你們這麼鬧，商行的生意做不下去，對你們有什麼好處？」

領頭的一個夥計大喊。「現在就把工錢給我們，四月的工錢和五月的工錢都還沒給，到了下個月，我們都得餓死了！」

「對，把工錢給我們！」眾人齊聲喊道。

沈世瑾眉頭皺得更深了，這些工錢才多少銀子，值得他們在這裡又吵又鬧的？

「怎麼會餓死，你們也體諒體諒我們的苦衷，這麼多年來都沒有拖欠你們工錢的，這一回是真的有困難，我們沈家商行名聲在外，難道會賴著你們不成？」

那些夥計們自然不肯。「商行裡沒錢，沈家中值錢的東西這麼多，你隨便拿一樣出去當了，就夠把工錢給咱們了，你們拖得起，咱們可拖不起。」

販賣家當支付工錢，這對沈世瑾來說又是一種侮辱，他眼底閃過一抹怒意。

沈世瑾看著這麼一群人，沈聲道：「我沈世瑾在這裡發誓，說到做到，六月初一定把工錢給你們，若是六月初你們還沒領到工錢的，就可以去官府告我，如今白王爺還在金陵，會給你們作主的！」

眾人安靜了下來，半晌，其中一個開口。「好，既然沈家大少爺這麼說了，我們也賣你一個面子，弟兄們，走！」

被這麼多人擠過的大堂，等人離開的時候紛亂一片，空空的大堂內就站著這麼幾個人，顯得寂寥。

沈世瑾站在那兒半天沒有說話，一旁的兩個管事也有些嚇到，半晌才建議道：「大少爺，這銀子的事，要不要找二爺他們幫幫忙？」

接下來的話被沈世瑾一個斜眼給堵著沒繼續往下說了，兩個管事你推搡我一下，我推搡你一下，也不敢先走人，站在後邊，誰也不肯再開這個口。

過了一會兒，沈世瑾轉身上了二樓，大堂中的氣氛才緩和了一些。

兩個管事指揮大家該收拾的收拾，沒多久，沈世瑾從樓上下來了，直接出了商行，上了馬車……

第七十九章

還是那個巷子，那盞燈，那個院子。

沈世瑾進去半個時辰之後，曹晉安就到了。

沈世瑾開門見山地道：「你上次說的辦法，是什麼辦法？」

曹晉安眼底閃過一抹驚訝，隨即笑著靠近了他，伸手在他下巴上勾了一下。

沈世瑾嫌惡地閃開，曹晉安也不介意，緩緩道：「辦法很簡單，你拿身子來還。」

沈世瑾再次被他這句話給震撼到了，有些牽強地扯出一抹笑。「曹大公子別開玩笑了，你做那買賣，怎麼會沒有足夠的小廝供你玩？」

曹晉安搖了搖頭。「那些未長成的有什麼意思，沈兄，條件已經擺在你面前了，答不答應是你的事，我聽說，這討工錢的人都直接去商行門口了，嘖嘖，這可是從未有過的狼狽啊。」

沈世瑾袖口底下的拳頭一緊。「曹公子，你這不是在侮辱我？」

一隻手伸到了沈世瑾的耳邊，他很快閃避開去。

曹晉安笑了，溫文爾雅的臉上帶著一抹舒然。「我怎麼會是侮辱，我這是在邀請你，邀請你體會不一樣的感覺，難道你不想體會一下過去被你壓在身下那些小廝們的感受嗎？那滋味，可是妙不可言啊。」
曹晉安的聲音猶如鬼魅，竄入了沈世瑾的耳中久久不能散去。
沈世瑾感受到他吹過來的一口氣，渾身一顫，就要揮拳打過去，曹晉安比他快一步把他壓在了門邊，制住了他的雙手。
曹晉安近距離地看著沈世瑾，嘴角那一抹笑勾得極為媚人。「今晚子時三刻，就在這裡，你若是來了，我就幫你。」

到了六月初，本爭執得不可開交的拖欠工錢問題，沈世瑾如約解決了，該付的工錢都付了，看似是度過了這危機。
但沈世瑾很清楚，東西沒人買，度過了六月還有七月，即便是這七月安然度過了，接下來還有八月、九月、十月，這危機從來都不會停止。
屈指可數的訂單，堆積成山的囤貨，就是沈世瑾心中都不明白，為什麼過去門庭若市的沈家商行，如今卻沒有人前來了？
當他再想起自己是如何得來那些銀子的時候，沈世瑾心中升起的那一股屈辱感，怎麼都揮散不去。
到了七月初，發完了六月的工錢，沈世瑾決定減少開支，現在生意不好，商行裡也用不著這麼多人了，白養著不如都辭退了，也沒和沈大爺商量，商行裡又經歷了一場人事的大變動。

這樣的行為不免引來了眾多非議，一個商行在什麼情況下會大肆辭退夥計，只能是商行支撐不下去了，入不敷出，即將面臨倒閉。

這是偌大的沈家啊，金陵過去的四大家之一，怎麼會像現在這般搖搖欲墜……

別說沈世瑾了，就是外人看著也很費解，這沈老爺子和沈大爺都躲在沈家做什麼？眼看著兒子敗，敗光了就算完了？那這沈家到底是有多闊綽啊，拿整個商行給兒子敗了。

也有人把關注點偏向了與之反差極大的沈二爺家，一樣是分家，沈二爺和沈二少爺主持下的茶莊、酒樓，生意卻火紅得很，漸漸有人猜測，沈老爺子分家的行為，其實是想要棄車保帥。

這樣的猜測多了，漸漸也會形成一股流言，傳到沈世瑾耳朵裡，起初兩回他不信，但聽多了，肯定是往心裡去的，當初分家時候的對半分，看似他們佔了大便宜，實際上，祖父很清楚分行到底是怎麼一回事，他卻依舊要按照帳本上的來分。

帳本上做得多漂亮啊，怎麼看都是他們得利多，也就是從那個時候開始，祖父的心已經偏向了那邊，放棄了自己。

如今才意識到這一點，為時已晚，分家已經一年多了，根本沒有機會再去挽回什麼，沈世瑾心中不斷地湧起不平，最終卻無處發洩。

夜裡回到了沈家，沈世瑾即刻去了書房後的屋子，踹開了門，屋子內十四和十五都在，沈世瑾陰沈著臉看著十五。「把門關上，滾出去！」

十五怕極了，忙跑了出去，跑到院子口的時候撞到了抬水回來的十一，拉著他的手害怕地道：「十一，大少爺來了，他看起來很生氣，我……」

十一放下水桶即刻去往屋後，可在距離那門幾步遠的地方，他硬生生地停住了腳步，他不能進去，他若是進去了，大少爺會對十四處罰得更加厲害。

屋子裡傳來了十四一陣痛喊，夾雜著哭聲，十一握緊著拳頭，一拳砸在了一旁的柱子上，而屋子內，沈世瑾洩憤一般在這個年僅十歲的孩子身上馳騁，他從曹晉安身上受到的屈辱，他被他壓在身下那無比難堪的畫面，他都狠狠地發洩在這個孩子身上。

很快，身下的人哭聲漸漸弱了下去，空氣裡竟散開來了一股血腥味，沈世瑾一點都沒有察覺到，只是扯著十四的頭髮。

屋外的十一卻感覺到不對勁了，他聽見十四越來越弱的求饒聲，和趕過來的阿九對視了一眼，他想起了當初他剛進來的時候那兩個死去的小廝，他親眼看到他們從書房裡被拖出來，拖過的地上，還有猩紅。

想到這裡十一控制不住了，不顧阿九的阻攔，轉身朝著旭楓院那跑去，他要去找少奶奶，他要救十四，他不能看著十四這樣死去……

水若芊帶人趕到的時候，沈世瑾剛剛完事，他看到闖入進來的水若芊，鬆開了手，十四的身體軟軟地從桌子上滑躺到地上。

十一從水若芊身後趕緊衝過去抱住十四，人已經失去知覺，暈過去了。

水若芊只覺得這樣的畫面難堪極了，吩咐身旁的婆子把人抬下去請大夫來看，抬頭冷冷地看著沈世瑾。

沈世瑾卻輕鬆自如地坐了下來，反問她道：「妳來做什麼？」

「沈世瑾，你還能再無恥一點嗎？那還是個孩子，你和他們有什麼深仇大恨，你別忘了，你身上已經背了兩條人命了，怎麼，你還想再背一條不成？現在可沒有人再幫你掩蓋過去了。」水若芊真的是看不下去，她只覺得過去被他觸碰過的地方都無比骯髒。

「妳說什麼！」沈世瑾當即黑了臉，陰沈地看著她。

「怎麼，你還想否認嗎？是不是你想對出宛那樣對待我，當著我的面把你這些豢養的小廝弄死，以為我也會承受不住病死嗎？」

水若芊怎麼會不知道他那點骯髒事，從成親第一天被田家人這麼鬧場，她就查了當年田宛病死的緣由，說是心鬱難開，其實就是被眼前這個男人給氣死的。

他當初豢養小廝，太過於暴力，就有小廝前去求田宛，求她作主放過他們幾個，沈世瑾知道了之後，竟然當著田宛的面，把那兩個小廝當場給做死了，十歲不到的兩個孩子啊！田宛本就單純的性子，被他這麼一刺激，當即就一病不起，而後病下的兩年中，沈世瑾以此為由，不斷地刺激她，讓這個性情溫婉的女子沒了活下去的慾望。

沈世瑾直接衝了上來，想掐住她的脖子。

這一次水若芊沒讓他得逞，而是後退了一步，閃避到一個婆子身後，毫不示弱地瞪著他道：「你有本事就休了我。」

「好，好！」沈世瑾怒急反笑。「好妳個賤人，想讓我休了妳，妳別作夢了，妳承受得住是嗎？那妳就好好守著妳的活寡，就是死，也得死在這沈家裡！」沈世瑾猛地朝著那婆子摑了一巴掌，那婆子摔倒在地上，半邊臉紅腫，嘴角溢出了血。

水若芊看著他揚長而去的身影，蹲下身子扶那婆子起來，她也想過和離，可她捨不得兒子，更擔心這樣的沈家，將來兒子會變得和沈世瑾一樣，守活寡而已，她也沒想過再嫁人，有什麼區別嗎……

到了八月底，沈世瑾拿出了最後一筆銀子支付了工錢，他手頭上已經沒有銀子可以供這一次的出航了，他直接回沈家去見了沈大爺，把那一疊的帳本往桌子上一扔，告訴他如今商行的情況，再不拿出銀子來，沈家商行是要關門大吉了。

卻不料沈大爺一點都不著急，看也不看那些帳本一眼。「既然做不下去了，那就關門吧！銀子也是救得過一時，救不過一世。」

「爹，這可是商行，您糊塗了，沒了商行我們就什麼都沒了！」沈世瑾這個時候才開始著急，沒了商行，他手上沒有鋪子了，商行也快關門了，他什麼都沒有了。

「沒有了就沒有了，你無法將商行好好經營下去，不如趁早關門，我和你祖父都老了，把商行交到你手上，你做不好，就乾脆不要繼續了。」

沈世瑾聽他這麼平淡的語氣，吼道：「怎麼是我做不好了？我能夠做好的，以前我做得好，現在我仍然能做好，爹您為什麼不相信我！」

沈大爺看著他，良久，嘆了一口氣。「世瑾，你還不知道自己錯在哪裡嗎？」

沈世瑾微怔，沒理解過來沈大爺的意思。

沈大爺翻著一本本他拿過來的帳本。「這個家已經被你敗光了，敗空了，你祖父庫房裡你拿走的東西，你也都敗光了吧？否則你也不會三番兩次來我這裡要銀子，你還不知足，你還不知道自己錯在哪嗎？」

沈世瑾臉色微變，沈了聲。「祖父庫房的事，與我沒有關係。」

沈大爺把那帳本直接摔在他身上。「到現在你還狡辯，你以為我什麼都不知道，我是丟不起這臉面，才沒有說出來。」

沈大爺說得痛心疾首。「你當我不知道你和你娘在打什麼主意，偷偷換你祖父的藥，還火燒庫房掠走這麼多東西，我沒有揭穿你，是因為我丟不起這個人，我愧對爹，愧對沈家，養出你這麼一個豬狗不如的東西！」

「我沒有做錯，這沈家的一切本來就都是我的，這一切以後都是我一個人的，憑什麼他沈世軒要來搶，憑什麼祖父要重視他，小的時候祖父對我說的話就不算數了嗎？這沈家將來是交給我的，你們才是不守信用的那個！」沈世瑾忽然瘋了一般朝著沈大爺大喊。「我是沈家的嫡長孫，憑什麼你要說我錯了，我拿屬於我的東西，我錯了嗎?!」

「就算這沈家是你的，也被你敗光了，你看看你做的都是些什麼事，分行你做不好，手下的鋪子如今賣得一家不剩，沈家這麼多年從來沒有拖欠工錢這回事，到你這裡還拖欠夥計工錢，你把家敗成這樣，你還有理了，你還覺得自己沒有錯?!」沈大爺說到情急之處重重地咳嗽了起來，外面的嬤嬤和丫鬟都不敢進來觸這火氣。

沈世瑾粗著脖子、紅著眼瞪著他。他有錯，他最錯的就是當初沒有把二房他們及早地趕出去，讓他們分走了沈家這麼多的東西，否則他怎麼會失敗！

「你給我出去！」沈大爺看他臉上的神情就知道他絲毫沒有悔過之意，揮了揮手讓他出去。

也就是一夜之間的事情，九月底各家商船即將出航前，沈家商行，關門了。

這消息對金陵人來說，就堪比白王爺來金陵一樣的重大，沈家啊！那個四大家之一的沈家，這數一數二的商行竟然倒閉了。

沈家也沒說賣，就直接把商行的大門關起來了，沈家商行，今後不做生意了。

但這並不意味著沈家倒閉，大房分得的商行關門，二房分得的茶莊和酒樓生意火紅得很，形成了鮮明的對比，也難別人會言傳沈家兩位少爺之間的比較，就事論事嘛！一個敗家一個持家，誰好誰壞，這還用得著說嗎？

也就在商行關門的事處在風口浪尖上，不知道誰爆了出來，沈家二房明年會開商行，但不是重新開張沈家商行，而是另外開一家，叫什麼還不清楚，但商船快造好的消息是肯定的。

沈世瑾聽到這消息，險些沒有氣昏過去。

連夜趕去了小巷中的院子，沈世瑾見到曹晉安出現，二話不說揪著他的衣領要他發誓。「我要你弄垮他們，弄垮他們！」

看著他這幾近瘋狂的神情，曹晉安眼底閃過一抹不悅，掰開了他的手。「你知不知道你在說什麼！」

沈世瑾甩開了他，坐到了一旁的椅子上，拿起茶壺倒了一杯茶，喝下後又重重地擱在桌子上。「我當然清楚我在說什麼，你難道不知道沈世軒要開商行的事情嗎？」

曹晉安靠在門框上。「我知道，那又如何？」

「你不是掌管曹家嗎？如今沈家落敗，你們曹家和白家可是旗鼓相當，難道對付不了一個剛剛起步的商行？我要你弄垮沈世軒，讓他永無翻身之地！」沈世瑾咬牙切齒地吐出那幾個字，緊緊地握著手中的杯子，恨不得它就是沈世軒，即刻捏碎了。

「我掌管曹家，和沈世軒開商行兩者有什麼關係？他背後還有白家，我有什麼理由要為了你把這些關係弄得這麼僵。」曹晉安走到他面前，伸手勾了勾茶杯中的茶水，拿起來在他臉上畫了一圈。

沈世瑾渾身一僵。「你想要什麼？」

「你還有什麼？」曹晉安幾乎是上上下下看了他一圈，笑了。

「你上次不是說……」沈世瑾沒有說下去即刻住了嘴，臉上閃過一抹惱怒，自己竟然想拿這個和曹晉安做交易，他真的是瘋了嗎？

曹晉安彷彿是猜透了他的想法，哈哈大笑了起來。「沈世瑾啊沈世瑾，你可是沈家大少爺啊！沒想到你今天會淪落到這麼來求我，想不到啊，我真是想不到。」

沈世瑾轉而黑了臉。「你答不答應？曹家想要對付他們，不就是易如反掌的事情，難道你沒這本事？」

曹晉安收起了笑臉，居高臨下地看著他，眼底有一抹不屑。「沈世瑾，我看你到現在都沒看清楚形勢，你的身子，值不了這麼多的銀子，更不值得我去為你對付沈世軒，他可比你聰明多了，哦不，是聰明太多，你哪來這麼大的自信心，覺得我一定會幫你。」

沈世瑾臉上的神情已經說不出是什麼了，從惱羞轉為憤怒，又從憤怒轉為恨意。

曹晉安嘖了一聲。「我倒是可以幫你別的，好歹咱們也是有過關係的人，如今沈家商行關門了，你一定沒事做，不如來我這裡幫我的忙，有事做了，人就不會想太多，這弄垮沈世軒的事，我看你還是別想了。你現在這樣的表情太猙獰了，一點都不可愛。」

這般侮辱的話，從曹晉安的口中說出來更具有殺傷力，沈世瑾的臉色頓時煞白，此情此景，他就是在自取其辱。

轉眼年底，沈家二房商船的事終於得到了證實，打造完成的船已經停靠在碼頭那兒，而沈世軒這邊，忙著安排裝修完畢的商行裡一些人員。

初定的開張日子就在商船回來時，但因為要出航，該做的準備都需要做起來，禁閉的商行大門，牌匾都還沒掛起來，裡面卻已經很忙碌了。

與之反差極大的，那就是幾月前關閉的沈家商行，人們說了幾個月，說得無趣了便不再拿這些事來說，只是沈世瑾的耳中不會少了這些消息，曹晉安就有這樣的興趣，把關於沈家二房的事告訴沈世瑾。

即便是沈世瑾不想見他，曹晉安還是有辦法把這樣的消息傳到他耳朵裡。

從十一月到十二月底整整兩個月，沈世瑾待在沈家，半步都沒有出過沈家大門，整日待在他的書房中，或者是書房後的屋子。

沈老爺子和沈大爺的不重視、做生意的慘敗、還有曹晉安的侮辱……他將心中所有的憤恨都發洩在那幾個孩子身上。

水若芊罵他變態，沈世瑾卻笑得很開心，他就是要看著那幾個孩子痛苦的眼神，在他耳邊哀號求饒的聲音，他是凌駕於他們之上的。

饒是水若芊看得都有些於心不忍，太過於殘忍……

又是一日天黑，沈世瑾在書房內喝醉了，想要出門去屋後找十四，卻怎麼都找不到人。

沈世瑾開始發怒，派人在府裡找了好幾遍，還是沒有發現十四的蹤影，隨後沈世瑾叫來了十五逼問，這才知道，十一帶著十四逃走了。

沈世瑾微眯著眼看著跪在地上的十五，抬腳踹了他一下，十五痛呼著滾到了一旁，阿九彎下腰趕緊扶住了他。

沈世瑾即刻讓人準備馬車，要去追十一和十四。

此時距離十一和十四離開不過一個多時辰，沈世瑾帶著十幾個僕人滿金陵地找人，估摸著他們身上沒有多少銀兩，分了一部分人在客棧裡找，大部分人還是在金陵所有能藏身的地方找人。

十二月天氣很冷，野外是肯定待不了的，沈世瑾帶人親自在金陵城幾個乞丐聚集的破廟、貧民窟內找著，很快就有了他們的消息。

十一和十四兩個人樣貌實在是引人注目，沈世瑾得知他們出城了，上了馬車趕緊命人追過去，拉開馬車的簾子防止寒風灌入，沈世瑾臉上一抹狠意。敢從他那兒逃出來，真是不怕死。

馬車很快追到了城外，城門口的人說，這兩個少年其中一個走路還一瘸一瘸的，那鐵定是他們沒有錯了。

天色黑暗，到了城外更是看不清楚，這荒郊野外的，沈世瑾斷定他們不會急著趕路，派人四處找有沒有可以躲藏的地方，自己帶著兩個人，舉著火把沿路找了起來。

但天黑著，視野不清不容易找，分散開來的人都沒找到什麼蹤跡，沈世瑾朝著山坡看下去，在樹叢掩蓋的地方，看到了一個小破屋子。

那破屋子是建在山坡上的，從他的角度看過去只露出了一小邊而已，沈世瑾伸手示意手下不要出聲，慢慢地朝著那破屋子走過去，他有預感他們會躲藏在這裡。

等到看清楚了那破屋子，不過是一間只能容納四、五個人的小木屋，大概是這裡樵夫樵木時暫作休息臨時搭建的，連門都是拿東西隨意遮擋一下，出來就是陡坡，較為險峻。

沈世瑾拿過火把，扶住一旁的樹，朝著那門口走去，到了門口，火把往裡面一探，整個小木屋裡的東西都照亮了，一覽無遺。

在靠門邊這兒的角落裡，沈世瑾看到了兩個蜷縮在那裡的身影，十一緊緊地捂著十四的嘴護在懷裡，十四臉色蒼白，淚眼縱橫。

沈世瑾的眼底染上一抹詭異的笑，把那火把往木屋的縫隙裡一插固定住，看著他們兩個。

「找到你們了。」推開了用來當門的木排，沈世瑾走近了一步，看著他們兩個不斷縮著身子，臉上的笑意越加明顯，環看了一下四周。「十四真是選了個好地方，要不你在這裡試試，這山林裡的野獸最喜歡聞那血腥味了。」

十一懷裡的十四身子猛然一抖，嗚咽地哭了。「大少爺，求求您放過我們吧。」

沈世瑾對他們的求饒視若無睹，指了指他對面的牆壁。「站過來，自己趴好。」

兩個人的神情頓變，大少爺竟然想在這裡！

「再不過來，明天你們就等著進這山林野獸的肚子。」沈世瑾臉上看不出喜怒，淡聲提醒。

十四蒼白著臉，掙扎著從地上爬了起來，十一伸手往身後摸著，摸到了一根木棍子，十四顫抖著走過去剛剛站定，十一爬起來拿著棍子朝著沈世瑾打去。

沈世瑾有些狼狽地閃過，一把抓住了那棍子，猛地一甩，把十一摔在地上，沈世瑾一腳踩了上去，十一悶哼一聲，似乎有骨頭斷裂的聲音，十四跪下來哭著求道：「大少爺，求求您放了十一，求求您。」

沈世瑾鬆開了腳，示意十四趕緊趴好，躺在地上疼得快昏過去的十一，眼底閃過一抹決絕，忽然整個人撲了起來，把正朝著十四走過去的沈世瑾推了開。

這一回沈世瑾沒有避過，直接往門口倒去。

山坡陡峭，還有些醉意的沈世瑾根本沒機會穩住，在幾個家僕震撼的視線裡，直接滾下了山……

第八十章

沈家大少爺出事了。

沈家大少爺深夜被人發現在山腳下，渾身是傷，不省人事，不知道是什麼緣故。

就是一大早的事情，楚亦瑤聽到了數個關於沈世瑾摔下山的各種版本。吃過了早飯，楚亦瑤跟著沈世軒去了一趟沈家，這都快過年了，還真是會惹事。

剛走進旭楓院，他們就聽到了屋子裡傳來沈世瑾的怒吼聲，接著，兩個丫鬟匆匆地跑了出來，又是一陣東西摔碎的聲音。

楚亦瑤和沈世軒相視了一眼，正準備暫時躲開一陣子，過會兒再來，水若芊從屋子裡走了出來，看到了他們。

暫時離開的希望落空了，水若芊帶著他們走進了隔壁，命丫鬟給他們倒茶，笑道：「其實沒什麼大礙，你們不用擔心。」

鑒於禮數，楚亦瑤還是問了幾句。「怎麼會夜裡在山坡上摔下去的？大哥是在趕夜路嗎，傷勢不要緊吧？」

水若芊想到那緣由，眼底閃過一抹鄙夷，很快掩飾過去，看著他們笑道：「大概是有急事吧！如今人是醒了，大夫說傷勢過重，可能會有隱疾。」

楚亦瑤覺得大嫂的反應太過於平淡，傷勢過重會有隱疾，她怎麼瞧上去一點都不難過，反而還有些輕鬆？

「我帶了些傷藥過來，大嫂看著給大哥用上，這養傷總是要些日子的，大夫說的話也不能全信，妳且放寬心。」楚亦瑤安慰道。

「弟妹有心了。」水若芊看了一眼那藥盒。

在這屋子裡，時不時還能聽到沈世瑾的吼聲，楚亦瑤看水若芊鎮定自若的樣子，這夫妻關係究竟是壞到何種地步，才能夠這麼淡然處之？

很快有丫鬟過來找她，楚亦瑤也乘機告辭。

水若芊把他們送到了院子門口，往沈世瑾的屋子走去。

楚亦瑤若有所思地看著她的背影，對沈世軒說：「外面傳的也不全是假的。」

「妳指的是什麼？」沈世軒牽過她往大門口走去。

楚亦瑤嘴角揚起一抹不屑。「他如今還需要趕什麼夜路，是出去找人才會摔下山去的。」再隱蔽的事情，這麼大張旗鼓地找，總會有些流言傳出來。

夫妻倆對視了一眼，同住沈家好幾年，當初田家還這麼來鬧，想不知道什麼原因都難。

回家後沒幾天，就是大年三十，這團圓飯也沒有因為沈世瑾的受傷而取消，少了嚴氏，少了沈世瑾，氣氛反而舒服了些。

沈老爺子問了沈世軒關於新開商行的事，就是沈大爺也問了幾句，並沒有提及沈家商行的事情。

楚亦瑤在飯後也清楚了水若芊說的隱疾到底是怎麼一回事，沈世瑾從山上摔下來，兩條腿都摔斷了，抬回來之後，其中一條能治，另外一條，傷勢過重，治好了恐怕都會留下隱疾，簡單地說，以後沈世瑾就是個瘸子。

楚亦瑤心中唏噓不已，上輩子她聽說的那個要風得風、要雨得雨的沈家大少爺，如今就這麼把他自己給折騰殘廢了，這輩子恐怕是毀了……

過完年，盛豐商行裡的事情也準備得差不多了，沈二爺年紀大了，第一次出航又不能沒人看管，沈世軒決定親自前去。

楚亦瑤替他準備好了東西，細細地叮囑了不少東西，這一去又是兩個多月的事情，再者是新船出航，楚亦瑤心裡多少還有些過去大哥楚暮行事故帶來的陰影。

沈世軒見妻子心不在焉地把手中的衣服拿進拿出，拉過她的手安慰道：「不會有事的，那船都試航過了，出航前檢查仔細，我會安安全全地回來的。」

楚亦瑤點點頭，把一個護身符塞到了他手中。「隨身帶著，我等你回來。」

沈世軒輕輕地抱住她，在她耳畔承諾道：「妳還在這裡，還有孩子們，我怎麼會捨得走？一定會安全回來的，妳放心。」

一月中，沈世軒的商船提前出發，因為要走的地方多，到了三月底，回來的時候比別家的還晚了好幾天，把貨物都卸下來之後，四月初選好的日子，盛豐商行開張了。

地點就在楚亦瑤當初數家一塊兒買下的月牙河集市，由沈二爺親自揭下了牌匾上的紅布，偌大的「盛豐」兩個字展露在眾人面前。

沈老爺子和沈大爺都到場了，連著水家、曹家都有人前來道賀，明眼人瞧得清楚，這雖掛的是「盛豐」二字，其實說白了就是沈家，大房敗了，還有二房，依照這樣的趨勢，沈家要重新越擠上去也要不了多長時間……

盛豐商行的開張，吸引的不僅僅是過去沈家商行中的老客人，還有對商行下各家鋪子擺放出來的東西感興趣的人。

沈世軒按照當初和沈二爺商量出來的進貨單子，選擇了比較能讓大眾接受的價位，這樣的價位在金陵中可以得到絕大多數人的認可，如今商行裡需要的是穩定的客人，而不是出奇制勝的特殊東西。

到了五月，商船帶回來的那些東西基本上都已經賣光了，除去鋪子裡剩餘的一些，沈世軒整理出了一份冊子，裡面是這進貨回來的三十來種貨之間的比對，哪些賣得好，哪些在金陵中有比它更強的競爭力，哪些又是不被人喜歡的。

到最後，沈世軒和沈二爺敲定了下一次出航所要進的貨物，種類減少了整整一半。

也許是這盛豐商行開張的緣故，本來因春滿樓和賭坊撤離，冷清不少的月牙河集市，到了八月中秋的時候，漸漸熱鬧起來。

盛豐商行周邊開起了不少鋪子，延伸到月牙河集市尾，那兒還有一家新開的清樂坊，同春滿樓一樣是供客人喝酒聊天、欣賞歌舞的地方，和春滿樓不一樣的是，那裡的姑娘們，都是賣藝不賣身的。

去過的人都說那兒的姑娘可比春滿樓中的姑娘絕色多了，而且看得到吃不到，對男人們來說何嘗不是一種吸引？

中秋過後，桑田的行宮徹底竣工。

白王爺在此四年，沒回過一趟洛陽，終於把行宮建造的事情圓滿完成了，楚亦瑤也有幸跟著沈世軒去了一趟桑田看了一下。

本是一片遼闊的田地上拔地而起一座行宮，即使外觀上沒有顯得富麗堂皇，整座行宮給她的感覺就是高貴大氣。

搭配上遠山和山間自然形成的清爽氣息，是個天然修身養性的居所。

此時白王爺已經回洛陽城覆命去了，楚亦瑤遠遠看著那偌大的行宮大門，算算這日子，皇貴妃還能在這行宮裡住多久呢？耗時四年、耗費無數銀兩建造的宮殿，最終都將被空置下來，也許很久之後的某天，這會賜給某個王公貴族作為封賞，這就是皇家啊……

回到了金陵，楚亦瑤去過一趟沈家看沈老爺子。

沈老爺子正在院子裡逗著兩隻新養的八哥，停在架子上的兩隻八哥一看到有生人來了，撲騰著翅膀朝著楚亦瑤那邊拱一拱身子，尖叫著——

「老頭，有客人，老頭，有客人。」

楚亦瑤沒忍住，噗哧一聲笑了出來。「祖父，這是誰教養出來的八哥，太不懂事了！」

沈老爺子倒不介意牠們這麼叫，拿起果子在手心裡，那兩隻八哥從他手心中叼走了果子，繼續說道：「謝謝老頭！」

江管事把架子拿走，沈老爺子示意她坐下。「怎麼有空過來？」

楚亦瑤想了下，還是向沈老爺子試探道：「我剛剛從桑田那兒回來，白王爺啟程回洛陽了，祖父，您可有接到皇貴妃的書信，說她來此地養傷的消息？」

沈老爺子一怔，看她的眼神裡多了一抹探究，問道：「妳怎麼會想到這個？」

楚亦瑤也沒掩飾眼底的了然。「這行宮本就是給皇貴妃養傷用的，如今行宮落成了，難道就這麼放著不住人嗎？」

沈老爺子確實收到了皇貴妃的書信，那是好幾個月前送過來的，但沒有提及行宮的事。半晌，沈老爺子嘆了口氣。「皇貴妃她……恐怕時日無多了。」

楚亦瑤抬頭看他，沈老爺子臉上流露著一抹傷痛。

「她熬了這麼多年，我是沒臉再繼續要求她活下去。」沈老爺子沈聲道。

皇貴妃和沈家之間，楚亦瑤也只是聽沈世軒說過一些，見沈老爺子這神情，楚亦瑤沈默著沒有開口。

「丫頭，這沈家，將來是要靠妳和世軒了。」沈老爺子也是看開了，不管商行叫什麼，誰作主，只要還是姓沈，這個家就還是延續，都是他的子孫，大房二房又有什麼區別。

「祖父當初投入的那二十萬兩銀子，將來我和世軒會還給您，我們姓沈沒有錯，但這盛豐商行，和沈家商行沒有任何關係。」楚亦瑤把話說得明白，商行如何發展，沈老爺子都沒有作主和插手的權力。

沈老爺子笑了。「丫頭，我就知道妳心眼多，那二十萬兩就當是我補償給你們的，我都是一隻腳邁進棺材的人了，難道要那銀子陪葬不成？現在妳求我管，我都不想去管。」

楚亦瑤呵呵地笑著，並不否認。

從沈老爺子院子裡出來，楚亦瑤看到出來透氣的沈世瑾，身後是一個隨從推著輪椅，輪椅上的人，滿臉鬍渣不說，神情頹廢，視線落在哪兒都感覺有些渙散。

當面撞上了，也不好不打招呼，楚亦瑤笑著喊了一聲。「大哥。」

沈世瑾抬頭看她，眼底閃過一抹不屑，嗓音嘶啞地道：「我說是誰呢，原來是弟妹。」

從他掉下山坡開始到現在，楚亦瑤是第一次見他，就是如今這一副狼狽樣子，他還是一點都沒變，好像全世界都欠了他，一臉的憤世嫉俗，這大半年的脾氣也是越來越暴虐，根本沒法相處。

「大哥身體可好些了？」楚亦瑤看了一下他的腿，這都大半年過去了，怎麼還沒有恢復過來？

沈世瑾嗡聲哼道：「妳不是看到了嗎？還真是像二弟一樣假慈悲，不愧是夫妻。」

對於沈世瑾這樣陰陽怪氣的樣子，楚亦瑤不想搭理。「真慈悲還是假慈悲，那都是大哥自己說了算的，我先走一步。」

楚亦瑤邁腳經過他身邊，沈世瑾的聲音冷冷地傳來——

「你們搶走了這沈家，可還滿意？」

楚亦瑤臉上展露出一抹笑意，回頭看著他。「滿意！怎麼會不滿意！若是你一輩子都這樣，我想我們會更滿意，不知道大哥是不是能滿足我們這小小的心願？」

說完，楚亦瑤大步走向大門口，無視背後傳來的謾罵聲……

十月，和前世一樣，行宮建立後沒多久，皇貴妃前往金陵養病，因為怕長途跋涉對身子不好，這浩浩蕩蕩的隊伍走的還是水路。

經過了兩個多月的水路，終於到了金陵，此時已經是來年一月。

楚亦瑤他們都是沒資格前去接駕的，白王爺這一趟是護送皇貴妃過來，朝中事務繁多，皇上留在洛陽並沒有一同前來。

就是從碼頭到桑田的那條路，道路都早就清理乾淨的，重兵把守，不允許任何人圍觀，違者可以當即立斬。

這些都是為了不驚擾身體欠佳的皇貴妃，楚亦瑤也只是在院子內聽到了那經過隊伍傳來的聲響。

換做她是皇帝的話，肯定不會同意自己最愛的女人這麼長途跋涉地來此處養病，所以說，回來行宮的要求肯定是皇貴妃自己提出來的。

楚亦瑤有些理解皇貴妃的心，半輩子在宮中，在最後的時刻，只是想回家看看。

皇貴妃的到來掀起金陵更大的波瀾，那可是二十年來榮寵不斷的女子啊，但是他們連她的衣角都沒瞧見過。

皇貴妃到達行宮後，在一個深夜裡，沈家中沈老爺子被接去了桑田，楚亦瑤他們是在沈老爺子被接過去兩天後才知道這個消息。

沈大爺和沈二爺還在高興，皇貴妃親自接見沈老爺子，肯定是有什麼好事，唯有楚亦瑤和沈世軒清楚，皇貴妃日子不多了。

七天後，沈老爺子又是深夜被秘密送了回來，楚亦瑤他們都在沈家等著他，沈老爺子回來的時候神情疲憊，這讓本來滿懷期待的沈大爺他們有些不解。

沈老爺子看著這些人，最終搖了搖頭，回去了自己院子裡，什麼也沒說。

楚亦瑤心底湧起一股不太好的預感，總覺得行宮那兒出事了。

三天後，白王爺命李大人昭告全金陵，皇貴妃薨，所有店鋪一個月內不得開張做生意，一年內不得有嫁娶喜事，大街小巷皆是白綾懸掛，四處寂靜無喧譁……

半年後，沈老爺子去世。

自從皇貴妃去世之後，沈老爺子一病不起，臨死前他一個一個地見過所有小輩，在八月中中秋團圓前，安詳地走了。

沈府內哀傷一片，白王爺其實隱瞞了皇貴妃去世的真實時辰，皇貴妃是在沈老爺子懷裡笑著離開的，沈老爺子臨走前說，中秋快到了，二十多年了，這一回說什麼他都要去陪陪女兒，在地下和她吃一頓團圓飯……

半年之後，又是半年，秋去冬來，春暖花開，很快二年過去。

九歲的康兒拉著六歲的妹妹走上了高高的山坡，脫去了嬰兒肥的樂兒，紮著一對可愛的髮髻，時不時在階梯旁的草叢邊上摘摘花草，朝落後於他們的楚亦瑤喊道：「爹，娘，你們快點兒！」

沈世軒拉著楚亦瑤走得愜意，這香山的階梯這麼長，慢慢走也是好半天。

沈世軒笑著對女兒喊道：「爹娘老了，走不動啦！」

樂兒蹭地往他們那兒跑，楚亦瑤伸手接住了她。「莽莽撞撞的，小心點。」

樂兒拉起楚亦瑤往上走，一面說：「快點，快點，等會兒就看不到了！」

楚亦瑤哭笑不得，只能和沈世軒加快了步伐。

一家人走到山頂的姻緣廟，那裡正舉行著五年一度的姻緣花會，偌大的姻緣廟裡搭起了一座臺子，臺子上擺放著數種珍貴的花，四周都是來往的人，賞花的、求籤的，十分熱鬧。

楚亦瑤怕他們走散了，吩咐康兒看好妹妹，還真的是年紀大了，追不上兩個小傢伙。

沈世軒拉著她往姻緣廟後的一個亭子走去。「讓他們玩去吧，咱們這女兒，比誰都精著，誰欺負得了她。」

有丫鬟和奶娘身後跟著，楚亦瑤也放心，只是被他牽著走去亭子裡，來來往往這麼多人，她有些不好意思。「別拉了，人家都看著呢。」

沈世軒把她往身邊一拉，說得煞有介事。「孩子丟了還能再生，媳婦丟了我上哪兒找去，能不看緊點嗎？」

楚亦瑤失笑，十年如一日，還是這麼不要臉！

香山上人聲鼎沸，他們所在的亭子裡卻安靜很多，從亭子往下看，還能看到山谷中那一片迷霧繚繞的遮掩，透著些神秘，十分漂亮。

沈世軒始終拉著她的手，和她站在一塊兒遠眺這山野，十年了，一晃眼，他們已經活過了上輩子離開的日子。

這樣的十年裡，到最近這幾年才算是真正安定下來，祖父過世之後，大伯管理著祖父手裡的那些地產，不做生意了，就收收租，日子也過得十分愜意，大伯母依舊在莊子裡，偌大的沈家由大嫂管理著，至於大哥……

那個過去如此驕傲的人，那次摔傷之後，就一蹶不振，就是治療都不配合，三年過去，到現在還坐著輪椅，性情也是越來越暴虐，平均三、四天都得換一批服侍的人。

對於沈世瑾來說，要麼輝煌，要麼墮落，他的生活似乎就只有這麼兩個極端。

「在想什麼呢？」楚亦瑤回頭看他。

沈世軒搖了搖頭，笑道：「我在想這輩子活得值不值得。」

楚亦瑤一手放在了那柱子上。「值得，怎麼會不值得！」老天爺還是很厚愛他們的。

楚家好好地保留下來了，二哥和大嫂都過得好好的，該有的報應也有了，她自然覺得值得。

沈世軒一手環在了她的腰間，建議道：「不如我們再去一趟洛陽吧？」

楚亦瑤立即就猜到他想做什麼，拍開了他的手羞惱道：「都已經有康兒和樂兒了，你真當我是豬了。」

這兩年沈世軒努力嘗試再想讓楚亦瑤懷上，可都努力二年了，大夫說了兩個人都沒問題，他覺得這不合常理，於是他就想到了去洛陽那一次懷上的康兒，想著再去一趟，說不定機緣巧合，回來就懷上了！

沈世軒厚著臉皮道：「多生一個怎麼會是豬了？再說了，去洛陽也能看看妳表姊，她這麼多年沒回來，我們帶康兒和樂兒出去見識見識也好。」

楚亦瑤就知道他能拿出各種理由當藉口，悶聲不理他，身後傳來了樂兒的聲音，手裡揮著一張紅色的紙，很像是解籤的。

「娘，我和哥哥遇到了一個師傅，他給我寫了這個！」樂兒不斷揮著手中的紅紙，一陣風颳過來，那紙就被風給帶走了。

樂兒急著想去追，沈世軒趕緊把她拉了回來。「小心點！」

樂兒看著被風捲上天的紅色紙片，著急地朝著沈世軒喊道：「爹，它飛走了，快幫我抓回來，抓回來啊！」

楚亦瑤抬起頭，那紅紙隨著風從她頭頂吹過，黑色的墨跡閃過她的視線，轉眼又被捲得老遠。

沈世軒安慰哭鬧的樂兒。「這裡可是山上，爹跳下去可就再也回不來了，那紙飛走就飛走了，乖，不哭了啊。」

樂兒一聽下去就回不來了，揪著沈世軒的手不肯鬆開了，她捨不得才拿到手一會兒的東西，可憐兮兮地看著它越飛越遠，直到看不見。

「寫了什麼，樂兒可還記得？」沈世軒哪裡捨得女兒難過，若是還記得這求籤解出來的，自己再寫一張就知道意思了。

樂兒搖搖頭。

楚亦瑤把她攬到懷裡，笑道：「適才我倒是看到『天下』兩個字，不知道是不是看花眼了，難不成咱們樂兒要名動天下？」

這一張紙上寫著這麼多字，「天下」二字能看出什麼？

沈世軒捏捏女兒的鼻子。「將來一定是個大美人，紅紙沒了不要緊，爹帶妳去洛陽城玩，好不好？」

小孩子心性，很快被逗笑了，樂兒被去洛陽玩吸引了，朝著走過來的康兒揮手。「哥哥，娘說帶我們去洛陽，去洛陽玩嘍！」

楚亦瑤和沈世軒對視了一眼，都笑了。

這時的沈世軒可不知道數年之後他會後悔萬分，若是當時知道紅紙上寫的東西，他是怎麼都不會把女兒帶去洛陽的……

從香山回來，馬車上樂兒高興地唸叨著洛陽，楚亦瑤拉著她坐下。「滿身都是汗，仔細感冒了。」

樂兒趴回到楚亦瑤懷裡，拿著她腰間戴著的玉珮把玩，仰頭看她，眼睛是亮閃閃的。「娘，那我們是要等寶兒姊姊成親之後再去洛陽對不對？」

楚亦瑤捏了一下她的鼻子，笑道：「妳還記得妳寶兒姊姊呢！我還以為妳光惦記去洛陽，忘了這事。」

樂兒朝著她小豬拱鼻子哼了一聲。「我才沒忘記，寶兒姊姊待我這麼好，還是嫁給應竹哥哥，這叫做親上加親，祖母告訴我的。」

楚亦瑤抱著她，迎合她道：「對，親上加親！」視線朝著馬車外看去，意外地看到了一抹熟悉的身影，喊了一聲。「世軒，等一下。」

駕車的阿川停了下來，楚亦瑤仔細地看著那隨著人群去救濟站領取救濟品的背影，這不是堂姊嗎?!

沈世軒拉開簾子看向她。「怎麼了，瞧見熟人了？」

楚亦瑤忙讓他幫忙一起看。「你看那穿著黑色衣服的婦人沒有，像不像楚妙珞？」

沈世軒對楚妙珞也只是幾面之緣，不太熟，這黑衣婦人又是極其狼狽，實在是難以分辨，倒是楚亦瑤一旁的孔雀看了幾眼認出來了。

「小姐，沒有錯，是堂大小姐。」

樂兒也湊了上來，問孔雀道：「堂大小姐是誰？」

一旁的康兒把妹妹拉了回去，噓了一聲。

楚亦瑤望著那背影好一會兒，最終輕嘆了一口氣。「回去吧。」

沈世軒放下了簾子，馬車很快又跑了起來，楚亦瑤收回了視線，她是記得楚妙珞被趕出程家了，可沒想到，她竟然到了這麼狼狽的地步，程邵鵬就連最簡單的生活都沒給她安置好，要讓她到救濟站來領取救濟過日子，再差一點，就是乞丐一樣的日子了。

多情亦是無情，程邵鵬家中妻妾成群，這些年來就只得了二子一女，起初寶蟾生下兒子之後是很得程邵鵬喜歡的，後來李若晴生下兒子之後，程夫人直接就決定把寶蟾的兒子養廢掉，程家只有一個嫡長子，也只有一個繼承人。楚妙珞氣不過，卻被寶蟾借刀對嫡長子下手，壞事還沒做成就給揭穿了，沒生兒子、娘家又這樣，楚妙珞就直接被趕出來了。

三個堂姊妹，楚妙菲遠在徽州，不知過得如何。楚妙珞這樣了，至於上輩子和她仇怨最大的楚妙藍，生下一子之後，在嚴家的日子也沒好到哪裡去，女人一旦年老色衰，男人就還會找別的人進來，妾永遠是妾，掙不到她想要的那個位置上去，這還真是應了那句話——

因果循環，報應不爽……

五月中參加完沈果寶和楚應竹的婚禮之後，沈世軒把商行裡的事都交代清楚，帶著楚亦瑤和兩個孩子出發去洛陽了。

晚春的山林裡鬱鬱蔥蔥，生機盎然，清晨伴隨著馬蹄聲從路上跑過，驚飛了林子裡的一片鳥兒。

馬車內樂兒開心地哼著歌，一會兒看看窗外，一會兒拉開簾子和沈世軒說上一句話。

楚亦瑤替她拉了拉衣服，低聲囑咐她去了洛陽之後要注意的事情，小丫頭癟了癟小嘴，很快就忘記到腦後去了，纏著哥哥講故事。

馬車外的沈世軒時不時轉頭過來看他們一眼，楚亦瑤靠在墊子上，和他正對上了視線，楚亦瑤臉上浮現一抹滿足。

執子之手，夫復何求。

——全書完

獨家番外　樂兒篇

沈世軒和楚亦瑤帶著兩個孩子去洛陽，一個月的路程下來，到洛陽已是六月末的天，此時的洛陽城正熱，他們進城的時候正巧是中午，兩個孩子喊著熱，到達張府，樂兒懨懨地趴在沈世軒的肩頭上，睏著想要睡覺。

出來迎接他們的是邢紫姝，懷著五個月的身孕，身旁是長成大姑娘了的張素暖。

邢紫姝看到趴在沈世軒肩頭上的樂兒，催著他們趕緊進屋子。「也不是第一回來了，怎麼就挑了正午進城，看把孩子給熱的。」

沈世軒坐下來，鬆了手，樂兒就從他懷裡滑了下來，對著邢紫姝甜甜地喊了一聲：「大姨娘好。」繼而對一旁的張素暖喊道：「表姊好。」

還沒說上幾句，就和張素暖熟上了，一口一個表姊，小嘴巴裡說個不停，自己說還不打緊，非要拉著哥哥一塊兒說。

楚亦瑤是拿她沒辦法，無奈道：「她就是個自來熟。」

邢紫姝命人上茶。「會說話還不好啊，我們暖兒就是太靦覥了。」

楚亦瑤這幾年是被那丫頭折騰累了，喝了一口茶。「喏，他才高興呢，女兒是爹爹上輩子的情人，我可被這丫頭折騰慘了，像暖兒這樣多好，知書達禮的，操心的事也少。」

沈世軒中途被她點名，有些無辜，喝著茶呵呵地笑著，加上一旁一樣安靜的康兒，父子倆簡直就是一個德行。

「據說，妳像樂兒這麼大的時候更難伺候。」邢紫姝不客氣地戳穿了她。

楚亦瑤回想一下自己的小時候，輕咳了一聲，低頭喝茶，掩飾尷尬……

下午的時候張子陵回來了，沈世軒終於有了說話的對象，兩個人就去了書房聊天。

這邊楚亦瑤哄睡了玩累的樂兒，看著邢紫姝大著肚子，感慨道：「一晃眼多少年過去了。」

邢紫姝放下手中的小衣服，也有些感慨。「來了洛陽就沒回去過幾趟，這幾年子陵越發忙，都是爹和娘過來這邊陪我們過年的，我倒是希望多生幾個孩子，這樣府裡就熱鬧些，盼了十年，才盼到。」

楚亦瑤看著她整理那些為孩子準備的衣服，笑著說：「這一回給妳生個小子，免得都是送嫁出去的，沒娶進門。」

兩個人聊到了傍晚，叫了樂兒起床，楚亦瑤跟著邢紫姝下了廚。

楚亦瑤的廚藝一般，做得好吃的也就那幾道菜，邢紫姝的廚藝卻很好，過去在徽州鄉下都是幫著大舅母下廚做飯的，如今在這裡，楚亦瑤就給她打下手。

天快暗的時候邢紫姝就弄好了一桌子的菜，差人都端出去，兩個人回去換了一身衣服到了飯廳，三個孩子早就已經坐在那兒，七個人坐一桌不算擠。

一家人吃飯也沒這麼多的忌諱禮節，張子陵和沈世軒對飲了一杯。

樂兒挾著面前的菜，不忘記誇表姨母做得好吃，見楚亦瑤看過來，跟著拍自己娘的馬屁。「表姊下回去了金陵，我讓娘做好吃的給妳，娘做的鯽魚湯可好喝了。」

「樂兒，妳怎麼這麼會說話。」張子陵都被她給逗樂了。

小丫頭一被誇獎就得意忘形了，拖上了沈世軒和楚亦瑤一起。「都是爹爹和娘親教得好，爹爹說了，這個叫做天賦！」

楚亦瑤見他們都看她，往女兒碗裡挾了一大筷子菜。「別都看我，我那時候可沒這麼貧嘴。」

樂兒盯著碗裡楚亦瑤挾的菜，小臉一糾結，抬頭看她。「娘，我不愛吃芹菜。」

「給妳爹吃。」這麼不給面子的閨女，楚亦瑤可被她傷了心。

樂兒急忙把菜一股腦兒挾給了沈世軒，低頭吃飯，要是真把娘惹急了，爹爹都幫不了她……

在張家住了幾日恢復體力後，沈世軒就帶著她們去洛陽各個地方玩了，有時候張子陵回來早，也會陪著她們一塊兒去。

這天早上，全家人一塊兒出動去了河岸邊，沈世軒帶著三個孩子逛街去了，楚亦瑤留在茶坊裡陪著邢紫姝。

看著女兒蹦蹦跳跳地沒個正形，全家上下一塊兒慣著，沒慣壞還算好的。

「早上子陵出門的時候說了，晚點他也過來，一起遊河出去，聽他說還要帶你們去個地方，神神秘秘的。」

楚亦瑤看她這麼好的精神，挽著她出了茶坊，沈世軒正與沿岸的船家詢問價格，沒過多久，張子陵過來了。

意外的是張子陵還多帶了幾個人，從穿著氣質上看，就是身分尊貴的人，為首的年紀和康兒相仿，身後還跟著兩個侍從。

張子陵看了邢紫姝一眼，和沈世軒介紹道：「這是頁公子，剛剛過來恰好碰上，也是前來遊湖的，就一道去吧。」

樂兒躲在哥哥身後看了那頁公子一眼，正巧那頁公子看過來，樂兒朝著他咧嘴一笑，躲了回去。

顧愷微怔，很快又擺出那張少年老成的臉，跟著他們上了遊船。

楚亦瑤跟邢紫姝進船艙了，樂兒拉著康兒和張素暖在甲板上玩，張子陵也沒具體介紹帶來的人是誰，大家都顯得比較隨意。

甲板上時不時傳來樂兒的笑聲，一會兒拉著哥哥趴在扶欄上往下看，一會兒拉著表姊去船尾那兒看浪花，滿頭大汗也不管，站在陰涼處的顧愷時不時被她的笑聲吸引，目光落在她身上，陽光下的她彷彿是一團充滿活力的光芒，連四周都被感染到了。

船很快到了一個小島上，張子陵帶著眾人下去，走到一個小別院的門口，顧愷走上前取出一把鑰匙。

張子陵打開門口厚重的大鎖，似乎是很久沒有人來過這裡，推開門的時候，門框上還落下了灰塵。

但院子裡的一切卻出奇的乾淨，就是雜草都沒多長一根，好像有人時常過來打掃清理。

沈世軒第一眼就認出了院子裡那鞦韆，再看四周，便覺得這裡的一切無比熟悉。

儘管過去了很多年，他腦海中對姑姑沈傾苑的院子記憶還是很深刻的，尤其是對那鞦韆，當時他偷偷溜進去好多回。

張子陵回頭看他。「這裡是先皇為皇貴妃建的院子，這裡的每一樣東西，都是仿照當初沈家皇貴妃院子裡的東西。」先皇去世前，他答應過先皇，若是有沈家嫡系的人過來，就帶他們來這裡看看。「皇貴妃生前來過這裡數次，這裡還有她用過的許多東西保留著。」

皇貴妃去世二、三年，這許多東西，都還像新的一樣。

顧愷沒有和任何人打招呼，直接進了主屋子，帶著兩個侍從走進內室，在梳妝檯前，他看到了皇祖父說過的藍色錦盒。父皇繼位之後，祖父在天賜宮住了二年，那二年，顧愷聽祖父說起過很多關於他和皇貴妃之間的事。

當時他年幼，並不懂祖父那刻骨銘心的愛情是什麼，他只知道，病懨懨的皇貴妃對祖父來說很重要，好像比這天下還要重要，皇貴妃一走，祖父便活不下去。

顧愷走到梳妝檯前，打開了那個錦盒，裡面放著一支金色步搖簪子，拿起來一看，打造精緻的頭上是一隻鳳凰雕刻，底下垂墜的幾顆淚滴墜珠皆由上乘透玉雕琢，精雕鳳凰之下還鑲嵌有兩顆潤白小珠子。

皇為龍，后為鳳，步搖簪子上的鳳凰已經說明了什麼人能戴這簪子，但祖父卻把這簪子賜給了皇貴妃。

腦海中響起皇祖父當初說過的那句話——

「在朕心中，傾兒是最獨一無二的，不管她戴什麼，都是當之無愧。」

但最終，那個什麼都不稀罕的皇貴妃，還是沒有把祖父給她的東西帶回金陵，而是留在了這裡。

門口傳來響動，顧愷轉過身看，樂兒手扶著門框站在那兒，好奇地打量這屋子。

見顧愷沒說什麼，樂兒直接走進了屋子，看到他手上的簪子。

女孩子總容易被漂亮的東西吸引，樂兒望著那垂墜的淚滴珠，笑著對顧愷說：「這個真漂亮！」

顧愷看她一臉清澈，問她：「妳想要它嗎？」

樂兒仰頭，有些疑惑。「為什麼要它？」

「妳不是覺得它漂亮，喜歡它嗎？」顧愷倒被她問愣了。

樂兒走到梳妝檯前看其他的首飾物件，自然地回答：「我喜歡它是因為它漂亮，也沒說想要它啊。」從小見慣了好東西，瞧見喜歡的、漂亮的，樂兒並沒有非要得到手的心思。

顧愷看著她這小身影在屋子裡轉悠了一圈出去了，喃喃了句：「喜歡的東西，不就是想要的嗎？」

在院子裡待了一個時辰，張子陵帶著他們回遊船去了，那都是上一輩人之間的事，沈世軒沒有身在其中知曉所有，也不能去說誰對誰錯。

遊船上邢紫姝看到女兒臉上的笑意，再看一旁正說著話的樂兒，心裡起了念，對一旁的楚亦瑤說：「你們打算何時回金陵去？」

「待一個月左右也該回去了，家裡事多，九月出航，也耽擱不得。」楚亦瑤也想多留些日子，當是陪陪表姊也好。

「亦瑤，要不讓樂兒留下來，在這裡多住些日子再回去？」邢紫姝拉著她的手，開口道：「我看樂兒和暖兒相處得極好，樂兒性子開朗，我們暖兒太內向靦覥了，兩個孩子待在一塊兒，相互影響著，暖兒能開朗些，樂兒的性子也能如妳所願沈穩些。」

楚亦瑤看了女兒一眼，嘰嘰喳喳的小麻雀似地說上一天都不累，婉拒道：「妳如今身子重，那孩子皮得很，妳照顧不過來的。」

「我照顧不過來，不是還有暖兒嘛，那孩子再過兩年就要議親了，這麼內向的性子，我也擔心她將來嫁人了會受委屈，我看這幾天她和樂兒待在一塊兒話都多了不少，就想樂兒在這裡住兩年，和暖兒一起，平日裡兩姊妹還能一塊兒做女紅，關於教學妳放心，府裡有專門的嬤嬤和師傅，難不成妳還怕我會委屈她不成？」邢紫姝見她遲遲不肯答應，嗔怪地看她笑說。

「哪能啊。」楚亦瑤否認。「我就怕她那性子，待不住，這裡不是金陵，那孩子就讓世軒給慣壞了，別看她很好說話的樣子，性子擰起來，十頭牛都拉不回，我管教倒好，打得下手，要是我不在，都得翻天了。」

「沒見過妳做娘的這麼說自個兒閨女。」邢紫姝白了她一眼。「我看那孩子就挺好！是個懂事的，該管教的我也不會替妳拉下，就是妳不放心罷了，我話都說這個分上了，妳還要擔心，那我也沒話說了。」

楚亦瑤嘿嘿笑了一聲。「那我回去和世軒商量一下，若是樂兒她願意留下，我就不攔著她，這總行了吧。」

·

一個多月後，八月初，沈世軒他們啟程回金陵了，樂兒留了下來。

看著門口小手揮揮、絲毫沒有離別憂愁的女兒，楚亦瑤扭頭，心裡是抹不去的擔憂，看了一眼沈世軒。「你還真讓孩子給作主了，她才六歲。」

沈世軒攬過她，笑道：「妳不也說讓她自己作主，都到這個分上才反悔，是不是晚了。」

聽他這麼說，楚亦瑤就一肚子氣。「我這是推不開才讓你決定，你倒好，她留在洛陽了，到時候回去可別和我唸叨想她。」

沈世軒笑呵呵著看她發脾氣，捏了捏她的鼻子。「不知道是誰，平日裡最嫌她煩，現在就分別兩年，將來等她出嫁了，妳不得幫著她和女婿在家裡才放心？」

「這哪裡能一樣，她現在還是個孩子！」楚亦瑤怒掐了他一把。「就你放心！」

「在這裡待兩年也好，我看暖兒這孩子性子沈穩，雖然話不多，但做事條理有章法，頗有子陵兒的風範，在家裡我們捨不得管教的，子陵兒和妳表姊捨得，再者有一個這麼端莊的姊姊，樂兒的性子多少能沈靜一點，這不是妳最希望的嗎？」

楚亦瑤哼了一聲，沒有回駁他的話。

沈世軒摟著自個兒媳婦，都這麼些年了，她心裡想什麼他會不知道嗎？嘴硬心軟，那就他替她作決定，再說了，忙著照顧女兒，哪有心思再多要個孩子，表姊都能懷上，他和亦瑤一定還能再生一個……

沈世軒他們走了之後，前幾天樂兒還高高興興的，過了幾天，這興致就低了，總歸還是六歲的孩子，儘管奶娘在身邊，她還是想爹爹、想娘親，還想大哥。

邢紫姝瞧出了她的不對勁，趁著如今身子還輕便，帶著她出去走走，讓她適應一個人待在洛陽。

事實證明樂兒的適應力是十分強的，這才過了一個月，很快就恢復過來了，有張素暖陪著她也不無聊，還能耐著性子和姊姊一塊兒學針線，繡帕子。

九月之後，洛陽開始冷了，張府中舉辦了一次宴會，樂兒又在這裡遇見了幾個月前一同出遊的頁公子，可這一回，她聽到別人稱呼他為太子殿下。

也許是心中還沒有生出對皇權的畏懼，也許是當初一見面已經落下了印象，樂兒並不怕他，看他也不過是和自己哥哥一般年紀大的人，就是張素暖稱呼太子殿下的時候，樂兒卻喊他頁哥哥。

而對顧愷來說，見到這小姑娘的第三面，他終於知道了她的名字，沈沁冉。

沈這個姓氏一直是皇家中較為禁忌的姓，禁忌到父皇的後宮中沒有幾個姓沈的妃子，對於當年皇祖父獨寵皇貴妃這件事，父皇和皇祖母他們都是深惡痛絕，但當時他年紀小，並無感覺，等父皇繼位之後，從皇祖父口中聽到的，卻是皇祖父和皇貴妃之間的情感糾葛，所以他並不討厭沈家，甚至有些好奇，當年皇貴妃憑的是什麼吸引了皇祖父。

只是這一好奇，十歲的顧愷把自己給搭進去了。

樂兒在張家住了三年，比先前說的還多住了一年，師從張子陵的太子殿下，經常打著來看望恩師討教問題的幌子，頻繁出入張府，最後連張家那個年僅三歲的小不點都看出端倪了，才剛剛知道什麼是喜歡，看到顧愷前來，就跟在樂兒身後奶聲奶氣地喊道：「太子又來了。」

一個是情竇初開，一個是懵懂還不知事，三年時間很快，沈世軒前來接女兒回金陵。

得知樂兒要走了，顧愷終於急了，他開始能體會一些當初皇祖父為什麼會千方百計要把皇貴妃留在宮裡的原因，有種到手的鴨子飛了，到手的媳婦要跑了的感覺。

顧愷趕來了張府。

避開了沈世軒，顧愷把她帶到過去他來張府時他們經常待的地方，平日裡老成的太子殿下此刻毛躁得很，又不確定眼前意中人是什麼心思，支支吾吾了半天都說不出話來。

樂兒仰頭看他，從懷裡拿出一個荷包塞到他手中，微紅著臉說：「這給你。」

「這……」顧愷小激動地看著她。

樂兒見他這神情，哼了一聲要奪回來。「不喜歡就算了！」

顧愷當即抓緊了手中的荷包，抓住了她伸過來的手。「誰說不要，本太子要！」

「我要走了。」樂兒掙脫了他的手，小臉更紅了。

顧愷猶豫了一下，拿出了當年從小別院裡帶出來的步搖簪子，攤在她的手放下，鄭重道：「我會去找妳的。」

樂兒手縮了一下，沒縮開，當初她不懂，現在她自然是懂得這簪子代表什麼意思，抬頭飛快地看了他一眼，輕輕道：「這我不能要。」

「妳放心，本太子會堂堂正正地去接妳，絕不會強迫妳，也不會讓妳家人覺得為難的。」顧愷心中一陣竊喜，說得可正經，皇祖父的覆轍他肯定不會重蹈，他要正大光明地把她帶進宮。

樂兒掙扎了幾下，最終沒有鬆開手，拿住了簪子。「我只是替你暫時保管，要是不拿回去，我就丟了。」

顧愷臉上喜孜孜著。「妳放心，到時候我一定為妳親手戴上它，妳等我。」

出來的時候，沈世軒看到自己女兒小臉緋紅著，哪裡猜得到已經有個混小子把自己寶貝閨女給勾搭了，連定情信物都送了。

顧愷跟著張子陵目送馬車離開，臉上多了一抹沈凝。「老師，此事任重道遠，需要你多加提點與幫助。」

張子陵回看他，少年老成的臉上帶著一抹堅定，就如當年他在先皇身上看到的，只是這一次，應該會大有不同了……

七年後，大梁國新皇迎娶皇后，打破了大梁史上從未有過的例外，他迎娶的皇后不是位高權重人臣之女，不是皇家力薦的優秀女子，而是大梁國巨富，沈家的嫡長女沈沁冉。

他用七年的時間讓沈家走上大梁國第一首富的位置，其財力富可敵國，繼而順理成章地把這一家中最為珍貴的女兒娶進了宮，人都說這新皇聰明，新皇后身後帶著的可是巨大財富，足以填滿國庫。

大梁國上下舉國歡慶。

楚亦瑤看著和新皇並排站在一起的女兒，彷彿想起了當年在香山姻緣廟樂兒求的籤，沒有看清楚的那句話，不就是「母儀天下」四個字嗎？

獨家番外　皇貴妃　沈傾苑篇

沈傾苑十五歲及笄，訂親後沈老爺子帶著她隨著商隊去洛陽玩，第一次離開金陵去洛陽，沈傾苑對洛陽城的一切都好奇得很，商隊停留的十幾天裡，她跟著沈老爺子去過不少地方，沈老爺子一向也疼這個女兒，在她即將成親前，盡可能地滿足她的要求。

在洛陽城停留的第十天，天暗入夜，沈老爺子帶著她去了洛陽城有名的舫間遊船，從河岸上望過去，河道中的遊船數艘，大大小小，都點著燈，在夜幕之下，尤為漂亮。

沈老爺子在岸邊付了銀子，有人把他們請上了一艘不大的遊船，船上吃喝盡有，還有一個衣著乾淨的婦人在旁倒茶陪聊。

那婦人是個嘴巧的，和他們說了許許多多關於洛陽城的人文趣事，原來這遊船並不是什麼酒家全包的，而是自己家的船，裝飾裝飾，靠在河岸邊上，有人付銀子租船，他們就自己親自上陣來陪聊，只要是有租船出去的，收入也不少。

「難怪船的好壞差這麼多。」沈傾苑朝著船艙外看了一眼，不遠處有一艘相當豪華的遊船，在偌大的河道中靜泊著。

聽得多了，沈傾苑便覺得有些無聊，起身出了船艙去甲板上，一旁的丫鬟即刻跟了出去。

外面的夜風吹在臉上驅逐夏的熱氣，沈傾苑舒暢了許多，放眼望去，河道上一片的亮光，映得河面還泛著波瀾，別有一番味道。

沈傾苑瞥見甲板旁扶手，朝著船艙內看了一眼，向那丫鬟輕輕噓了一聲，繼而一手扶著扶手，人坐在甲板上，雙腳下垂臨著河面。

身後的丫鬟不贊同地勸道：「小姐，這可是河道，您快些起來。」

沈傾苑拉了她一把，丫鬟頓下了身子，沈傾苑眼底閃過一抹狡黠，笑嘻嘻道：「這扶手牢靠得很呢！寶珠妳快看那裡。」沈傾苑一手指向半空中飄著的天燈，藉故扯開話題。

叫寶珠的丫鬟被她鬧得哭笑不得，也深知小姐脾氣，只能牢牢看著她，以免有什麼事。

沈傾苑望著天空，繼而看看四周，感嘆道：「洛陽城真漂亮。」

寶珠噗哧一聲笑了。「小姐若是喜歡，今後讓姑爺多帶您過來。」

沈傾苑嗔怪地看了她一眼，臉上一抹緋紅，只是那眼中多了一抹期待，看向夜空，嘴角揚起了一抹笑。

這一幕恰巧落在不遠處一艘遊船上的人眼中，那人手裡拿著一個奇怪的物件，湊在一邊眼睛上，正對著沈傾苑那遊船上。

身後服侍的人見他看了這麼久，小心翼翼地問：「老爺，是否需要休息片刻？」

那人沒理他，繼而拿著那一頭大、一頭小的東西將角度定在了沈傾苑身上，定在了她那雙熠熠生輝的眼睛裡，本是面無表情的臉上竟浮現了一抹笑意，看得一旁服侍的人呆了一下。

「爺？」一旁的人試探地喊了一下。

那人不予理會，只是拿著那物件瞧著不遠處的小船，良久才放下來給旁邊侍奉的人，下令道：「去查查，那艘船上是哪家的小姐。」

第二天沈傾苑睡了個懶覺，寶珠端著洗漱水進來的時候，沈傾苑還抱著枕頭打著呵欠坐在床上，睡眼惺忪。

視線隨著寶珠轉來轉去，見她給自己取衣服，沈傾苑一個傾倒又躺下了，她才睡了兩個時辰的時間，真的好睏。

「小姐！」寶珠哭笑不得地看著耍賴的她。「您這樣可沒有半點大家閨秀的樣子了。」

沈傾苑從被子裡挪出頭來，嘟囔道：「這裡沒有別人，妳再讓我睡一會兒。」遊船回來吃過宵夜，沒有半點睡意，到後半夜才睡著。

「老爺都派人來催了，您不是說今天想去逛市集的嗎？」寶珠沒辦法，叫了寶蓮進來，兩個人合力把沈傾苑拉了起來。

沈傾苑看著她們兩個，著實是滿滿的怨念，一面叨唸著一面穿衣服。「回去我就把妳們都嫁了！」

寶蓮扶著她穿鞋，笑道：「是是是，小姐，還請小姐高抬貴手。」

收拾完畢，出了房間門，沈傾苑就又是端莊大小姐一個，這些功夫十幾年來練得十分熟練，吃過早點，慢悠悠地下了樓，跟著沈老爺子上了馬車，朝著洛陽城最繁華的集市奔去。

逛了有半個時辰之後，沈老爺子帶著她去了一家頗負盛名的酒樓，這間酒樓的特色之一就是二樓後門出去有一大片平臺，平臺上放置了不少桌椅，用矮屏風隔開來，天氣好的時候這裡客人很多，靠近扶手那還能欣賞集市的熱鬧。

沈傾苑坐下之後點了菜，沈老爺子有事離開了一小會兒，她無聊地看著手中的茶盞，眼睛一瞇就快要睡去。

這一幕再度落入酒樓三樓那個敞開的窗戶中，那人手執一柄扇子，目光落在沈傾苑身上，看著她昏昏欲睡，頭快要垂下去又忽然激靈睜開眼的樣子，臉上一抹舒然。

身後有人說著事，如果沈傾苑聽得到，她會發現，這個人都快把她祖宗十八代都交代清楚了。

那人看了一會兒，舉了一下扇子，身後的人就停下不說了，收回視線，他轉過身，問道：「他們在此停留幾日？」

「停留半月左右，按照歷年金陵商隊在此停留的時間，再有幾日他們就會啟程回金陵。」

那人點點頭，再度轉頭看的時候，沈傾苑已經一臉興奮地和回來的沈老爺子說著看到的情形。

那模樣，透著一股他從未在別的妃子身上見到過的活力，他單是這樣看著沒聽到她說什麼，都能感受到那一股雀躍，心情跟著舒暢了起來……

又玩了兩天，沈老爺子陪著她把有名的地方都去了，沈傾苑還有些不捨，但商隊離開的日子都是定好的，誰也不能例外。

這天一大早，寶珠和寶蓮兩個人陪著她下樓，客棧外沈老爺子正指揮幾個家僕把東西放上馬車。

忽然客棧外的集市裡一陣喧鬧，沈傾苑站在門口，遠遠地看到集市那一頭奔過來數匹馬，集市兩旁的人都散開了。

寶珠趕緊把她往客棧裡拉了一把，這樣的陣仗，在客棧裡的人都站起來到門口窗邊圍觀，紛紛猜測是誰家的人這麼在集市裡跑。

馬匹到了客棧門口停了下來，居然是一群侍衛，客棧裡頓時騷動了起來，難不成是誰犯了事前來抓人的？

為首的一個裝扮像宮中的宦官，沈傾苑後退不過去了，只得往旁邊靠了靠。

那宦官肅著神情看了眾人一眼。「哪一位是沈闊？哪一位是沈傾苑？」

被點到名字的沈傾苑一時半會兒都反應不過來，一旁的寶蓮輕輕說：「小姐，是找老爺和您的啊。」

沈傾苑反應過來，噓了一聲，爹和她在洛陽城都不認識什麼官員，這幾日也沒撞見過這樣的人，怎麼可能會有人找她？一定是同名同姓。

那宦官見眾人都鴉雀無聲的，繼而尖著嗓子喊道：「哪一位是來自金陵沈家的沈傾苑？」

沈傾苑還沒開口，同是商隊裡的一個人指著在那裡發愣的沈傾苑喊道：「這個就是，這個就是，金陵沈家大小姐。」

那宦官打量了一下沈傾苑，清了清嗓子。「還不快下跪接旨。」

沈老爺子過來，拉著沈傾苑跪下。

那宦官開始讀聖旨。「奉天承運，皇帝詔曰，沈氏女子沈傾苑賢良淑德……特下此詔，封為淑妃，即日入宮侍駕，不得有誤……欽此。」

不知道過去了多久，沈傾苑看到那宦官笑咪咪地看著自己。

「沈小姐，請領旨。」宦官提醒道。

沈傾苑這才微顫著伸手去接聖旨，末了，不敢置信地問：「這位大人，您剛剛說的淑妃，是誰？」

「恭喜沈小姐即將入宮侍奉皇上，淑妃娘娘說的就是您。」

沈傾苑下意識鬆手想扔掉這燙手山芋，可理智又告訴她，這看似沒什麼重量的東西，是她拚了性命都難以違抗的。

沈老爺子看女兒這般愣愣的樣子，扶著她站了起來，對那宦官好聲好氣地說：「這位大人，小女已然訂親，這……」

那宦官看了他們一眼，不是洛陽城的人，也沒有什麼身分背景，能這樣被聖上看中，那真是燒了高香天大的福氣，怎麼還這副不情願的樣子。

周圍的人早就喧譁開來了，聖旨到客棧門口封一個外鄉人做妃子，這可是洛陽城從未有過的事情，若是要封妃也得皇上見過這女子，看這情形，父女倆都迷糊地不清楚，眾人也就好奇起事情的真相。

那宦官只負責把人帶走，可不負責沈傾苑已然訂親的事，他微一側身，示意沈傾苑和沈老爺子上身後的馬車。「皇上已經給娘娘安排了里舍，暫住幾日便可進宮。」

上馬車到了那住所，沈傾苑還沒反應過來，這一道天降聖旨給自己按了個從未想過的身分，她就這麼稀裡糊塗地被帶了過來。

一旁的寶珠和寶蓮小心翼翼地喊了她一聲，沈傾苑低頭看了一眼放在桌子上的聖旨，忽然意識到一點，她好像回不去金陵了。

「我爹呢？」半晌，沈傾苑抬頭問道。

寶蓮去門口看了一眼，回頭道：「小姐，那些人還在樓下，正和老爺說話。」

沒等寶珠反應過來，沈傾苑起身就朝著門口走去，幾步下了樓，到了沈老爺子身邊。

正說話的那宦官愣了愣，繼而和氣著神情和沈老爺子說：「一榮俱榮，一損俱損，這個道理相信沈老爺子也明白。」

「這位大人，我們身在金陵不懂洛陽城的規矩，更不懂皇宮裡的規矩，我在家已然訂親，自古一女不嫁二夫，此等背信棄義的事情我沈傾苑做不出來，相信皇天在上，聖上也不會如此。」沈傾苑接上了那宦官的話，眼底一抹毅然。

「聖上確實不知。」那宦官從容地笑著，頓了頓繼續說：「不過聖旨已下，這還得麻煩沈老爺回去把情況說明清楚了，畢竟這聖旨可不是兒戲。」宦官的話裡透著些警告的意思。

沈傾苑意欲再說，沈老爺子將她拉到了身後，笑呵呵地從懷裡拿出一個紅包放入那宦官手中。「小女年幼，還望大人恕罪，請大人稍等片刻，待小的和小女商量一下此事。」

那宦官掂量了一下這銀子，臉上的笑意真切了幾分，點點頭。

沈老爺子拉著沈傾苑上了樓，關上門，沈傾苑掙脫了他的手。

「爹，您做什麼不讓我說了，不是說這聖上是個明君嗎？他若是知道我已經訂親了，肯定會收回成命的！」

沈老爺子聽著女兒天真的想法，嘆了一口氣。「聖上既然能夠查到客棧裡來，怎麼會不清楚妳已經訂親的事，沈家在金陵又不是小門小戶，商隊多的人是知道這情況。」

沈傾苑神情一滯，說得好聽點封妃是恩賜，實則不就是強搶民女！

「爹。」半晌，沈傾苑顫抖著聲線喊了一聲，有些慌張地伸手去拉他。「我不想入宮，不想做淑妃，我想回金陵。」

沈老爺子這輩子第一次覺得如此無力，在皇權面前，他什麼都做不了，不能為女兒爭取任何東西，更無法反抗。

「傾兒。」沈老爺子顫抖著手抱住她。「是爹對不起妳。」

沈傾苑渾身一震，聰明如她，即刻就明白過來了沈老爺子的意思。

「聖旨已下收不回了，四妃之一，皇上沒有委屈妳的意思，傾兒，我們不能抗旨。」抗旨不尊，滿門抄斬……

第二天拖延了一日的商隊啟程回金陵，沈傾苑被留在洛陽，站在窗臺邊上，沈傾苑望著緩緩離開的沈家商隊，雙手死死地抓著窗框子。

直到那商隊消失在自己眼前，沈傾苑轉過身，慢慢地蹲下身子，雙手抱膝靠在牆角。周身有一股無形的恐懼開始席捲她，沈傾苑赤著腳就這麼蹲在那兒，不感覺冷，不感覺累。

爹回去了，她再也回不去金陵了，她要留在洛陽，留在皇宮，伺候那個最高位的當權者，他承諾給予沈家皇商的地位，承諾在一定程度上庇佑沈家在金陵有一席之地，她的留下能夠為沈家爭取到很多。

可她辜負了那個人。

眼淚掉到青石板上已然冰冷，沈傾苑呆呆地看著青石板上悄然暈開的濕痕，她再聰慧，也不過是個剛剛及笄之年的姑娘。

寶珠端著熱水進來的時候，看到牆角的沈傾苑，忙放下盆子，喊了寶蓮過來將她扶上了床。「小姐，您怎麼能不穿鞋子就下地。」

沈傾苑任由她們擦手擦腳，把自己推進被窩中，半晌，眼神落在寶珠擔憂的臉上。她顫抖地伸著手，想去推她們。「妳們怎麼不走？」

身後的寶蓮看到小姐這般脆弱無神，急得眼淚也掉了下來，忙拉住了她，哭道：「小姐，我們不走，我們還要跟著您一塊兒進宮照顧您，我們走了，您一個人怎麼辦！」

沈傾苑搖搖頭，靠在床上，縮起了腳，望著自己因為冷而泛白的指尖。「我能怎麼辦，就這麼辦，聖旨不能違抗，那我就進宮，若是能早點解脫，那才好呢。」

「小姐，老爺和夫人若是知道了該多傷心，您可千萬不能這麼想。」比沈傾苑還要大兩歲的寶珠坐了下來，伸手把沈傾苑的手拉過來。「不論小姐去哪兒，我們都陪著小姐，小姐進宮，我們就跟著進宮服侍您，唯有您過得好，老爺和夫人才放心。」

沈傾苑閉上了眼，眼角的淚水緩緩滑落，唯有她過得好，沈家才能存活，這才是真的……

又過了兩日，沈傾苑就以這樣沒有三媒六聘的方式入宮了，饒是再低調還是在洛陽掀起了一股不小的話題，四妃之一的淑妃是個民間商賈女子，這是大梁朝從未有過的，至今這商賈的地位一直很低，直到前些年才好一些，但怎麼都比不過讀書做官，一個沒權沒勢的商賈女子，要佔這麼高的位置，別說民間怎麼傳，就是朝堂上知道了也引起不小的反應。

這些沈傾苑都還不知曉，她只瞧見了那高高的宮牆，清一色宮裝的宮女太監，來去匆匆，低頭都不敢四處亂看。

她被安置在那個偌大的宮殿中，門口掛著大牌匾，寫著「天賜宮」三個大字，她周身只有寶珠和寶蓮兩個侍奉的人，門口那兒卻守著一隊侍衛，她的起居全由當日去頒布聖旨的太監所帶著的兩個宮女照顧。

除此之外，沈傾苑到的第一天，沒再見過別人，也沒見過那個頒布聖旨的人。

她在天賜宮的第三天，宮門口傳來了喧鬧聲，沈傾苑剛剛午睡醒來，寶珠出去看了一下，回來告訴她，一個穿著華麗的女子被攔在了外面，聽那公公的意思，是一個叫容嬪的妃子，但不論她說什麼、怎麼發脾氣威脅，門口的侍衛始終不讓她進來，最終那個容嬪無奈離去。

沈傾苑有了一瞬的錯愕，卻很快地回了神，她一個毫無身分背景的人空降四妃之一，有人好奇，也一定有人不服……

沈傾苑入宮的第五天，她還是沒見到皇上，天賜宮說大很大，但若長時間都待著不出去，也是很無聊的事，更何況是沈傾苑。

每日醒來看看園子裡的花，偶爾在各個屋子裡逛逛，饒是再悲傷的情緒，在這樣的氛圍之下也減輕了不少，沒人煩她，沒人找她。

進宮的第十五天，天賜宮迎來了一個新客人，又是一道聖旨，沈傾苑跪下接旨，這是真正的冊封聖旨，聖旨之後幾日還有冊封大典，許許多多的東西隨著聖旨送入了天賜宮，冊封大典時的宮裝，數套衣物、首飾、銀兩，還有各種器具、賞玩，其中最貴重的當屬壓在那塊紅綢上的金印。

皇后掌鳳印，掌管整個後宮，四妃協理皇后，各有小金印，所掌管事項不同。如今沈傾苑封妃，自然有所要掌管的事情。

送走了宣旨的太監，沈傾苑把玩著手中的小金印，輕輕地拋了一下，對寶珠笑道：「和爹的小金印很像呢！」

沈傾苑望著一屋子的賞賜，最終抬腳走向了那掛起來的宮裝，伸手摸了摸領口處雕刻的圖案，輕輕吐露出兩個字：「淑妃。」

站在門口的太監來福不知她何意思，沈傾苑忽然轉過身，臉上一抹燦爛的笑靨，看了四周一番。「要不是有這麼多的賞賜，這麼多的好東西，這皇宮還能留得下人嗎？」這麼悶，毫無自由可言，活在這裡大半輩子，不得壓抑死？

忽然門口的來福跪了下來，沈傾苑看到一抹高大的身影出現在那兒，一股威嚴氣息迎面而來，一旁的寶珠見小姐還在發愣，忙拉了她一下，跟著跪了下來。「叩見皇上，皇上萬歲萬歲萬萬歲！」

沈傾苑手中的小金印「砰」一聲掉在地上，發出清脆的響聲，隨即沈傾苑反應過來，跪了下去。

「叩見皇上。」沈傾苑低垂著頭，瞥見他把小金印撿了起來，繼而走到了自己面前，心中一顫，下一刻他的雙手就將自己扶起來了。

手中被放入掉下的小金印，耳畔傳來他輕笑聲——

「這東西可不能亂丟。」

沈傾苑抬起頭，看清楚了他的樣子，拽緊手中的東西猛地往後一退，躲開他的手，再度跪了下來。

皇上顧溢臉上的笑容一滯，伸出右手，身後的太監、宮女紛紛退出了屋子，關門聲響起。

顧溢看著跪在地上的沈傾苑。「妳想說什麼？」

「請皇上收回成命，民女在家已經訂親，不能做出此等背信棄義之事。」即便是已經在這深宮中了，沈傾苑還想做最後的努力，她希望眼前這個威嚴的男人能夠像在朝堂中那麼英明，放她離開。

良久，顧溢看著這一屋子的賞賜。「妳爹已經回去了，朕給的承諾也做到了，妳住在這天賜宮，今後就是朕的妃子，怎麼，妳不滿足？」

沈傾苑緩緩抬起頭看著他。「民女想要的不是這些。」

顧溢再度看到了她眼底那一抹靈動，他也問自己，究竟這女子是哪裡吸引了自己，讓自己入了這輩子從沒有過的魔障。

「妳想要什麼？」

「自由。」沈傾苑鼓起勇氣與他對視，眼底熠熠著那光。「民女想要自由的生活，能夠無拘無束地活著，而不是被關在這宮闈之中，別的民女都不要，這些，民女都不要。」沈傾苑指著那些賞賜，這些她都不需要，她只是想回金陵，過以前的日子。

顧溢深深地看著她，是了，她就是自己的魔障，她的眼神，她的笑容，她所說的話，就是自己想要的，想要卻得不到的，他也想要自由，想要出這宮牆。

「妳說的自由生活，朕也想，但那都是奢望，妳就陪在朕的身邊，和朕說說外面的世界，好不好？」

沈傾苑有那麼一瞬的錯愕，她好像看到了皇上眼底的落寞和渴望。

「朕答應妳，妳在宮中也能自由地生活，無拘無束地活著。」他可以讓她在宮中不受宮規活著，他想把她留在身邊，她是個外面世界來的人，有著他想要的東西。

顧溢見她不回答，負手在背，轉身看向窗外的天，聲音沈了幾分。「沈家世代為商，商者幾乎無從政，金陵是商者天下，而皇商則是能在金陵立足之一的憑證，你們每年商隊前來洛陽，不就是為了爭取那機會嗎？如今沈家可是如願了。」

沈傾苑捏緊袖口底下的拳頭，是，沈家平白無故得了皇商的好肥差，怎麼可能不付出點代價？不管她怎麼想，別人都以為她這是佔了天大的恩賜。

「這幾日會有宮人來教導妳一些宮規，妳放心，不會有人前來打攪妳，冊封大典過去，妳就正式成為朕的妃子。」顧溢回頭，看到她眼底的隱忍，她要能永遠保持這一份純淨才好啊……

接下來的幾天，有幾個宮中經驗老道的嬤嬤前來教導沈傾苑宮規，要學的規矩太多了，幾日不能速成的，就挑最重要的講，在這後宮之中，在沈傾苑之上的就是太后和皇后，她與其餘三位妃子平級。

按照皇上所說的相對自由，她雖掌有小金印，但淑妃所要掌管的事務都由淑妃之下的幾個妃子分攤管著，她無須親力親為，除了部分必須守的規矩，皇上給沈傾苑開的都是先例。

五天之後，封妃大典。

洛陽城謠傳的是皇上微服出巡遇見一名絕色的民間女子，收入宮中。並未涉及這女子來自何處，家境如何，為沈傾苑的背景添了一層面紗。

而在遙遠的金陵城，沈家舉喪，沈家大小姐跟隨商隊去洛陽後不幸遇難，帶回金陵的時候只有一件她穿過的衣服和一個骨灰罈子，訂親婚事作廢，紅顏薄命……

散著霧氣的浴池內，沈傾苑靠在浴池一角，一手拿著一塊濕透的紗布，不斷地在手臂上擦著。

浴池邊上還有宮女在撒花瓣，浮滿了一池子。

沒多久有宮女進來，見她還在洗，和早就在內侍奉多時的宮女輕聲說了一句，那宮女赤足走到了浴臺前，彎下腰稟報。「娘娘，您已經洗了半個時辰了。」

半晌，沈傾苑低頭看了一下浸泡在水中的手，指尖處已經泛了白，隱隱有脫水的跡象。

那宮女再提醒道：「娘娘，總不能讓皇上等您吧。」

紗布慢慢地從水下浮到水面散了開來，沈傾苑看著這一池的霧氣，輕輕吐露了一口氣，伸手搭在那宮女的手上，一旁一個宮女走過來，一同扶著她從水下的臺階走上浴臺。

站在屏風旁的宮女即刻取來了衣物，沈傾苑只需張開手，很快就穿戴完畢，烘乾了頭髮，沈傾苑坐在梳妝檯前，寶珠走過來給她梳了簡單的髮髻，戴上賞賜下來的珠花。

沈傾苑伸手摸了摸那珠花，輕輕地拔了出來，那針尖細長銳利，沈傾苑眼底泛起一抹異樣的光。

一旁的寶蓮從她手中將那珠花奪去。「小姐，您可別有什麼傻想法！」

沈傾苑笑了，從梳妝檯上拿起另外一支珠花戴在了頭上，如今她這條命可不算是她自己的，白天冊封時，他說過的話她還清晰記得，她好好活著，想她好的人才能好好活著。

沒多久皇上就來了，此時天色微暗，天賜宮中燈火通明，一派喜氣。

顧溢邁腳進入屋子裡，沈傾苑帶著屋子裡的宮女向他請安。隨後，那些宮女都退了出去，屋子裡只剩下他們兩個人。

要發生什麼、要做些什麼沈傾苑早有預料，也一直在做心理建設，可真到了這時候，她卻無法平靜下來，她可以對著皇上裝模作樣，但是沒有辦法裝心甘情願地做那種事情。

沈傾苑瞥見放在架子上早先準備下的酒。「皇上，您，要喝點酒嗎？」

顧溢知道她是緊張了，看著她顫抖著手倒了兩杯酒，他還沒喝完，她已經第二杯都飲下了，末了被酒烈嗆到，咳了滿臉通紅。

顧溢伸手想替她拍背，沈傾苑身子猛然一縮，卻沒躲閃開去，只是提著酒壺又倒了一杯，這一次她分著幾口喝下，喉嚨裡火辣辣的熱意不斷往上竄。

眼看著她要舉第四杯，顧溢伸手制止她，臉上一抹不悅。「再喝可就醉了，妳就這麼討厭朕碰妳？」

沈傾苑不勝酒力，第二杯下去就有醉意了，她見他阻攔，嘟囔著使勁去推他，杯子裡的酒灑了一地。

沈傾苑想再去拿酒壺，另一隻手也被顧溢抓住了，沈傾苑俏紅著臉看著他，忽然身子撲在他手臂上。「我沒醉，我就是不喜歡你碰我，我不喜歡進宮，我想要回家！」

顧溢這才發現她是喝醉了，哭笑不得地看著她在自己懷裡找酒，這才兩杯而已。

「傾苑。」顧溢無奈地抓住她亂摸的手。

沈傾苑忽然抬頭看他，淡淡的幽香伴隨著酒香縈繞了開來。

那雙漂亮的眼睛裡閃著光芒，臉頰上是酒意泛起的紅暈，那微張的櫻桃小嘴上還沾著一些酒，不斷地誘惑著他。

顧溢不自覺地低下頭去，還沒親到，沈傾苑不老實地掙扎了一下，從他的懷裡掙脫了出來，顧溢伸手去抓她，沈傾苑向後倒退了好幾步才站穩，竟朝著他呵呵地笑了一聲。「去，給我拿酒去！」

顧溢拿起一旁桌子上的杯子哄她。「過來就給妳酒喝。」

沈傾苑皺了下眉頭，直覺她不想靠近他，但身體裡不知什麼時候湧起一股異樣的感覺，讓她覺得眼前的人變得順眼了許多，一會兒討厭，一會兒不討厭。

沈傾苑只猶豫了一會兒，本能地走向了他，卻不是拿那杯子，而是伸手掛在他的脖子上，在他的脖頸間輕輕嗅了嗅。

顧溢即刻明白了原因，為了減少初夜痛楚，這酒中都會遵照太醫藥囑，添加適量粉末，一般都是只飲半杯，酒量好的效果少一點，酒量不好的，就如眼前的人，三杯下去，那量直接都能催情了。

沈傾苑開始想脫衣服，體內好像藏了蟲子，一直不停地撓著她，又癢又難受。

顧溢看到她敞開衣襟內的白皙，眼神一黯，直接將她抱了起來，走向床榻……

第二天，沈傾苑醒來的時候顧溢已經不在了，侍奉在旁的寶珠一見她醒來了，招手讓宮女進來準備伺候她起床。

沈傾苑動了一下身子，發現腿痠脹得很，腿根處傳來的異樣提醒著她昨夜發生過什麼，沈傾苑一瞬錯愕，她不記得昨晚發生了什麼。

遣散幾個宮女，沈傾苑坐起來問寶珠。「昨晚皇上在這裡留宿了？」

寶珠點點頭。「小姐昨夜喝醉了。」

沈傾苑扶了下額，難怪她覺得頭沈得難受，抬眼看寶珠一臉欲言又止的，沈傾苑拉開被子下床。「妳聽見了什麼？」

寶珠看了一眼門口，微紅了臉。「昨晚皇上與小姐興致很好，小姐很高興，我們在外頭都聽見小姐的笑聲，還有……」

沈傾苑的臉色暗了幾分。「還有什麼？」

「還有，小姐向皇上討饒的聲音。」

沈傾苑雙手緊掐著床沿，臉色鐵青，她本想借著酒意把那抗拒屏除，卻不想三杯下肚直接醉了。

「小姐。」寶珠發覺她的異樣，小心地喊了一聲。

沈傾苑站了起來，忍著痠痛走到了梳妝檯前。「還是忘了的好。」早晚要發生的事，要讓她去記得那過程，還不如喝醉了，再多癲狂都不記得。

「皇上吩咐給您準備了醒酒湯。」寶珠站到她身後拿起一旁的梳子，輕輕地替她梳著頭髮。「小姐，寶珠知道您心裡有恨，可就算不為沈家，單單是為了您自己，也要在這宮中好好生活下去。」寶珠跪在沈傾苑的身旁，懇求道。

她服侍小姐十年，太瞭解小姐心裡的想法，愛恨分明的小姐即便是經此一夜，也不會對皇上有好感，但這是宮中，誰都仰仗著那個男人，小姐的特立獨行並不包括把皇上推拒門外。

沈傾苑輕輕拍了拍她放在自己膝蓋上的手，眼神裡多了幾抹淡然。「妳放心，都到這個分上了，我知道該怎麼做，叫人進來更衣吧。」

候在門口的宮女嬤嬤魚貫而入，一邊換衣服，一邊還有嬤嬤告訴她接下來應該做什麼，沈傾苑穿好了宮裝看著那嬤嬤。「陳嬤嬤，去皇后那兒應該帶些什麼？」

陳嬤嬤不愧是皇上親自派下來的人，對宮中各妃子的喜好都瞭解得很清楚，沈傾苑想了一下皇上賞賜的東西。「讓來福去挑一件帶去。」

進宮將近一個月，這是沈傾苑第一次走出天賜宮，說不出是什麼感覺，宮裡宮外不過一個月的時間，她自己都料想不到會有這麼大的轉變。

坐著軟轎到了景陽宮門口，沈傾苑抬頭看了一下宮門口的牌匾，抬腳走入。

她不算早到，但她一進去，眾人的視線就都聚集在她身上，沈傾苑對這些並不在意，走到了前面對著坐在最上面的人跪拜。「臣妾見過皇后娘娘。」

皇后魏氏也是第一次見到沈傾苑，對她的入宮還是知道一些內情的，維持著天家威嚴，皇后看著她說：「起來吧，賜座。」

沈傾苑的位子在賢妃旁邊，沈傾苑走過去坐下，一旁的賢妃對她善意地一笑，沈傾苑報以微笑，安靜地等著其他人到來。

出發前，陳嬤嬤把該講的都告訴她了，前來皇后這裡請安，除了皇后之外，無須看誰的臉色，不論她進宮前是什麼身分，如今她是皇上的寵妃，位列四妃之一的淑妃。

沒多久前來請安的人都齊了，沈傾苑感覺數道視線都在自己身上，抬起頭，正對上了坐在她對面一個粉裝女子沒來得及收斂的不屑眼神。

沈傾苑臉上帶著一抹從容，並沒有多看她一眼，跟隨別人看向了正在說話的皇后。

一個坐在皇后左下的妃子，忽然笑著接了皇后的話。「娘娘也真是的，今日淑妃第一次過來，怎麼都沒提起來？」

眾人的關注點再一次引到沈傾苑身上，沈傾苑並沒有說什麼，而是淡淡地看了那個開口的妃子一眼。

也許是沒有遇到過這麼冷淡的，那妃子本是滿帶笑意的神情頓了頓，很快說：「聽說淑妃來自金陵，那可是個商賈之地，不知淑妃的家裡是不是也是做生意的。」

這種引火的把戲，沈傾苑根本懶得搭理，在家的時候大嫂說話十句有九句都是這麼酸著來的，沈傾苑看了一眼皇后，這才回道：「小生意罷了。」

那德妃聽聞她這麼說，故意拖長著那「生意」二字。「原來是做生意的。」一個商賈之女在這裡充什麼高傲，這皇宮之中，恐怕一個才人的家裡都比她的來得好。

皇后冷眼看著德妃擠兌沈傾苑，沒有要出手幫忙的意思，大夥兒見皇后是這表態，幾個素日裡還算受寵的，就跟著德妃有一句、沒一句地「打聽」起了沈傾苑的家世，尤其是早些時候對淑妃這個位置虎視眈眈已久的王昭容，更是添著火想給沈傾苑難堪。

但沈傾苑卻始終是淡淡的，尤其是聽到王昭容問了一句，「做生意的人念書嗎」的時候，直接回都懶得回她，只是掃了她一眼，眼神表示這麼蠢的問題也是一個昭容能問出來的？

皇后見說得差不多了，開口制止。「妳們要想和淑妃多瞭解的，往後多去天賜宮就是了。」

皇后開口，大家也就不再說了，只是還有幾個人不甘心著，落在沈傾苑身上的眼神都不甚好意。

離開的時候，沈傾苑是與賢妃一塊兒出去的，比沈傾苑年長了十幾歲的賢妃，甚至比皇上還要年長一些，賢妃所出的長公主今年都有十二歲了，所以她看沈傾苑的眼神裡，多了幾抹疼惜。「妳若是覺得無聊，可以來慈心宮找我。」

沈傾苑看著賢妃，半晌點了點頭。「好。」

賢妃輕輕拍了拍她的手。「我像妳這麼大的時候，可沒這麼沈穩。」說罷，笑呵呵地看著她。「皇上待妳不同，這是妳的福分，只是這後宮中，這福分也會帶來許多麻煩。」

福禍相兮，一直都是這麼個道理，在這後宮之中，這麼多女人伺候一個男人，所以能得到這個男人另眼相待的女人，肯定是會受到別人的嫉恨，就在剛剛那一會兒的時間，沈傾苑就感受到來自這些女人的深深惡意……

自此之後，皇宮中的生活就是如此，一天一次去景陽宮請安，幾乎每隔三天都會見到一次皇上，其中受到的擠兌不少，可並沒有哪個妃子會真正對她下什麼絆子。

皇后淡淡地看著，沈傾苑除了和那賢妃走得近一些，別的妃子都不熟悉。

饒是如此，沈傾苑還是在宮中聽到了一些消息。

朝中大臣對皇上獨寵她這件事意見紛紛，說她禍國殃民的有，說她迷惑皇上的也有，更有人聯名上書提出要廢了她、關入冷宮。

這樣的消息除了寶蓮和寶珠打聽到的，其餘的都是那些妃子有意無意傳到她耳朵裡，但這些對她來說都是無關緊要的。

半年時間過去，洛陽城的冬天，臨近過年，宮中也是熱鬧得很，天賜宮內來福帶著幾個小太監把燈籠和紅綢都掛好，陳嬤嬤則帶著宮女將做好的花綢一只一只綁在樹枝上，增添喜氣。

沈傾苑從屋子裡出來，寶珠趕緊給她披上披風，叮嚀道：「小姐，您風寒剛剛好，要注意身子。」

沈傾苑仰頭看屋簷外的天空，紛紛揚揚地飄著些雪，從高空中落下，不厭其煩地在這五彩斑斕的世界刷上一層一層的白。

「這還是我第一次看到這麼大的雪。」在金陵，好多年不曾下過雪了。

身後的寶珠將包裹好的暖爐放入她懷裡，笑道：「奴婢也是第一次見到這麼大的雪，小姐，一會兒等雪小了，奴婢和寶蓮去替您堆一個雪人。」

沈傾苑搖搖頭，往外邁了幾步走到屋簷下，外頭的宮女看到了紛紛行禮，沈傾苑只是伸手向空氣中，想去接那白雪。

一絲涼意在手心裡傳遞開來，沈傾苑收了手，手心中一小塊晶瑩，白色的菱角很快變得透明，繼而在她的手心裡化為一灘雪水。

不遠處的寶蓮匆匆跑了過來，頭上、肩膀上都是雪，來不及拍下，她就在屋簷下跺了跺腳，怕涼意沖著沈傾苑，遠遠地說道：「娘娘，宮外來了人，皇后娘娘請您過去。」

沈傾苑一怔。「有沒有說什麼事？」

「說是和娘娘一起，商討各宮的一些事宜。」

沈傾苑看了一眼越下越大的雪，點點頭。「讓人備轎，本宮這就前去。」

到了景陽宮，沈傾苑進去的時候屋子裡果真是坐了其餘的三個妃子，皇后坐在最前面，見到她進來，眾人皆是一頓，其中的德妃似笑非笑地看著她。

「皇后娘娘吉祥。」沈傾苑行了禮，走到了一旁坐下，有宮女將冊子送了上來，這是每年各宮各院臨近過年時候要準備的事宜，皇后一個人當然是忙不過來的，四妃各有掌管的事，所以都得一起幫忙才能完成。

「淑妃妹妹對宮中事務都不熟悉，怕是做不好吧，我怎麼聽說，這淑妃妹妹應當做的事，都是李昭儀和王淑容在忙。」德妃怎麼會放過這樣的時候，冷嘲熱諷地說著。

「不熟悉也要慢慢學起來，各司其職，這是妳們的職責。」皇后看神情淡若的沈傾苑，視線飛快地掃了一下她的肚子。「淑妃也得盡快熟悉起這些東西，讓昭儀和淑容做這些，成何體統。」

「是，皇后娘娘，臣妾會將此事辦妥，不會讓娘娘失望的。」沈傾苑懶得理會德妃那姿態，應下了這件事，從景陽宮裡出來。

身後的賢妃追了上來，關切道：「妳若怕做不好，直接和皇后說就是了，這不能逞強，出了差錯到時候，她們肯定得尋妳的不是。」

沈傾苑笑了笑。「姊姊放心，我心中有數。」

賢妃輕嘆了一口氣。「妳想避的，多的是人逼妳去面對，姊姊勸妳一句，在這宮中，斷然沒有遺世獨立這說法。」

皇上頻繁去天賜宮，就算淑妃是個不爭不搶的，也有人盯著看著，怎麼都躲不過。

沈傾苑邁過臺階，轉頭看著賢妃。「姊姊說的我都懂。」

皇后交給各宮半個月的時間，各宮都等著看天賜宮笑話的時候，沈傾苑卻已經把手上的幾件事吩咐下去，很快地完成了。

出乎所有人的意料，沈傾苑是最快把事情辦妥的那個，皇后看著宮人送回來的冊子，始終平靜的神色裡終於也有了一絲崩裂。

她交給淑妃的事情雖少，那也不可能這麼快完成的，可那冊子上順序下來一樣樣、一件件都寫得十分清楚，甚至比她自己來做都要好。

這讓皇后心中燃起一股危機。

若是個沒腦子的，皇上的喜歡能持續多久，這陣子過去了就過去了，她一國之母難道還糾結著計較這個？但若是個有心計、有頭腦的，皇上被她蒙騙之下，等她有了傍身的孩子，這後宮還不得被她鬧騰成什麼樣子。

想到這裡，皇后有些坐不住了，把冊子往旁邊一放，即刻差轎去太后所住的壽康宮。

兩天後，天賜宮內，因為皇上昨夜留宿，沈傾苑一大早也被吵醒了，睜開眼看到低頭望著自己的顧溢，沈傾苑身子微僵了一下，隨即朝著他笑了笑，推開他翻個身想繼續睡。

暖盆烘熱的屋子裡，被子下的人露出了半邊香肩，顧溢眼神一黯，伸手在她臉頰上撫摸了一下，喊道：「傾兒。」

帶著些床氣，沈傾苑翻身過來，捲著被子睜開眼看他，嘟囔了一句。「皇上您再不去早朝就該遲到了。」

顧溢笑了，起身往屋子外走去。

良久，沈傾苑才拉下蒙住臉的被子，睜開眼看了一下那門口，臉上睡意全無，換上的是一抹淡淡的疏遠。

寶珠見她醒來，命人進來伺候。

吃過了早膳，沈傾苑正準備去景陽宮請安，陳嬤嬤領著一個年紀頗大的老嬤嬤進來，說是太后娘娘請她過去。

就是對這些東西都不關心，沈傾苑也覺得不對勁了，先是皇后，沒過幾天，再是太后。

她不是沒看出來皇后想故意刁難她，又不想做得太過分，所以分配的事情上只那麼幾件，只是她們都沒料到，她在沈家的時候不只幫著娘一起管家，還跟著爹一塊兒做生意，這些對她來說都不是難事。

所以說，一回不能讓她難堪，如今是要太后出面了嗎？

沈傾苑看著那嬤嬤，笑了笑，換了一身衣服，帶著陳嬤嬤和寶珠兩個人跟著那嬤嬤去了壽康宮。

壽康宮內安靜得很，沈傾苑進去，在裡面不只見到了太后，還見到了皇后。

難怪她連請安都不用了，皇后都在這裡，景陽宮內還能有什麼人。

太后看著這個美貌不算是最出色的女子，對皇后所說的話有了幾分信服，皇上出巡帶回來的女子，不是個簡單的。

太后看著她問道：「淑妃家在金陵，進宮也有半年了，可想家嗎？」

沈傾苑摸不準此番召她前來到底是什麼意思，太后這麼問，她就如實回答：「臣妾從未離家這麼遠，自然是想家。」要是能回去才好呢。

「淑妃家中有兩個兄長，這孩子也不小了吧，有沒有想過讓他們前來洛陽，這樣妳也能時常召見他們進宮，解解思念。」太后臉上帶著一抹笑，可在沈傾苑看來，那笑裡沒有半分善意。

沈傾苑聽出了太后的意思，直接回道：「沒想過，他們在金陵挺好的。」

「淑妃如今已在宮中，就沒有想過要照拂一下沈家？」

「該有的皇上已經給沈家了，不是沈家的也無須奢望，多謝太后娘娘關心，臣妾的爹娘、兩位哥哥，以及一家眾小，都沒有想要來洛陽的意思。」

再問下去就是擺在檯面上的東西了，何必拐彎抹角？不就是怕她恃寵而驕，要求皇上抬舉沈家，給沈家更多。

太后看了皇后一眼，皇后接話道：「淑妃在宮中有所不知，這放在金陵，還不如讓他們前來洛陽，否則若是仗著皇家做出點什麼事來，損的可都是淑妃的顏面。」

沈傾苑的神情頓時冷了下來，她抬頭看著太后和皇后。「太后娘娘，您有話直說，不必拐彎抹角。」

「放肆！」太后身後的一個宮人斥了沈傾苑一聲。「竟敢對太后無禮！」

沈傾苑嘴角揚起一抹不屑。「這也算無禮的話，敢問太后娘娘，皇上當日一道聖旨要我入宮，沒有詢問過我爹和我，完全不顧我已經訂親的事，這算不算是無禮？」

「淑妃！」皇后喝斥道：「不論當初妳是怎麼進宮了，進了宮就要守規矩，豈能對太后娘娘無禮？」

沈傾苑沒有說話，只是臉上的那一抹無所謂已經將她要說的都表現出來了，她進宮來還不夠守規矩嗎？如今這麼叫她過來，又是套話又是提起沈家的，想威脅什麼？

「妳就不怕妳的一言一行直接會影響到沈家的存亡？」被人挑戰威嚴，太后的臉色也不太好，一個小小商賈人家的女子，能入宮已經是天大的恩賜了，竟然還敢在自己面前肆無忌憚地說話。

沈傾苑笑了。「太后娘娘，妳們除了會用沈家威脅我之外，還能有別的法子嗎？」

在場的人神色都變了，沈傾苑卻繼續說：「妳們最想要的，就是我最不屑的，我壓根兒不想進宮，不想做這淑妃，更不想在那天賜宮中陪皇上，我想回金陵去，過我自己的生活，妳們可願意放我走了？」

「如今我留下來了，遵守宮規，沒給妳們惹什麼事、添什麼麻煩，待在我的天賜宮中，妳們又嫌我礙眼了，又拿沈家出來威脅我，進宮的時候拿沈家壓著我，如今又拿出來，太后娘娘，這就是皇家的作風，這就是天下百姓最敬重的皇家！」

「妳不配生下皇嗣。」太后見過這麼多大風大浪，對沈傾苑的話沒有多大的反應，淡淡地回她。「留妳下來，是因為皇上喜歡妳，只要妳不惹是生非，乖乖待著，妳和沈家都不會有事，哀家也是說到做到的。」

終於是說到了點上，皇嗣問題。

沈傾苑看了一下四周，視線定格在太后旁邊一個嬤嬤身上，她的手上，正端著一碗湯藥。

她直接站了起來，幾步走到了那嬤嬤身邊，端起那碗。「我說過，妳們擔心的，恰恰是我最不想要的。」說完，沈傾苑張口把那一碗藥全喝了下去。

苦澀的味道在口腔裡蔓延，沈傾苑被嗆出了淚，放下碗抹了下嘴，她看著太后。「妳們滿意了嗎？」

沒有逼問，沒有反抗，這麼乾脆地喝下了藥，她這樣的舉動倒是讓太后怔了怔，她是真的不想要懷上皇上的孩子。

「如果沒別的事，臣妾告退！」沈傾苑忍著胃裡席捲而上的一股難受，朝著太后和皇后行禮，轉身就往外面走去。

沒走兩步，門口那兒傳來了聲音——

「皇上駕到！」

太后直接站了起來，看著那抹身影匆匆進來，不是朝著她們，而是朝著那正走出去的人。

沒等皇上說什麼，走了一半的沈傾苑忽然身影一跌，暈過去了……

顧溢趕緊抱住向他傾倒過來的沈傾苑，看著她慘白的臉，聞到她嘴邊瀰漫的藥味，抬起頭，目光凌厲地看向皇后。「妳們給她喝了什麼！」

見她們都沒回答，顧溢直接將沈傾苑抱了起來，對著身後的太監吼道：「快請太醫！」

屋外是紛紛揚揚的大雪，顧溢似乎是忘了有軟轎這東西，腦海中只聽見懷裡的人一聲聲痛苦的呻吟。

「沒事了，朕來了，沒事了……」低頭看著她深皺的眉頭，顧溢加快了腳步安慰著。

趕到了天賜宮，皇上已經是雙臂虛脫，太醫緊隨而至，沒多久，從壽康宮過來的皇后也到了。

見皇上一身的雪都沒清理，皇后命人給皇上取了衣服過來，顧溢也只是冷冷地瞥了她一眼，沒有要她伺候的意思。

「皇上，太醫已經在了，您還是趕緊換一身衣裳，龍體為重啊。」

顧溢直接拂開了她的手。「妳和母后到底給淑妃喝了什麼！」

皇后臉上神情一滯，太醫早晚都會診出來結果，她不說，反倒像是故意隱瞞，於是皇后和聲解釋道：「為了朝堂安穩，淑妃自請喝下絕子湯。」

「絕子湯！」顧溢眼底一寒，瞪著皇后。「妳們逼她喝絕子湯！」

皇后即刻跪了下來。「皇上明鑒，太后娘娘與臣妾並沒有逼迫淑妃。」她們是沒有逼迫，她們來不及逼迫，淑妃就已經自己把絕子湯喝了。

內屋的門開了。

太醫走了出來，直接跪在皇上面前。「皇上，淑妃娘娘喝了絕子湯，孩子保不住，小產了。」

顧溢還沒從前一個消息中緩過來，太醫的話又讓他震撼了一下。「你說什麼？」

太醫戰戰兢兢地重複了一遍剛剛的話，忽然眼前閃過一抹黑，一旁跪著的皇后直接被皇上給踹倒在地上。

屋子裡頓時混亂一片。

顧溢看了一眼屋子裡，雙眸發紅地瞪著皇后。「謀害皇嗣，朕要廢了妳！」

皇后剛剛被扶起來站穩了一些，聽到他這麼說，頓時腳下癱軟，險些又摔在地上……

廢后的消息一出，整個朝野都震驚了。

太后和皇后一碗絕子湯本是要讓淑妃不能生，誰想淑妃已然有身孕，絕子湯下去直接令淑妃昏厥小產，險些性命不保。

但就算是淑妃小產，朝中大臣也不可能讓皇上廢后，太后更是一力承擔下所有，說這避子湯就是她安排的。

眾人沒有想到皇上如此看重淑妃，本是賢明的皇上唯獨在這件事上沒有絲毫讓步，朝中大臣深以為這個淑妃就是個禍害，能擾亂君心的人怎麼能讓她好生待著，結果皇上動不了皇后，直接拿了其中一個上奏的官員開刀，將過去暗衛收集來的證據放在了朝堂上告知眾人，沒給任何求情的機會，直接把那官員定罪，摘官流放。

這下子，連著那些上奏的官員都怕了。

忠臣歸忠臣，可誰家背後沒有點骯髒事，他們哪裡知道皇上嘴上不說，暗地裡對這些事都掌握得一清二楚，就像現在這樣，隨時都可能拿出來定罪。

這一些朝中發生的事，沈傾苑都不知道。

她只記得自己作了個很長很長的夢，夢醒了之後，她被晉封為了皇貴妃，尊貴程度僅次於皇后。

而後，她知道了自己失去了一個孩子，太醫診斷，今後無法生育的事實……

沈傾苑這一病，直到二月開春，天氣回暖才慢慢好起來，懷著身孕喝下藥性這麼重的絕子湯，直接把她的身子弄垮了，養了兩個多月才稍微好一些，頂著皇貴妃的頭銜，她不需要去景陽宮請安，也再也沒有人敢來她這裡尋事。

皇上為了她，連朝臣都要殺，皇后都想廢，還有誰嫌自己活膩了要來找麻煩。

皇貴妃不能生，不會有孩子威脅皇位繼承，再者身子懨懨的，從來不主動生事，朝中諸位大臣也就沒再提起過這件事。

天賜宮內，沈傾苑靠在太妃椅上，側頭看窗外的景色，聽聞有人走進屋子的聲音，輕輕地道：「春天到了。」

一隻手附上了她的肩膀，略帶清冷的聲音響起。「是啊，春天到了。」

沈傾苑回頭想要起身行禮，顧溢壓住了她肩膀，把她按了回去。「躺著吧。」

陪著她一起在窗邊坐下來，顧溢看著她略帶蒼白的臉，心中忽然湧起了一抹悔意，不到一年的時間，她在自己身邊，竟然過得這麼不如意。

沈傾苑感受到他的視線，轉頭過來看他。

顧溢微微一怔，隨即握住了她放在身上的手，笑問道：「這月分還不算春，到了四月，妳身子好一些了，朕帶妳去踏青。」

離不開皇宮，出去一遭又要回來，對沈傾苑來說並沒有什麼區別，但是聽聞皇上那有些期許的口氣，她笑了笑，點頭答應。「好。」

顧溢看著這一抹虛弱的笑意，心中無數的感慨，轉頭往向窗外，嘆息道：「朕知道妳恨朕。」

沈傾苑沒反應過來他忽然轉變的情緒，微微一怔，顧溢回頭看她的時候，臉上已經滿是笑意。「但即便妳恨朕，朕也要將妳留在朕的身邊。」

沈傾苑在他的眼底看到了一抹近乎瘋狂的執著，就像她內心執著想回去金陵一樣。

「為什麼要留我下來？」她問出了一直想問的。

「因為妳不一樣。」顧溢伸手摸了摸她的臉，眼底染上了眷戀。

「因為妳和宮中的這一群女人都不一樣，妳和朕一樣，與她們不同。」顧溢繼續說，握著她的手緊了幾分。「她們想要的東西，朕都不屑。」

一個明君說出這樣的話，似乎有些不合情理，沈傾苑安靜地聽他說著，並不出聲打斷。

顧溢心裡彷彿壓著無數的埋怨，就好像他從來都不想屬於這宮殿，他不屑江山，不屑皇位，但江山是他的，皇位也是他的，無數人虎視眈眈地盯著他的位置，十幾年來他恪守職責，做一個母后心中所期望的好皇上，為天下黎明百姓，做一個群臣所認同的明君。

「妳以為那群女人都是真的喜歡朕嗎？她們喜歡的是朕身後的椅子，想著法子生下皇子，然後就可以去爭這個位置，她們的野心大著呢，口中說著什麼都不想要，心裡卻什麼都想要。」每一個妃子都有接近他的目的，他厭倦了。

「把妳帶進宮來是朕的私心，朕只是希望有個人能陪著朕，她和朕一樣對這一切都不屑，和朕一樣覺得離開這裡比待在這裡自由。」顧溢說著望向了沈傾苑，當日看到她那一雙眸子的時候，他就認定了要她陪在自己身邊，一個人的皇宮太寂寞了，他想有個人陪陪他。

沈傾苑默然。她不知道說什麼，更不知道如何去釐清這情緒，她眼底的皇上就像是一個可憐蟲一樣，一個沒人真心愛、真心關懷、真心在意他想法的可憐蟲。

他被這江山社稷壓得喘不過氣，他不能丟棄，只能繼續扛著。

但這一切，並不能成為他不顧她的意願，將她強行帶進宮的理由啊！

一個承載了萬民願望的帝王，用這樣卑劣的手段把她帶進來，如今卻要求她不計前嫌地包容他、陪伴他，她做不到。

「朕知道妳恨朕，怨朕。」顧溢定定地看著她。「但朕希望有一天，妳會消除了這些怨恨，接納朕，陪著朕走完這不長的人生，朕答應妳，不會有任何人去插手沈家的事，也沒任何人會來打攪妳。」

滿是誠懇的話語，沈傾苑沒法回答，她輕嘆了一口氣。

外頭太監有事稟報，顧溢親了親她的額頭出去了。

過了良久，寶珠走了進來。「小姐，皇上走了。」

沈傾苑睜開眼。「寶珠，他竟然會說那樣的話。」

寶珠走到她身旁，跪了下來，拉高蓋在她身上的被子，輕聲道：「小姐，寶珠知道您心裡過不去那道坎，也恨皇上將您就這麼帶進宮來，但皇上他，是真的對小姐您好。」

沈傾苑偏過頭來看她，像是在敘述一件事實。「嗯，他是真的對我好。」真的對她好，給她所有想要的，唯獨不能給她自由。

「小姐您不能永遠帶著這些過下去，您會很累的，皇宮險惡，您就算是把皇上推遠了，也離不開這皇宮，您想想老爺，想想夫人，他們若是知道您過得不好，該多心疼。」寶珠含淚求著她，就算是再厭惡這個地方，也得好好活下去。

沈傾苑伸手擦去寶珠臉上的淚，笑了。「哭什麼，我又沒說想死，死多容易，這皇宮中想我死的人多了，可我偏偏還活著，我不要的，卻是她們怎麼奢求都奢求不到的，妳說多可笑。」

寶珠握住了她的手。「小姐，您能這樣想自然是再好不過了！」

沈傾苑搖搖頭，她不會想去死，可是這樣的生活，早晚有一天，她會在內心兩股力量的糾葛之下，疲憊而死，而她倒寧願是死了，乾乾淨淨，什麼都忘了……

時間過去得很快，一年，兩年，五年，別說後宮佳麗，就連沈傾苑都覺得不可思議，皇上為什麼還一如既往地對待自己，甚至是一年比一年得好。

正是這長達五年的盛寵不衰，讓這後宮不再對她有任何的質疑。

一個女人有多少年的青春，在這皇宮中上了二十的年紀，還沒有過孩子的，甚至一年到頭有半年的時間都是病懨懨的，竟還能這麼保持榮寵。
當初皇后就是因為一碗避子湯，現在都還遭皇上冷待，天賜宮的主人，沒人敢惹。
按理來說，沈傾苑的身子應該是越養越好，宮中有最好的太醫，用的都是最名貴的藥，可她的身子卻是日復一日地憔悴下去。
沈傾苑很清楚這到底是為什麼，她的心日復一日地在死去，身體如何能養得好？
屋外陳嬤嬤走了進來，輕聲稟報。「娘娘，皇上那兒差人來問，後日出去遊湖可好？」
沈傾苑從思緒中拉回了神，陳嬤嬤身後跟著一個弓著身的太監，她點了點頭，陳嬤嬤帶著那太監退出去了。
兩日後，皇上帶著沈傾苑出去遊湖。
正值四月，洛陽城的春天，比當初沈傾苑初來洛陽時還早一些，站在遊船上，沿岸的風景都非常美。
五年來，每年皇上都會帶她過來，出了皇城，沈傾苑是真的開心，不論這些景緻重複看多少次，她都覺得美麗。
顧溢不要人服侍，親手拿了衣服給她披上，就像是很尋常的夫妻一樣。
沈傾苑一手扶上欄杆，往下望去，行進的遊船帶出了一片的浪花，泛著漣漪向岸邊飄去。
「關太醫說妳的身子好了不少，今天朕帶妳去一個地方。」顧溢的心情也不錯，拉著她回了船艙，有宮女送上來新鮮時令的水果。

「好啊。」沈傾苑笑了。

過了半個時辰，船開到了一座小島上，顧溢拉著沈傾苑下船，走過一片不大的樹林，迎面而來的是一座不大的府邸。

身後的太監前去開門，走進了院子裡，顧溢回頭看她，朗笑。「喜歡嗎？」

沈傾苑怔了怔，視線緩緩地掃過眼前的屋子，眼神裡多了一抹悸動，就連被顧溢握著的手都有些發顫。

這熟悉的假山，熟悉的屋子，熟悉的樟樹，熟悉的鞦韆，這一切，怎麼看上去都這麼熟悉。

「喜歡嗎？」顧溢再次問道。

「這些……」沈傾苑看向他，有些不敢置信。

「怎麼，連妳以前住過的院子妳都不認識了？」顧溢看著她臉上泛起的光芒，笑了。

她怎麼可能不記得？無數個夜晚作夢都夢見回去的那個家，那個院子，她的屋子，眼前的這一切，就好像是在夢中一般，又這麼真實，這些的一切，和當初她離開時候的院子一模一樣。

「皇上，這是您派人造的？」沈傾苑走到鞦韆旁，這鞦韆上的木塊都打磨得帶著舊意。

顧溢跟著走了過去，環顧了一下四周。「朕派人去了金陵，偷偷潛進沈家，畫了妳住的院子，回來找了這地方造起來的，喜歡嗎？」

她當然喜歡。

沈傾苑點點頭，眼底有些濕潤，好像真的回到了金陵，回到沈家了。

顧溢心疼地替她擦了眼淚，溫和道：「不進去看看？」

沈傾苑猶豫了一下，邁向那被人推開的大門。

屋子裡的陳設和記憶裡的一模一樣，沈傾苑甚至覺得，這就是她住了十幾年的地方，仿造的桌子、椅子從顏色上都力求一致，就連梳妝檯上放著的首飾盒腳有個缺口都一樣。

這時候說不感動是假的，屋子可以仿造，院子裡的假山鞦韆可以仿造，但屋子裡細緻到花盆首飾這些東西，仿造起來就要耗費許多精力，雖然不是皇上動的手，卻是他的心意。

沈傾苑回頭看跟進來的人，由衷道：「謝謝。」

那是最真實的感謝，顧溢多日來抽空就檢查圖紙進度，廢寢忘食的行為都得到了撫慰，他拉起她的手，在屋子裡看了一圈，笑道：「沒想到愛妃也喜歡收集這些。」

一旁的架子上擺滿了沈傾苑當年跟隨沈老爺子出去買回來的東西，瓷器玉石、擺件玩物通通都有。

沈傾苑拿起其中一件，雖然知道它是仿的，還是很開心。「這是臣妾的父親出海後給臣妾帶回來的。」沈傾苑抬起頭，看著放在架子高處的珊瑚。「那是大哥送的。」

猶如回到了當年，沈傾苑帶著顧溢參觀起她的院子，從這個屋子走到那個屋子，沈傾苑看著每個東西都要說上幾句，顧溢不厭其煩地聽著。

走到了最後一間屋子，沈傾苑看著放在架子上還沒卸下來的繡布，那上面，原來應該要繡一對鴛鴦的，如今只繡了一隻，針包還放在一旁。

沈傾苑伸手摸著那沒繡完的布，回頭對顧溢笑道：「這東西還是娘逼著我繡的，說女兒家什麼都能不會，針線活不能丟人。」

從屋子裡出來，沈傾苑再度看這院子，忽然不想回宮了，身後的顧溢跟了上來，沈傾苑走到鞦韆旁，懇求地看著他。「能在這裡留一個晚上嗎？」這樣熟悉的場景，這裡的一切，她都不想這麼快離開。

顧溢走過去將她輕輕按在鞦韆上坐下，人站到她的身後。「今晚就留在這裡。」

免了一日的早朝，顧溢在這裡陪了沈傾苑一天，所有的侍衛都待在院子外，入夜的時候，沈傾苑還親自下廚給他做了吃的，雖然五個菜裡面有三個是糊的，最後還是帶來的御廚給他們煮了夜宵填飽肚子，但沈傾苑都是一路笑著過來，從來沒有過得如此開心。

沈傾苑靠在顧溢的懷裡，兩個人坐在屋簷下的走廊，抬頭望去就能看到皎潔明月，周遭林子裡傳來清脆的蟲鳴，伴隨著清風，一切都來得這麼愜意。

「謝謝你。」半晌，沈傾苑望著被烏雲遮蓋了一半的明月，輕輕道。

顧溢伸手摸了摸她的長髮。「朕無法滿足妳心裡最想達成的事，只能盡力去做，以後妳可以常常來這裡。」

沈傾苑放在他身後的手慢慢地環了上來，放在他的腰上。「不用常常來。」常來就會發現這裡的一切都不是真的。

「這也是朕想要過的生活。」顧溢鬆開了抱著她的手，走到院子裡，負手站在那兒，抬頭看天空。「朕也想有一天離開這皇宮，過上自由的生活，日出而作，日落而息。」沒有早朝，沒有繁瑣的國家大事，不用應付那一群女人，簡簡單單。

「那是皇上從沒有過上那樣的日子，所以心中的執念才會那麼深。」沈傾苑搖搖頭。「日出而作，日落而息是自由，但其中的疾苦又豈是坐在高位上的人能夠感覺到的？皇上，您沒有體會過那一枚銅錢掰成兩半用的生活，也沒有體會過米缸裡僅剩一勺米，吃完了這頓沒了下頓的日子，您只是在那個位置上累了，所以才會渴望自由的日子。」

人總是這樣，對沒有得到過的東西幻想得美好，急著想要掙脫如今的束縛。

顧溢笑了。「朕雖然沒有體會過那種苦日子，但朕嘗過那種人情冷暖，朕曾經陪著朕的母后在冷宮之中整整待了三年。」比起來，他寧願過那樣的苦日子。

沈傾苑微微一怔，她從沒聽他說起過這樣一段過去。

顧溢把她拉到了懷裡。「那三年幾乎佔據了朕的童年，四歲那年，母后被人陷害，關入冷宮，為了不讓人迫害朕，母后求先皇把朕也帶進去了，三年的時間裡，朕體會到了這輩子所有的輕視，就是一個看門的小太監都能嘲笑母后和朕，冷宮的日子，比妳口中那些苦日子還來得更可怕，所以裡面很多人都瘋了。」

自古一個皇位之下藏著多少人命，顧溢最後走上那個位置，並不是一路順風順水的。

「在冷宮中，朕就想離開，離開皇宮。」顧溢低頭看她，看著她眼底的擔憂，笑著在她額頭落了一吻。「可等朕從冷宮出來，一步一步走上那個位置的時候，朕發現，離開皇宮變成了遙遠的夢，朕肩負的責任太多了。」

「皇上是一位難得的明君。」沈傾苑很中肯地評價，他甚至比先皇做得還要出色。

「所以。」顧溢放低了聲音。「朕真的很可憐。」

沈傾苑聽到他忽然轉變口風的低喃，想要掙脫他，身子卻被他給抱緊了，耳邊傳來他的懇求聲——

「朕這麼可憐，所以妳別離開朕，一直陪著朕，好不好？」

沈傾苑身子一顫，她想說好，想答應他，可那個好字卻怎麼都說不出口，到了嘴邊都說不出來。

良久，沈傾苑聽到他長長的嘆息聲……

他們待到了第二天中午才回去，回到皇宮的時候已經是傍晚，把她送到了天賜宮後，皇上就回去處理這兩天積下的公務，到了晚上都沒過來。

這個晚上沈傾苑失眠了，她翻來覆去睡不著，腦海裡一直是皇上求著她說的話。實在睡不著，沈傾苑乾脆起來站在窗邊看著屋外。

寶蓮聽到動靜進來看，見她站在那兒拿起一件外套給她披上。「小姐，怎麼不睡？」

「只有在妳和寶珠喊我小姐的時候，我才覺得自己還是那個活在金陵沈家的大小姐。」沈傾苑一直覺得這裡陌生，因為她從來沒把這裡當成自己的家，所以沒辦法融入進來。

「小姐。」寶蓮輕輕地喊了她一聲。「您永遠都是沈家大小姐。」

沈傾苑笑了，回頭看著她。「如果不進宮，妳和寶珠兩個人現在都嫁人了。」

寶蓮替她拉緊衣服。「小姐說什麼呢，我們兩個都是要永遠陪著小姐的，小姐去哪，我們就去哪。」

「要是有一天我死了呢？」沈傾苑認真地看著她問。

寶蓮拉著她衣服的手一頓，仰起頭對沈傾苑笑著說：「那咱們就去給小姐守墓，在小姐的墓地旁邊建一個屋子，小姐您這麼怕無聊，沒有我們，您可怎麼辦呢。」

「妳胡說什麼，誰要妳們守了！」沈傾苑瞪著她喝斥。

寶蓮把她拉到床邊坐下。「所以啊，小姐您得好好活著，怎麼老說死不死的，多不吉利，您活到我和寶珠都走不動了，咱們也就沒那力氣給您去守了。」

沈傾苑噗哧一聲樂了。「好啊，妳們也威脅起我來了。」

寶蓮陪著她坐下來。「我怎麼會威脅小姐，小姐好好活著，就是我和寶珠最大的心願，皇上對您的心意就連我們都看得分明。小姐，就算皇上把您帶進宮的方式不對，這些年過去了，您該放下的就放下吧！這麼揪著，最終累的只有您自己。」

沈傾苑搖了搖頭，躺在床上。

不是她要為難自己，而是她始終無法過去心中那道坎，這不是她想要的生活。

寶蓮見她閉上眼要睡覺，替她蓋好了被子，輕輕退了出去……

接下來的日子裡，平均每隔幾個月顧溢都會帶沈傾苑出去一趟，去那個院子坐坐。一年一次收到沈家的來信，沈傾苑能從出宮的太監口中得知關於沈家的一些事，家裡添了新丁，沈老爺子身體如何。

時間又一年一年過去，在身子不好不壞中，沈傾苑以為日子就是這樣繼續下去了，一個意外徹底擊垮了她的身體。

先是得知沈夫人其實幾年前就已經去世了，只是沈老爺子一直瞞著沒有告訴她。再後來沈傾苑發現她月事遲了，請太醫過來把脈，剛剛確認是喜脈的當天晚上，沈傾苑大出血，性命垂危。

天賜宮內燈火通明，就連太后娘娘那裡都驚動了。

顧溢趕到的時候，數名太醫在屋外束手無策。「到底是怎麼一回事！」診斷出喜脈才幾個時辰，一下就大出血，他還準備忙完手上的公務就過來看她的。

太醫們跪在地上都不敢說話。「皇上，貴妃娘娘早年喝了絕子湯，身子早已經受損，理應不會再有身孕，這番有喜也是奇蹟，貴妃娘娘這些年來身體一直不好，這身子不足以留住孩子，再加上貴妃娘娘剛剛受了沈夫人去世的打擊，所以才會大出血。」

「朕不需要你在這裡給朕解釋原因，朕是要你告訴朕，貴妃她現在怎麼樣了？」顧溢看著他們怒斥。

適才說話的太醫，身子抖著繼續道：「貴妃娘娘恐怕……恐怕時日不多。」

「廢物！」顧溢一腳踹向了那個太醫，推開攔在門口的嬤嬤直接衝進裡面的屋子，寶珠和寶蓮兩個人跪在床邊哭著，屋子裡瀰漫著一股尚未散去的血腥味。

寶蓮一看顧溢來了，跪著朝他磕頭。「皇上，求您救救娘娘，求您救救娘娘，奴婢給您磕頭了，求您救救娘娘。」

顧溢推開了她，一步一步地走向床邊，床上的人沒有絲毫血色，臉色蒼白躺在那兒，眼睛微張地看著他，還硬是要擠出一抹笑來。「皇上，臣妾怕是要走了。」

「妳敢死，妳敢死朕就讓這兩個丫頭都給妳陪葬，朕就讓整個沈家的人都給妳陪葬，妳敢走試試。」顧溢在床邊坐了下來，怕弄疼了她，拉起她的手，滿臉陰狠地威脅她。

沈傾苑輕笑著。「都這麼多年了，您怎麼還喜歡拿這個威脅臣妾，那麼多人，您不怕殺得麻煩，臣妾都嫌墓裡太擠。」

「不要說話，妳不會死的，妳會好好活下去。」顧溢看著她的笑臉，紅了眼眶。「妳不想他們為妳陪葬，就好好活下去。」

「顧溢，我累了。」沈傾苑直接喊了他的名字。「陪了你十幾年了，我都老了，知足吧。」她為他停留了十幾年，還不夠嗎？「我娘去世，我都沒來得及見她最後一面。顧溢，你知道我心裡有多少恨嗎？」

「不要再威脅我了，我累了。」沈傾苑看著他，淚水從眼角滑落。

顧溢抓住她要滑下去的手，眼底終於露出一抹焦急。「好，好，朕不威脅妳，妳好好活下去，朕再也不威脅妳了。」

「我怕是撐不下去了，顧溢，你做好你的皇上，我去了也可以找回金陵的路，我死後讓寶珠和寶蓮把我的骨灰帶回金陵吧。」沈傾苑臉上露出一抹解脫，終於可以不用留在這個地方了，終於可以回去金陵。

「妳休想！」顧溢捏緊著她的手。「妳要是死了，我就殺了這兩個丫頭給妳陪葬，我請法師把妳的靈魂留在宮中，妳生陪著我，死也得陪著我，妳休想離開朕半步！」

「你看，你又威脅我了。」沈傾苑吃力地伸出一隻手，摸了摸他的臉。「你怎麼還像個孩子一樣。」

一旁的寶珠和寶蓮兩個人死死地捂著嘴巴，淚水止不住地掉落下來，門口站著的陳嬤嬤她們也都是淚流滿面，聞聲趕來的皇后怔怔地站在那兒，看著她眼中一向威嚴的皇上，如今卻像個孩子一樣在那裡無理取鬧、威脅皇貴妃。

「你知道朕像個孩子，怎麼捨得讓朕一個人。」顧溢俯低身子靠在她的耳邊輕輕說。「妳要是走了，朕就跟著妳一塊兒走，天下沒了朕這個好皇上，沒了朕這個明君，妳可忍心？」

沈傾苑側過臉看他，都老了，他也老了。「顧溢，我是真的累了。」那樣一個仿造的院子，滿足了一時，滿足不了一輩子，她最終還是想要回到那個地方，離開這個皇宮。

「顧溢，我不屬於這裡，我終究是要回去，你讓我失去了我的家人，十幾年都見不到他們，你讓我連我娘最後一面都看不到，都不能送她，你讓我要死在這個我不喜歡的地方，顧溢，你放過我，好不好？」

「妳，竟然這麼恨我。」顧溢看著她閉上眼睛，難以置信。

沈傾苑臉上染了一抹苦澀，她張開眼淚水再度落下，她也不想承認，可他對她好了十幾年。

「如果只有恨那就好了。」她對他的感情太複雜了，那交雜在一起的情感讓她疲憊不堪。

「妳還是愛我的對不對？妳是愛我的。」顧溢眼底閃過一抹竊喜。

「顧溢，你讓我走吧！我太累了，真的太累了。」沈傾苑說完，放在他臉上的手無力地掉了下來。

「不！」顧溢抓住她的手，卻再也叫不醒閉上眼的她。

「你們還不給朕滾進來！」顧溢朝著門口紅著眼吼道，那一群跪著的太醫趕緊跑了進來，顧溢看著他們，霜冷著臉說：「讓她活下去，否則，你們都等著掉腦袋！」

整整五天，皇上五天沒有上早朝，群臣的奏章一封都沒看，整日整日地守在天賜宮，太后勸了不聽，大臣跪在殿外也不接見，瘋了似地守在天賜宮。

太后站在屋外看著守在床邊的皇上，縱使這麼多年，見慣了風風雨雨，看到這樣的情形還是有了觸動，沈傾苑進宮十幾年，太后從一開始的防備到後來的感慨，這樣的女子有著自己兒子愛上她的理由。

但她這麼多年培養起來的皇上，可不能毀在她的手上。

太后讓人把皇上請到了隔壁說話。

過了一會兒皇后到了屋子裡，從門口就能看到躺在床上悄無聲息的沈傾苑，魏氏走了進去。

一旁站著服侍的兩個宮女，看到她進來，跪下來行禮。「皇后娘娘。」

魏氏沒有理睬她們，走到了床邊看著沈傾苑。她就這麼昏迷了五天，整個朝野都為她一個人在紛擾。

「沈傾苑，皇上已經五天沒有早朝了，妳一天不醒過來，皇上就一直留在這裡陪妳，扔下國家大事不管，扔下這天下，就為了妳一個人。」魏氏居高臨下地看著她，即便是蒼白著臉，她都顯得這麼年輕漂亮，魏氏不是沒有嫉妒。

「沈傾苑，妳不能這麼自私，妳有了皇上所有的愛護，妳佔據了皇上十幾年，本宮恨不得妳早就死了，可現在就連本宮都想妳活著，妳還有心的話，妳醒來看看這宮裡，看看這朝野。」魏氏的聲音在屋裡響起。

床上的人毫無反應。

「皇上說要傳位給太子，連詔書都擬好了，說妳一天不醒來，他就在這裡陪著妳。」魏氏定定地看著她。「沈傾苑，妳知足吧，這宮裡多少人因為妳，入宮以來都沒有見過皇上，她們也背井離鄉，她們也見不到家人，她們也有她們的無奈，不是只有妳，這天底下不是只有妳最可憐，最委屈。」

魏氏最終深看了她一眼，轉身離開了屋子。

半晌，床上的人放在身側的手微微動了一下……

三天後，沈傾苑醒過來了。

所有的人都鬆了一口氣，顧溢更是抱著她好久都不肯鬆手，生怕一鬆手，這一切都不是真的。

沈傾苑在他懷裡虛弱地求他。「皇上，閻王讓臣妾回來再陪您幾年，他說，到時候再收回去，您可不能這樣不負責任，不管朝政。」

「再過幾年這天下就該交給太子了，朕也該退位了，朕就陪妳回金陵，朕給妳在金陵造一座行宮。」

「好。」沈傾苑望著他滿是鬍渣的臉，點了點頭。

即便是醒來了，沈傾苑的身子也是一天不如一天，稍微一點風寒都可能要了她的命，她就像瓷娃娃一般，連宮外都出不去。

行宮的事如火如荼地進行中，那似乎成了沈傾苑撐下去的希望，這幾年裡，她竭盡全力地勸服皇上，她太清楚自己的身體了，已經耗盡的身子，支撐不了多久。

在行宮竣工的那一天，沈傾苑說服了皇上讓她一個人回去金陵養身體，她靠在顧溢懷裡，輕輕說：「我們都該知足了，皇上。」

顧溢摸了摸她的頭髮，指尖竟然帶下了她一綹頭髮，顫著聲。「妳答應朕，養好了身子，會回來。」

「臣妾答應您。」沈傾苑與他對視。

儘管他們心裡都清楚，這一別，就是永遠……

半個月後，沈傾苑在白王爺的護送之下，啟程回金陵。

隨行的有數位太醫，以防途中有什麼不測，顧溢站在高高的城牆上，直到那隊伍不見。

經過兩個多月的水路才到了金陵，沈傾苑住進修建在金陵的行宮，在一個深晚裡，沈老爺子被秘密接進了行宮。

父女倆二十多年不見，再見面的時候，竟然是女兒即將病逝的時刻。

「傾兒。」沈老爺子看著躺在床上的沈傾苑，老淚縱橫。

寶珠扶著沈傾苑起來，沈傾苑朝著沈老爺子虛弱一笑。

「爹，我回來了。」她終於撐到回來了，金陵的天，金陵的空氣，她的家，她的親人。

沈老爺子留在行宮的這幾天，就像是迴光返照一般，沈傾苑竟能站起來和沈老爺子一起散步，吃飯，聊天。

寶珠和寶蓮兩個人夜裡都偷偷地抹淚，白天強笑著陪著他們。

沈傾苑和沈老爺子交代著遺言。「爹，記得替寶珠和寶蓮兩個人找一戶好人家嫁了，我給她們留了嫁妝，我給世瑾和世軒也留了東西，還有那幾個小傢伙，雖然沒有見過他們，我記得我去洛陽的時候世軒才幾歲啊，如今孩子都這麼大了。」

沈老爺子抱著她，已經哽咽得說不出話來，只是一味地點頭，不遠處的白王爺看得心底一酸，扭過頭去不再看屋子裡。

半晌，屋子裡傳來寶珠和寶蓮的哭聲，夾帶著沈老爺子的痛喊，沈傾苑永遠地閉上了眼睛。

在沈老爺子到行宮的第七天，沈傾苑滿足地在他懷裡去了。

消息傳回了洛陽，一夜之間，顧溢白了頭髮，三日之後，他宣旨退位給太子，搬進了天賜宮，兩年之後，先皇駕崩……

字裡行間・溫柔情懷
親情愛情・動人至極
蘇小涼
超人氣點閱好戲登場!!

嫡女難嫁

全套四冊

前世如同作了一場噩夢，
夢中就算再痛苦、再淒慘，她如今都醒了……
既然重生，
她要改寫所有的悲慘遭遇，終結嫁錯人的所有可能！

文創風 177 1

金陵商家大戶楚家嫡長女楚亦瑤，
家道中落，家業被奪，連夫婿都有人眼紅著要分一杯羹。
她人生慘敗到連老天都看不過眼，於是讓她重生回到過去，
既然讓她重活一次，她勢必要保住楚家，
就算三次說親都嫁不成又如何、就算未婚夫婿被搶又如何？
就算做個人人眼中的拋頭露面、不像名門閨秀的女子又如何？
那些閒言閒語她都不在乎，只要能活得不再憋屈，一切都值得了……

文創風 178 2

那個從小跟她有口頭婚約的男人，
既然三心二意被二叔的大女兒勾引走了，
她也瀟灑地看得很開；那種意志不堅定的男人，不留也罷！
倒是那個找上她說要合夥開鋪子做生意的沈世軒，
幾次交手，她也得了不少好處，教她願意多費些心思跟他周旋，
畢竟嫁人哪有做生意賺銀兩來得重要……

文創風 179 3

為什麼非要她嫁人？就算要嫁，她也絕不嫁那個曹家的惡霸！
偏偏面對曹家的威逼恐嚇及處處打擊楚家商行，
重生以來她小小肩膀承擔的所有壓力擊垮了她，
病得迷迷糊糊中，她聽見有個男人對她說──
她不會嫁給姓曹的，也不會像上輩子那樣再嫁入嚴家，
她不會像上輩子那樣傷心難過，並保證她以後一定會過得很好……
這輩子她嫁的人，一定不會負了她……
她希望聽見的承諾不會只是作夢……

文創風 180 4 完

從第一次跟他相遇開始，直到嫁他為妻，彼此坦誠心中隱藏的秘密，
這一切都應了姻緣籤詩上寫的那句話，他與她是彼此的「同是有緣人」。
如今楚家的家業她已放心地交託出去，她安心當她的二夫人，相夫教子，
暗暗地賺她私人置辦的鋪子、添她的私房嫁妝，日子倒還算是愜意。
只是她不惹人，偏偏大房那兒時不時就來招惹，
為了過得安心，做夫君最強力的後盾，
她夫人當自強，任誰都別想欺負算計到她這一家子頭上！

步步為營，活出自己的一片天／紅景天

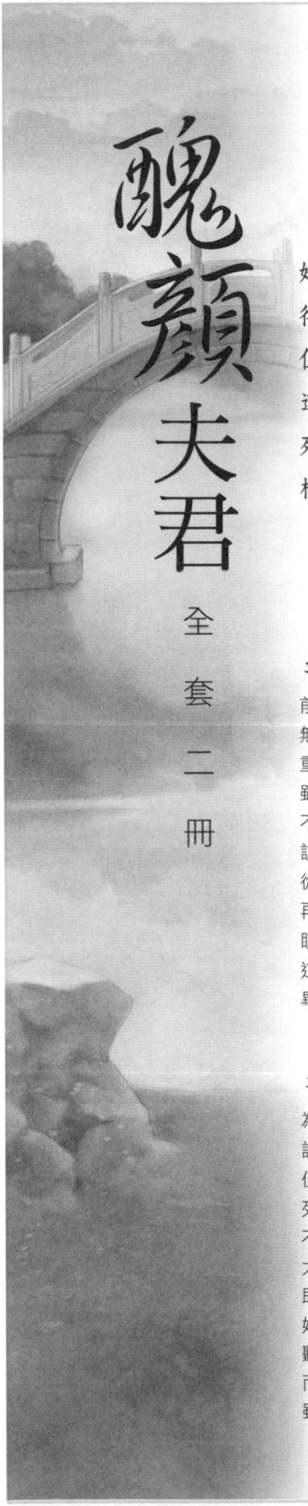

醜顏夫君

全套二冊

她若想平安出府，太出挑了不行，
得防著上頭的主子，畢竟她長得不差；
但若表現太平庸，也只有被人欺辱的分，
這樣憋氣地活著亦非她的本意。
死過一回的她早已看得通透，
樣貌醜陋不算什麼，可怕的畢竟是人心啊……

文創風 148 上

前一世，楊宜極為艱辛才成為了童家二少爺的姨娘之一，
無奈手段不如人，被人誣陷通姦，最終丟了性命，輸得一場糊塗，
重生後，她才驚覺這一切有多不值得，並發誓此生絕不重蹈覆轍。
雖然一樣被賣進童家為奴，但這回她謹守本分，整個人低調到不行，
不料她的沈著表現仍是引來上頭的關注，欲將她分派到二老爺身邊，
說起這位前世她該喚一聲「二叔」的二爺，她多少是知道一些傳聞的，
從軍的二爺童豁然長得高大魁梧，一張臉實在稱不上好看，還常嚇哭人，
再加上他前後兩任未婚妻都沒入門就死了，因此他無端扛上剋妻的惡名，
眼看他的哥哥、姪子們妻妾如雲，他卻仍是孤家寡人一個，常年駐守外地。
這麼個人人懼怕、避之唯恐不及的主子，她卻是極樂意前去侍候的啊，
畢竟，若能順利被他留下，她就能逃離這座曾葬送她一生的童府了……

文創風 149 下

為了救人，她家二爺本就欠佳的容貌又意外地留下一道醜陋的疤，
說實話，在講究白皙俊雅書生氣的當世，二爺那張粗獷的臉可以說是極醜的，
但她看久了，便也覺得順眼了，甚至連他臉上的那道疤也不再害怕了，
死過一回的她早已看得通透，樣貌醜陋不算什麼，世上最可怕的還是人心，
不過這樣的臉再加上那剋妻的傳聞，想討房門當戶對的媳婦，很難，
尤其身為次子的他又不能繼承爵位家業，會看上他的千金小姐就更少了，
即便如此，這樣外冷心善的二爺仍是她楊宜無法高攀的對象，
她欣賞他、關心他，卻自知配不上他，不料，二爺竟開口要她下嫁？!
聽到她說不為人妾，他立即承諾娶她為妻、絕不納妾，還肯讓她考慮幾日！
而後，她意外得知他曾費心算計她的追求者，說明了他心裡確實有她，
雖說手段不很磊落，但她心底卻充滿了甜意啊，這樣好的夫君，她能不嫁嗎？

文創風
180

嫡女難嫁 4 完

國家圖書館出版品預行編目資料

嫡女難嫁 / 蘇小涼著. --
初版. -- 臺北市 : 狗屋, 民103.04
冊 ; 公分. --（文創風）
ISBN 978-986-328-282-2（第4冊 : 平裝）. --

857.7　　103005311

著作者　蘇小涼
編輯　王佳薇
校對　黃鈺菁　曾慧柔
發行所　狗屋出版社有限公司
地址　台北市104中山區龍江路71巷15號1樓
電話　02-2776-5889～0
發行字號　局版台業字845號
法律顧問　蕭雄淋律師
總經銷　知遠文化事業有限公司
電話　02-2664-8800
初版　103年4月
國際書碼　ISBN-13　978-986-328-282-2
原著書名　**《嫡女难嫁》**，由北京晉江原創網絡科技有限公司授權出版

定價250元
狗屋劃撥帳號：19001626
網址：love.doghouse.com.tw　E-mail：love@doghouse.com.tw